HISTOIRE

DE

QUINZE ANS D'EXIL. 1884

HENRI DE FRANCE

ou

HISTOIRE

DES BOURBONS DE LA BRANCHE AINÉE

PENDANT QUINZE ANS D'EXIL

1830 — 1845

PAR M. ALFRED NETTEMENT

Quindecim annos, grande mortalis
ævi spatium.

(TACITE.)

I

PARIS

DE SIGNY ET **DUBEY**, ÉDITEURS

25, RUE GUÉNÉGAUD

DENTU, LIBRAIRE,   LAGNY FRÈRES, LIBR.
Palais-Royal.   1 , Rue Bourbon-le-Château.

1845

AVIS DES ÉDITEURS

C'est aux royalistes de France que nous offrons cet ouvrage, en les remerciant de l'accueil qu'ils ont fait à la *Vie de Marie-Thérèse.*

Une histoire a paru, dans ces derniers temps, avec un grand succès dû, en partie à l'intérêt du sujet, en partie au talent de l'auteur; tout le monde en connaît le titre : c'est l'*Histoire de dix ans de règne,* par M. Louis Blanc.

M. Alfred Nettement a cru qu'il y avait une autre histoire à écrire en face de celle-là, l'*Histoire de quinze ans d'exil.*

Retracer aux royalistes les destinées des Bourbons de la branche aînée pendant cet espace de temps, faire vivre les princes exilés devant leurs amis et leurs adversaires; hélas! vivre et mourir, car, sur les trois générations royales qui sortirent de France, il y a maintenant quinze ans, il en est deux qui dorment dans les caveaux des franciscains de Goritz; faire grandir Henri de France devant son pays, le montrer enfant, adolescent, puis homme, initier les lecteurs à toutes les émotions, à toutes les douleurs, et aussi à toutes les consolations qui ont retenti dans l'exil; les conduire à Lulworth, Holy-Rood, Prague, Goritz, Kirchberg, Forsdhorff, comme aussi, en 1832, dans le Midi et en Vendée, et, plus tard, à Gratz et Brunsée; mettre la France à portée de suivre, sur la terre étrangère, ceux qui ont vécu en exil les yeux toujours attachés sur la France, tel est le but que l'auteur s'est marqué.

Il ne nous appartient pas de prononcer,

sur ce livre que nous offrons au public,
un jugement que le public seul doit porter.
Mais l'auteur veut que nous disions que,
dans aucune page, il n'a oublié les devoirs
que lui imposait ce titre d'Histoire qu'il
donnait à son nouvel ouvrage, qu'il a
cherché à s'entourer des documents les
plus complets, des renseignements les plus
exacts, et que, résolu à être avant tout véri-
dique, il s'est tenu partout en garde contre
la plus excusable de toutes les flatteries,
celle qui brûle son encens désintéressé sur
les autels de l'exil et du malheur.

Le chevalier de SIGNY.

P.-N. DUBEY.

INTRODUCTION.

Le titre de ce livre en indique l'objet et le but; ce n'est ni une apologie, ni un panégyrique, c'est une histoire. Dans cette histoire, l'auteur n'a cherché nulle part l'occasion d'exciter les passions; il l'a au contraire évitée partout où elle s'offrait d'elle-même. S'il fait cette observation, ce n'est point pour solliciter l'indulgence de l'ordre de choses établi; il reconnaît n'y avoir aucun droit, et il ajoute qu'il n'y a aucune prétention. Il a évité le terrain des passions, parce qu'il croit que ce terrain est mauvais pour l'intérêt de ce pays, mauvais par conséquent pour les idées qu'il défend, et qui, dans sa conviction, contiennent seules la solution du problème qui pèse sur la France.

Selon lui, ce n'est pas aux passions de cette société, c'est à sa raison qu'il faut en appeler pour qu'elle avise à préserver sa grandeur menacée, sa liberté compromise, son influence morale et politique décréditée, sa probité même

a

entamée par les progrès toujours croissants de la corruption.

Il n'a donc eu nulle part l'intention d'exciter la guerre
civile, quoiqu'il ait exposé la situation du sein de laquelle
elle est sortie en 1832, les mobiles qui agissaient sur ceux
qui l'ont faite, les passions qui enflammaient les esprits et
les cœurs à cette époque. Quoiqu'il soit fermement convaincu que, dans le temps où nous sommes, il n'y ait, pour
un parti politique, qu'un moyen de succès, c'est de s'absor-
ber, pour ainsi dire, dans les intérêts généraux, et de se dé-
pouiller de tout ce qu'il a de particulier, en en appelant
sans cesse à la France consultée, il était nécessaire de raconter les choses telles qu'elles se sont passées, de peindre
les sentiments tels qu'ils ont été éprouvés, de rapporter les
paroles telles qu'elles ont été dites. L'expédition de Madame
la duchesse de Berry, le voyage de 1833 à Prague, ne sont
plus que de l'histoire. A ce titre, comme M. Janvier le faisait très-bien observer dans un discours, c'est plus qu'un
droit pour les historiens contemporains de retracer fidèlement
ces évènements et de conserver les documents qui s'y rattachent, c'est un devoir. Comme le ridicule est mortel en
France, il ne se trouvera personne pour accuser un historien qui, ayant à peindre une situation prescrite, retrace la
prise d'armes de 1832 avec sa vive et ardente physionomie,
de vouloir la renouveler en 1845. La même raison empêchera qu'on l'accuse de faire dater le règne de Henri de
France de 1833, parce qu'il rapporte les paroles de ceux qui

allèrent inaugurer sa majorité politique à cette époque. Les récits de l'histoire n'ont point cette puissance rétroactive, et les faits sont ce qu'ils sont. En outre, nous déclarons de bien bon cœur que nous reconnaissons que les douze années de règne qui se sont écoulées depuis 1833, n'appartiennent en aucune façon au prince dont nous avons redit l'histoire. À chacun son droit, à chacun la responsabilité de ses œuvres.

Si l'on veut savoir maintenant pourquoi ce livre paraît aujourd'hui, pourquoi il n'a pas paru il y a quelques années, ou pourquoi l'auteur n'a pas attendu à une autre époque pour l'écrire, voici sa réponse : plus tôt, il serait venu trop tôt ; il y avait des passions trop émues, il y avait une longue expérience à faire ; plus tard, il viendrait peut-être trop tard. Quand on n'écrit pas avec l'unique pensée de divertir le public, ce qu'on appelle de nos jours faire de l'art pour l'art, il importe que chaque livre soit un acte, c'est-à-dire qu'il soit de nature à produire, à l'instant où il paraît, un effet utile, à accélérer le mouvement des idées. Il ne faut pas faire des livres de circonstance, mais il faut toujours faire un livre avec à-propos. Celui-ci vient-il à son heure ? l'auteur croit pouvoir répondre affirmativement. Quinze années ont usé bien des passions, fait tomber bien des haines. On veut savoir, on veut connaître, on veut s'éclairer sur les hommes et les choses ; il n'y a plus guère de parti pris sur rien, pour ou contre personne. Le moment a paru bien choisi à l'auteur pour venir raconter une histoire peu connue, l'histoire de quinze ans d'exil. Ce qu'ont fait, ce qu'ont pensé, ce qu'ont éprouvé, pendant ces quinze ans, les princes dont l'histoire se confondait naguère avec notre histoire, ce qu'ils étaient, ce qu'est aujourd'hui l'unique rejeton de la race de Louis XIV, ce qu'il a fait ou dit dans telle circonstance, ce qu'il a dans le cœur, ce qu'il a dans l'esprit, voilà le sujet, le plan, le but de cet ouvrage; ouvrage historique s'il en fut, car l'auteur n'a pas articulé un fait sans être convaincu de sa réalité, et, sans prétendre avoir été à l'abri de l'erreur, il peut se rendre le témoignage qu'il a su se mettre en garde contre cet esprit de mensonge qu'on appelle l'esprit de parti.

Un auteur de ce temps a écrit l'*Histoire de dix ans de règne*: pour avoir une idée complète du temps où nous vivons, peut-être croira-t-on devoir lire l'*Histoire de quinze ans d'exil*. Pour les cœurs justes, c'est une pièce nécessaire qui fait partie du dossier d'un grand procès politique; pour les esprits curieux, c'est un document qui a son intérêt; pour les esprits prévoyants, c'est un renseignement utile à compulser.

En se renfermant dans les limites de l'impartialité et de la modération, l'auteur a rempli un devoir. La générosité sied bien aux vainqueurs; et vraiment, quand on examine le changement que ces quinze années ont introduit dans la situation des diverses opinions politiques, on découvre que ce qui avait été pris pour une défaite, devait en réalité devenir une victoire.

Royalistes, vous savez ce qu'étaient vos adversaires, il y

a quinze ans, dans ce pays. Ils étaient tout, car ces habiles diseurs de belles paroles avaient persuadé à l'opinion publique qu'ils étaient les défenseurs des intérêts nationaux. S'agissait-il d'économie? ils vous faisaient passer pour les déprédateurs de la fortune publique, et les dévorateurs du festin annuel du milliard. S'agissait-il de liberté? ils poussaient mille cris jusqu'au ciel pour se plaindre de vos tyrannies, ils vous faisaient maudire comme les suppôts du privilège et les complices du despotisme, dont ils étaient, disaient-ils, les irréconciliables adversaires. S'agissait-il de gloire? ils appelaient le régime monarchique une halte dans la boue, et vous accablaient de leurs projets de triomphe, en projetant sur vous l'ombre de leurs futurs lauriers. Foy, Casimir Périer, Manuel, Salverte, étaient les rois de cette époque, car ils étaient les rois des esprits, et ils ne nous avaient abandonné que les faits qui devaient vous échapper bientôt. Dans ce temps-là, M. Barthe lui-même était un grand citoyen, et vous regardait du haut de sa gloire, de son austérité et de sa vertu.

Quant à vous, tout se fondait dans vos mains; rien ne vous réussissait, pas même le succès. Lorsque vous donniez une immense prospérité financière à la France, on vous accusait de vouloir la corrompre dans une nouvelle Capoue. Lorsque vous diminuiez les impôts, on vous accusait de diminuer le nombre des électeurs. Lorsque vous faisiez succéder à la dictature de l'Empereur des libertés inconnues depuis deux siècles et inespérées, ceux-là mêmes qui

avaient empêché ces libertés d'être complètes et fondées sur
une base indestructible, s'en servaient comme d'un levier
pour vous abattre. Alliez-vous en Espagne pour accomplir
une œuvre sous laquelle avait succombé le génie de Napoléon ? c'était, disait-on, pour obéir à l'Europe. Vous ne re-
culiez pas à la pensée de soutenir une guerre contre cette
gigantesque Angleterre qui avait accablé l'Empire? on vous
appelait les satellites de l'empereur Alexandre. Malgré tous
les pronostics de défaite, vous parveniez à vaincre en Afrique : on déshonorait la victoire entre vos bras. La gloire
elle-même, ce talisman si puissant dans le pays des nobles
cœurs et des longues épées, la gloire avait perdu son prestige sur la terre de Bayard, de Henri IV, de Crillon, de Jean-
Bart et de Duguesclin. Le canon qui annonçait la conquête
d'Alger laissait les cœurs froids, les ames sans élan, les
imaginations sans poésie, et bientôt le canon de l'insurrection allait élever la voix pour lui répondre.

Ah! c'est alors qu'il fallait pleurer sur la cause monarchique, pleurer sur un principe condamné à mourir, sur
un drapeau que le vent du succès déployait sans que les
peuples vinssent s'abriter à son ombre, sur un soleil qui brillait sans qu'on vînt se réchauffer à ses rayons. Royalistes,
c'est alors qu'il fallait pleurer sur vous. Car alors le doute
entrait dans les plus fières intelligences et dans les plus
nobles ames. Mon Dieu! serait-il vrai? nous serions-nous
donc trompés? nos principes seraient-ils contraires à la
gloire, au bonheur, à la liberté de ce pays? Sommes-nous

un obstacle aux grandeurs de notre belle France? un passé
tenace et rebelle qui s'obstine à barricader les voies de l'a-
venir? Mon Dieu! serait-il vrai? Est-ce pour un souvenir
seulement que sont morts Lescure, Cathelineau, La Rochejaquelein, Bonchamps, Charette? et ceux que nous avons
honorés comme des martyrs ne sont-ils que les victimes de
leurs illusions, et le jouet d'un fanatisme insensé? Nobles
paysans de l'Ouest que nous avons tant de fois salués de la
pensée, dans l'histoire, comme les champions de Dieu, ce
n'était donc pas pour la cause de la vérité que vous avez
versé le plus pur de votre sang? O vous, nos pères, qui avez
cru mourir pour la cause de Dieu et du roi, vous n'êtes donc
morts que pour des idoles? Vendée, noble vierge des batailles, Jeanne-d'Arc aux proportions colossales, il faudrait
donc renverser le monument que nous vous avons élevé au
plus profond de notre cœur? Prisonniers, exilés, proscrits,
condamnés à mort, héros et héroïnes, votre peine était juste;
martyrs, vous n'étiez que des coupables; échafaud de
Louis XVI, vous n'étiez donc pas un autel!

Vraiment, ce doute était horrible! Les intelligences s'étei-
gnaient dans ces angoisses inexprimables, les cœurs cessaient
de battre dans l'agonie de cette incertitude, et les ames
ébranlées ne savaient plus où était la vérité, où était l'erreur. Il fallait une grande épreuve, une épreuve qui déga-
geât les principes du vrai de l'alliage d'erreur à l'aide duquel
on les combattait, et qui montrât à la France où étaient ses
amis, où étaient ses ennemis. L'épreuve est venue, elle a

été longue, car voici quinze ans qu'elle dure; la lumière s'est
faite. Royalistes, où en sont vos adversaires, où en êtes-vous?

Ces hommes qui sont là courbés sous leur impuissance,
ces trembleurs éternels qui ont fait, de la peur, une politique, et de la paralysie, une situation ; ces hommes-liges
de l'Europe, agenouillés à l'ombre des traités de 1815, contre
lesquels ils protestaient naguère, les déserteurs de la Po-
logne et de la Belgique, les fuyards de la question d'Orient,
les tributaires de Pritchard dans la question de Taïti, ce sont
vos adversaires, les mêmes hommes dont les discours belli-
queux nous promettaient de faire refleurir tous les lauriers
de notre histoire; les mêmes hommes qui criaient à la Restauration : Vous êtes une halte dans la boue. Est-il une hu-
miliation qui leur manque? Écoutez M. Thiers s'excusant à
la tribune d'avoir eu la pensée de faire prévaloir en Orient
la politique française, en disant qu'il connaissait trop bien
l'impuissance de la révolution et ses devoirs, pour ne pas
reculer au moment du péril. Écoutez M. Guizot taxant
M. Thiers de témérité ! Écoutez-les tous deux, délibérant
sur la question de savoir si la France sera moins déshonorée en cachant dans l'isolement ou en recommençant à
montrer dans les conseils de l'Europe son visage, sur lequel lord Palmerston a levé une main hardie. Rappelez-vous
ces séances inouïes où, par trois fois, le courage français a
été désavoué à Taïti, et où l'on a humilié notre dignité natio-
nale-aux pieds d'une reine de Sauvages protégée par l'Angleterre. Les concessions, l'impuissance, la retraite, l'isole-

INTRODUCTION. XVII

ment, la fuite, les désaveux, voilà donc l'effet de tant et de
si magnifiques promesses! C'est ainsi que les vociférateurs
de l'opposition de quinze ans devaient remplir les conditions
de leur programme de gloire! Royalistes, ne les cherchez
pas vers ces frontières dont ils vous enseignaient jadis
si éloquemment le chemin; cherchez-les aux portes de Paris,
derrière des monceaux de terre; cherchez les héros de 1830
faisant reculer jusqu'à la Seine les frontières de la France,
qu'ils avaient promis de faire avancer au-delà du Rhin.

Ces hommes que vous voyez là-bas, creusant le gouffre
sans fond du déficit et l'élargissant d'année en année, en ajoutant le désordre au désordre, les destructeurs de la fortune
publique, les dévorateurs des finances de la France, ce sont
encore vos adversaires. Que sont devenus ces merveilleux
plans d'économie? Où trouver ce budget normal qui devait
descendre au-dessous de 900 millions? Où sont ces nouvelles voies qui devaient s'ouvrir devant l'industrie et le
commerce? Comment se sont réalisés ces dégrèvements et
ces diminutions d'impôts dont il était question chaque jour?
Les impôts augmentent, l'agiotage détrône le commerce et le
jeu l'industrie, et les censeurs du budget d'un milliard de-
manderont bientôt deux milliards au pays. Royalistes, voilà
le résultat des promesses de ceux qui accusaient votre administration d'incurie et de prodigalité: toutes les ressources disponibles dévorées, le présent écrasé sous le faix,
l'avenir engagé, quinze années de paix, plus lourdes à nos

finances que quinze années de guerre, telles sont les conséquences du triomphe de vos adversaires.

Ces hommes que vous voyez là-bas défendant les lois de
septembre comme leur palladium, demandant au despotisme
un cadre pour un pouvoir sans système, ces complaisants
de la dictature, ces souteneurs du monopole, ces tributaires
de la corruption, ces adversaires du droit commun, ces con-
structeurs des bastilles, royalistes, ce sont vos adversaires,
les mêmes hommes dont toutes les harangues retentissaient
autrefois des grands mots d'indépendance et de liberté, les
champions véhéments de la presse qu'ils cherchent à déshonorer en attendant qu'ils puissent l'étouffer. Est-ce assez
de mécomptes, assez de palinodies ? Écoutez ces maximes
de corruption, ces paroles de servitude et de despotisme,
proférées par des bouches qui annonçaient le retour des
vertus républicaines de Sparte et de Rome. Quel langage et
quel langage ! Quelles maximes et quelles maximes ! Quel
culte de l'arbitraire et de la corruption, après tant de pro-
fessions de foi d'austérité politique et de liberté !

La gloire, la probité politique, l'économie, la liberté, quatre
belles paroles, mais quatre paroles que, seuls entre tous, les
hommes qui ont sacrifié comme vous tous les intérêts particuliers aux intérêts généraux, ont le droit de prononcer.
La gloire ! qu'ils se lèvent donc, si l'Europe le leur permet,
les bénéficiaires du mouvement de 1830 qui oseraient encore prononcer ce grand mot de gloire. Que nous jugions

enfin la hauteur de leur taille, car nous ne pouvons la juger, depuis quinze ans qu'ils vivent à genoux. L'économie ! Qui donc, parmi ces écornifleurs de la fortune publique, aurait cette insigne audace d'articuler le mot d'économie, qui, en présence d'un budget de 1,500 millions, n'est plus qu'une moquerie cynique jetée à la détresse de la France ? La liberté ! De quel front les hommes des lois de septembre et les embastilleurs viendraient-ils blasphémer ce mot sacré ? La probité ! Comment les théoriciens et les praticiens de la corruption oseraient-ils placer ce mot sur leurs lèvres ?

Royalistes, vous avez le droit, au bout de ces quinze ans, de prononcer ces grandes paroles ; car, non-seulement vous êtes innocents de ce qui a été fait contre l'économie, la liberté, la probité publique et la gloire, mais vous êtes dégagés de la position fausse et mauvaise qui a entraîné les fautes qui vous sont devenues fatales. Vous n'êtes plus les hommes d'une charte octroyée, avec des libertés révocables et limitées à un petit nombre d'électeurs, vous êtes les hommes des droits imprescriptibles, des libertés générales, du droit commun, les hommes du parti français, les hommes de la France. Réjouissez-vous donc d'avoir été vaincus en 1830, car c'est votre défaite qui fait votre victoire, et vos idées, séparées de l'alliage qui les obcurcissait, brillent aujourd'hui de toute leur lumière. Ah ! le grand problème qui s'est agité pendant tant d'années, est aujourd'hui résolu. Il n'y a plus ni incertitude dans les esprits, ni doute dans les cœurs. Nos pères sont morts, et nous avons lutté et souffert pour une noble et sainte cause. Le sang qui a coulé pour nos principes a coulé aussi pour la France. Épées vendéennes que 93 vit sortir du fourreau, c'est pour la France que vous avez été tirées ! Nobles esprits, cœurs généreux, vous tous qui vous êtes consacrés à la défense de nos principes, vous êtes justifiés devant l'histoire ! Echafaud de Louis XVI, vous étiez vraiment un autel ; Cathelineau, Lescure, Larochejaquelein, Bonchamps, Charette, et vous aussi Malesherbes, nous avons le droit de le dire au bout de ces quinze années, large sillon ouvert dans la vie d'un peuple, comme parle Tacite, vous êtes des martyrs !

Chaumont-sur-Loire, 15 août 1845.

ALFRED NETTEMENT.

MÉDITATION

1830.

LES VISIONS DE L'HISTOIRE.

L'homme s'agite et Dieu conduit! Où donc nous conduisez-vous, Seigneur?

Je méditais sur l'histoire de ce siècle, et voici ce que j'y vis.

Trois scènes se déroulèrent devant moi.

La première se passait aux Tuileries. On était au 20 mars 1811; le 20 mars, date remarquable dans les annales de l'Empire, et qui devait s'y retrouver encore une fois.

L'Empereur, au comble de ses vœux, envoyait le premier de ses pages au sénat, le second au corps municipal de Paris, pour leur annoncer la naissance du Roi de Rome. Des pages partaient aussi pour porter la même nouvelle au sénat d'Italie et aux corps municipaux de Milan et de Rome, car, dans ce temps, la France, comme ces torrents qui sortent de leurs lits, avait franchi, d'un côté les Alpes, et de l'autre le Rhin.

De toutes parts s'élançaient les courriers.

Le comte de Ségur, grand-maître des cérémonies, envoyait officiellement un message pour prévenir les ambassadeurs étrangers de ce grand évènement, qui semblait devoir consolider à jamais la dynastie napoléonienne sur le trône de France.

Le duc de Cadore expédiait des dépêches aux ambassadeurs français au-dehors, pour qu'ils eussent à faire connaître cette nouvelle à l'Europe.

Le comte de Montalivet écrivait aux départements; le duc de Feltre, à l'armée; le duc Decrès, aux villes maritimes; le duc de Neufchâtel, aux gouverneurs des contrées et aux commandants des places occupées par les armées françaises, colonies héroïques échelonnées sur toutes les routes du monde. D'un bout de l'Europe à l'autre, la grande voix du canon s'élevait et se répondait à elle-même, pour annoncer la naissance du rejeton de la race de guerre et de victoires.

Puis venaient les harangues enthousiastes.

Le 22 mars, l'Empereur étant sur son trône, entouré des princes de sa famille, des princes grands dignitaires, des grands-aigles et de toute sa cour, le sénat était introduit à l'audience de sa majesté impériale et royale, et son président portait la parole en ces termes :

« Le sénat vient offrir à votre majesté ses vi-
« ves et respectueuses félicitations sur le grand
« évènement qui comble nos espérances, et as-
« sure le bonheur de nos derniers neveux. Vos
« peuples saluent, par d'unanimes acclamations,
« ce nouvel astre qui vient de se lever sur l'hori-
« zon de la France, et dont le premier rayon
« dissipe jusqu'aux dernières ténèbres de l'ave-
« nir. La Providence, Sire, qui a si visiblement
« conduit vos hautes destinées, en vous don-
« nant ce premier né de l'Empire, veut ap-
« prendre au monde qu'il naîtra de vous une
« race de héros, non moins durable que la gloire
« de votre nom et les institutions de votre
« génie. »

Et l'empereur, acceptant cet augure, répondait :

« Les grandes destinées de mon fils s'accom-
« pliront. Avec l'amour de la France tout lui de-
« viendra facile. »

Il ajoutait, en s'adressant au conseil d'État :

« J'ai ardemment désiré le fils que la Provi-
« dence vient de m'accorder. Mon fils vivra pour
« le bonheur et la gloire de la France. »

Le 9 juin de la même année, les cérémonies du

baptême se déployaient, avec leurs pompes et leur majesté, sous les voûtes antiques de Notre-Dame. Huissiers, hérauts d'armes, pages, maîtres des cérémonies, préfets du palais, écuyers, chambellans, grands-aigles, maréchaux, généraux, cavalerie, infanterie, se succédaient dans les longues files du cortège impérial qui reliait, comme une chaîne vivante, Notre-Dame aux Tuileries. Puis paraissait le roi de Rome porté par madame la comtesse de Montesquiou, sa gouvernante, et revêtu d'un manteau de tissu d'argent doublé d'hermine. Immédiatement après marchaient l'empereur et l'impératrice, sous un dais porté par des chanoines. L'or, les diamants, la soie, le velours, la pourpre, étincelaient au soleil, et jamais peut-être on n'avait vu tant de richesses rayonner avec tant de gloires dans le vieux sanctuaire.

Le soir, un banquet à l'Hôtel-de-ville servait à clore les fêtes dont cette illustre naissance avait donné le signal, et la décoration de la salle représentait, glorieux rapprochement, les armes des quarante-neuf bonnes villes, en commençant par Paris, Amsterdam et Rome ; car à cette époque, Rome et Amsterdam étaient, comme Paris, des villes françaises.

Tout cela était beau et grand ; les peuples, en se penchant vers ce berceau, admiraient ce jeune front que Dieu semblait avoir formé pour porter la plus belle couronne de l'univers, et ils répétaient les chants du poète :

> Reçois, royal enfant, les vœux de la patrie,
> Qu'un laurier paternel ombrage ton berceau,
> Que la gloire et les arts embellissant ta vie,
> Consacrent à jamais le règne le plus beau.
> Enfant chéri du ciel, attendu par la terre,
>   Promis à la postérité,
> Puisses-tu, sous les yeux de ton auguste père,
>   Croître pour l'immortalité.
>   Bannissons la crainte importune,
> Par un sort favorable en son cours entraîné,
> Le vaisseau de l'Etat, de gloire environné,
>   Porte César et sa fortune.

Des trois candidats de l'avenir que leur destinée parut appeler à régner sur la France, celui-là était le premier. Il s'appelait en naissant le roi de Rome. Personne ne doutait de son avenir, et cependant, je crus voir un ange, auprès de son berceau, qui montrait, d'une main, le livre des destinées scellé de sept sceaux, et de l'autre, indiquant le ciel, semblait rappeler que l'avenir n'appartient qu'à Dieu.

. . . .

La seconde scène se passait, presqu'à la même époque, à Palerme. Le 3 septembre 1810, dans un palais moins fameux, loin des rivages de la

France, avec moins de pompe et d'éclat, mais avec autant de joie, une naissance était célébrée, un premier né venait réjouir les regards de M. le duc d'Orléans. Là, pas de courriers officiels, point de magnifiques ambassadeurs ; une simple dépêche annonçait à un roi exilé la naissance d'un prince né dans l'exil, et portait à Hartwell la nouvelle que le roi XVIII avait un sujet de plus. L'enfant, né le jour de la sainte Rosalie, était tenu sur les fonts par le roi et la reine de Naples, et recevait les noms de Ferdinand-Philippe-Louis-Charles-Henri-Rosolin d'Orléans.

Chose étrange ! le prêtre qui le baptisa, songeant que la famille royale n'avait pas de rejetons, laissa échapper cette parole : *Je baptise peut-être un roi de France.*

Par contre, on rapporte que sa mère, qui l'aimait comme on aime un premier né, étant allée, peu de temps après sa naissance, consulter une religieuse qui passait pour une sainte, et la supplier de prier pour son enfant, celle-ci, après s'être recueillie, lui répondit en hochant tristement la tête : « Madame, vous serez cruellement éprouvée « comme mère. »

Plus tard, l'horoscope favorable devait revenir encore. Le duc de Berry, en passant la main dans les blonds cheveux de l'enfant, disait à son père :

« Peut-être n'aurai-je point d'enfant ; en ce cas,
« voici le roi de France. »

Un coin du voile de l'avenir, se relevant comme
de lui-même devant le berceau de Palerme, je
voyais les chances de l'enfant qui y reposait
grandir avec lui, jusqu'à ce qu'enfin l'époque ar-
rivât où, par un coup de tonnerre qui renversait
l'une des branches de la maison de Bourbon et
élevait l'autre, ces chances semblaient devenir
des certitudes.

Les poètes, les politiques marquaient déjà la
place de la couronne sur la tête de l'enfant né à
Palerme, et ne permettaient à personne le doute
sur l'avenir. Mais l'ange était encore là, montrant
d'une main le livre des destinées fermé et scellé
de sept sceaux, et de l'autre indiquant le ciel, comme pour rappeler que l'avenir n'appartient qu'à
Dieu.

.   .   .   .

Les royales Tuileries étaient témoins de la troisième scène. On était au 29 septembre 1820.
Depuis le 13 février de la même année, les esprits
étaient dans l'attente. La maison de Louis XIV
aurait-elle été détruite sans retour par le coup de
poignard qui, dans une nuit fatale, avait atteint
le cœur de M. le duc de Berry, ou verrait-on sortir cette royale maison de ses ruines ? La parole

du prince mourant était-elle une prophétie? Les uns doutaient, les autres affirmaient et se préparaient à célébrer l'évènement qui n'était pas accompli encore. Les villes du Midi envoyaient à l'avance des députations au prince qui n'était pas né. C'était une étrange assurance, et comme une foi dans la mission providentielle de la maison de Bourbon en France, et dans la mission de la France monarchique dans le monde. La duchesse de Berry communiquait ses certitudes maternelles à tous ceux à qui elle parlait. Elle avait eu, racontait-elle, un rêve qui avait, pour elle, le caractère d'une vision. « Elle était à l'Élysée, « elle tenait par la main ses deux enfants, sa « fille et le jeune prince qu'elle attendait. Alors « elle avait vu distinctement saint Louis qui vou- « lait couvrir de son manteau royal MADEMOI- « SELLE. Elle lui avait présenté son fils, et il avait « couronné ses enfants. »

Ce récit circulait de proche en proche, et, comme il arrive dans les occasions où la raison est impuissante à répondre à l'anxiété ou à la curiosité publique qui l'interrogent, on se plaisait à voir dans cette voix mystérieuse qui parlait à l'âme de la veuve et de la mère, la voix du ciel.

Enfin l'instant si impatiemment attendu arrivait. Le canon réveillait la ville endormie. Qu'a-

nonce-t-il ? La race de l'épée est-elle tombée en
quenouille, ou va-t-elle revivre dans un descendant des vaillants et des forts ?

Tous écoutent, ceux-ci avec l'espoir du dévouement, d'autres avec les appréhensions de la haine !
Les respirations sont suspendues, les oreilles pen-
chées vers cette grande voix qui, portée sur les
ailes des vents, articule, à de longs intervalles, ce
mot mystérieux dont, jusqu'à la treizième salve,
personne ne peut dire le sens.

Le treizième coup retentit enfin, et des innombrables demeures où la grande nouvelle est attendue par les amis de la royauté, un cri d'amour
et de reconnaissance s'élève vers Dieu : « Soyez
« béni, mon Dieu, vous qui renversez et qui rele-
« vez, qui ouvrez les tombeaux et qui en faites
« sortir la vie, soyez béni ; car vous n'avez pas
« voulu que cette race héroïque qui a illustré
« tant de champs de bataille, et qui a si sou-
« vent resplendi au soleil de la victoire, s'étei-
« gnît dans une nuit obscure, sous un coup de
« poignard, comme un voyageur attardé dans
« l'ombre, et qui tombe dans l'embuscade d'un
« assassin ! Soyez béni, vous qui avez conservé
« Joas dans le temple, et qui, avec une si faible
« étincelle, avez rallumé le flambeau de David
« éteint ! Soyez béni, pour le rayon que vous avez

« daigné faire luire sur la famille de Louis XVI,
« qui, après tant d'années, vient de voir entrer,
« dans ses royales Tuileries, un hôte inaccoutu-
« mé, le bonheur. »

En même temps la nuit s'illuminait, comme si
l'on voulait avancer le jour qui devait éclairer
tant de joie. Quelle journée ! les inconnus se connaissent, les passants s'interrogent, les vieillards
et les jeunes gens se félicitent; il n'y a qu'une ame,
qu'un cœur, dans cette foule émue qui se presse
sous les fenêtres par lesquelles on aperçoit la fille
de Louis XVI tenant le fils du duc de Berry dans
ses bras. Quelle journée ! la grande ville ordinairement si légère et si indifférente, n'a pu échapper à l'attendrissement dont elle se sent saisie.
La nuit du 13 février et la nuit du 29 septembre, ces deux nuits si différentes, sont présentes
à sa pensée : nuit de deuil et nuit de joie; nuit
de mort et nuit de vie, nuit qui tue et nuit qui
ressuscite !

Puis les grandes scènes de la journée se succèdent. Le vieux roi disant à la foule, du haut du
balcon des Tuileries : « Mes amis, un enfant nous
« est né, il vous aimera comme vous ont aimés
« ceux de ma race! » la mère si courageuse et
si confiante, maintenant si fière et si heureuse,
voulant elle-même présenter son fils à la foule ;

les vieux soldats saluant dans ce berceau le rejeton des victorieux ; la prière s'élançant dans les
églises avec les accents joyeux du *Te Deum* ; le
canon élevant sa grande voix ; les cris d'enthousiasme, la parole du nonce saluant l'enfant qui
vient de naître, du nom d'enfant de l'Europe,
Lamartine, le poète aux accents inspirés, l'appelant l'enfant du miracle, et Victor Hugo lui
traçant un glorieux horoscope dans ces beaux
vers :

> Honneur au rejeton qui deviendra la tige !
> Henri, nouveau Joas, sauvé par un prodige,
> A l'ombre de l'autel croîtra vainqueur du sort ;
> Un, jour de ses vertus notre France embellie,
>   A ses sœurs, comme Cornélie,
> Dira : Voilà mon fils, c'est mon plus beau trésor.

Toutes ces images passaient et repassaient devant mes yeux ; mais, conservant dans ma mémoire le souvenir des paroles prononcées par
l'ange, auprès des deux autres berceaux, je le
cherchai auprès du berceau du 29 septembre. Je
ne le rencontrai pas, mais je vis le livre des destinées fermé et scellé des sept sceaux, et, en entendant de tout côté le grand avenir promis à
l'enfant qui venait de naître, et qui avait été
promis à deux autres candidats de la destinée,

je répétais au fond de mon cœur : l'avenir est à Dieu !

L'homme s'agite et Dieu conduit ! Où donc nous conduisez-vous, Seigneur ?

DÉPART DES BOURBONS POUR L'EXIL.

I

LE DÉPART.

Le 16 août 1830, à deux heures de l'après-midi, deux vaisseaux américains, remorqués par un bateau à vapeur, sortaient du port de Cherbourg; un brick les suivait de près, comme un surveillant attaché à leurs traces; la mer était calme et belle, et bientôt la vapeur devint inutile, car une brise favorable enfla à demi les voiles du navire. Sur le rivage, une grande multitude se pressait derrière la grille circulaire qui sépare la ville du port; entre cette grille et la mer, c'est-à-dire sur la jetée, une garde nombreuse était rangée en bataille.

Au voyageur qui, arrivant en ce moment d'un autre hémisphère, aurait demandé l'explication du spectacle qu'il avait sous les yeux, voilà ce

2

qu'il aurait fallu répondre : Les deux vaisseaux
qui sortaient du port étaient le *Great-Britain* et le
Charles-Carrol, tous deux d'origine américaine,
et ils appartenaient à un des Bonaparte ; leur
commandant était le capitaine Dumont-d'Urville,
déjà célèbre par ses voyages autour du monde.
Les passagers qui étaient à bord du *Great-Britain*,
c'étaient Charles X, M. le duc d'Angoulême, la
fille de Louis XVI, MADAME, duchesse de Berry,
Henry de France et MADEMOISELLE, c'est-à-dire tout
ce qui restait de la race de Louis XIV, obligée de
quitter la France à la suite de la révolution de
juillet. Le brick qui les escortait était sous le
commandement du capitaine Thibault, qui, c'est
un historien contemporain (1) qui l'assure, avait
reçu l'ordre de convoyer le *Great-Britain* et de le
couler bas, si Charles X essayait d'y agir en maître, et de le faire virer de bord vers la France.
Cette population, c'était celle de Cherbourg, qui
venait contempler ce grand spectacle des choses
humaines qui frappe les esprits et remue les
cœurs ; ces gardes rangés en bataille, c'étaient
les fidèles gardes-du-corps qui, de Saint-Cloud à
Cherbourg, avaient suivi la royale famille, étape
par étape, en faisant flotter leur drapeau sur le
convoi de la monarchie !

(1) M. Louis Blanc, *Histoire de dix ans de règne*.

Ainsi, cette belle journée était une première journée d'exil.

Jusqu'à Cherbourg, en effet, on avait foulé le sol de la France; plus d'une fois le calice des amertumes avait été porté aux lèvres du roi et de la famille royale, dans ce triste itinéraire de Rambouillet à la mer; mais il restait la lie, et on la but à Cherbourg. Tant que les choses n'avaient point été consommées, une espérance vague et indéterminée avait lui au cœur de la royale famille, comme une dernière étincelle dans un foyer éteint. Sans doute cette espérance avait diminué à mesure qu'on avançait, comme une lampe dont la lueur vacillante, pâlissant peu à peu, finit par mourir entièrement. A Maintenon, on avait licencié l'armée; à Dreux, on avait abandonné l'artillerie de la garde; à Carentan, l'approche d'une colonne mobile commandée par le général Hulot, qui ne faisait que suivre les ordres qui lui arrivaient de Paris, avait décidé Charles X, qui craignait pour la vie de son petit-fils, à abandonner la direction de la fin du voyage aux trois commissaires; à Valogne, les officiers des gardes du corps étaient allés, avec les plus anciens de chaque compagnie, remettre au roi les étendards. Scène de deuil et d'adieu! Tous ces officiers et vingt-quatre des plus anciens

gardes-du-corps par compagnie, formant un es-
cadron, marchant quatre par quatre, les trom-
pettes en tête, les quatre étendards sur la même
ligne, s'acheminèrent en silence, la douleur peinte
sur les visages, vers la demeure du roi. Le roi,
selon le récit d'un témoin oculaire, était profondément ému; Madame la dauphine fondait en
larmes; M. le dauphin paraissait résigné; Madame, duchesse de Berry, calme comme si elle
espérait un meilleur avenir; M. le duc de Bordeaux et Mademoiselle, affectueux pour ceux
qu'ils reconnaissaient.

Mais, malgré ce qu'il y avait de triste dans cette
scène, on n'était encore que sur le seuil de l'exil, et
l'on avait pu croire que quelque évènement subit
changerait encore la destinée de la maison royale.
La Vendée n'était pas loin, la Vendée toujours fidèle;
on traversait des provinces où, plus d'une fois sur
la route, des témoignages de sympathie et de respect, semblables à ces fleurs qu'on dépose sur
les tombeaux, étaient venus adoucir les royales
adversités des princes voyageurs. Quoi de plus?
on avait encore racine en France. En sortant de
Cherbourg, on entrait dans l'exil.

Certes, pour les témoins de cette scène qui ne
se laissèrent point dominer par l'influence hai-
neuse de l'esprit de parti, ce dut être un dou-

loureux et lamentable spectacle que celui qu'offrit
la jetée de Cherbourg, lorsque, devant ces gardes
fidèles qui présentaient une dernière fois les armes, on vit passer le vieux roi, le dauphin son fils,
la fille de Louis XVI, appuyée sur le bras de M. le
comte de La Rochejaquelein ; MADAME, duchesse de
Berry, conduite par le baron de Charette; triste
honneur, mais honneur mérité par la Vendée,
deux fois représentée dans ces funérailles de la
royauté ; enfin Henri de France, porté par son
gouverneur, et à quelques pas, sa sœur, MADE-
MOISELLE, celle à qui M. le duc de Berry avait
dit quelques instants avant de mourir : « Mon
« enfant, puissiez-vous être moins malheureuse
« que ceux de votre famille ! »

Aussi l'émotion fut-elle générale et profonde.
Les commissaires du Gouvernement attendaient la
famille royale à l'entrée du pont qui conduisait
du port au paquebot. La population, qui s'était
portée sur le passage du cortège, gardait le silence
le plus profond. Ce silence des nombreux spectateurs, ces fanfares, derniers adieux d'une garde
inutile, tout donnait à cette grande scène un appareil théâtral et lugubre.

Parmi tous ces Bourbons, il n'y avait que les
deux enfants qui ne fussent qu'à l'apprentissage
de l'exil. C'était pour la troisième fois que

Charles X, la fille de Louis XVI et M. le duc
d'Angoulême, quittaient le rivage de la France
pour aller chercher un asyle sur la terre étrangère, et MADAME, duchesse de Berry, avait connu
elle-même, dans son enfance (1), la tristesse de
ces départs forcés, qui enlèvent les rois à leur
royaume, et la patrie aux princes fugitifs. Quelles
ne furent point surtout les réflexions du roi
Charles X, lorsque, du haut du tillac du *Great-*
Britain qui s'enfonçait dans l'immensité des mers,
il attacha, pour la dernière fois, ses regards sur
ce beau royaume de France qu'il ne devait plus
revoir, comme son âge le lui faisait dès lors pres-
sentir ! A une autre époque, quarante ans plus tôt,
lorsqu'il partait pour son premier exil, il était
plein de jeunesse et d'espérance, et il se croyait
à la veille de rentrer dans la patrie de ses aïeux, à
la tête de cette ardente noblesse qui accourait de
l'autre côté du Rhin pour se former en bataille.
Mais en 1830, il était seul, les temps de l'émigration étaient passés, et c'était à peine si quelques
serviteurs dévoués le reconduisaient jusqu'au lieu
de son exil, en nourrissant presque tous la pensée
d'un prompt retour. Qu'elles devaient être tristes

(1) Lorsque le roi et la reine de Naples eurent quitté cette ville
pour se réfugier à Palerme, à l'approche des armées de la République française.

aussi les pensées de la fille de Louis XVI, qui, pour la troisième fois, sortait de cette France où elle avait espéré mourir. Bien des années auparavant, elle l'avait, il est vrai, quittée, en laissant derrière elle de chers et douloureux souvenirs ; mais alors elle était à la fleur de l'âge, et quelque cruelles qu'eussent été ses épreuves, son passé était si court, et elle avait devant elle un si long avenir, que l'espoir éclairait comme malgré elle cette vaste carrière qui s'étendait devant ses pas. Tandis qu'en 1830, en voyant arriver ce dernier exil, elle devait craindre d'être arrivée à l'âge où l'on ne dit plus à son pays : *au revoir ;* mais : *adieu !*

Charles X, la fille de Louis XVI et M. le duc d'Angoulême, voilà quels étaient les cœurs les plus cruellement brisés, quand vers trois ou quatre heures de l'après-midi, les vigies de Cherbourg cessèrent de signaler le *Great-Britain* et le *Charles-Carrol* à l'horizon, et que par conséquent les passagers de ces vaisseaux cessèrent d'apercevoir la terre de France. Quant aux enfants, ils échappaient à la douleur commune par l'ignorance et l'inexpérience de leur âge, que le changement amuse toujours, et qui compte les étapes de la route de l'exil par les fleurs cueillies sur les bords du chemin. D'ailleurs, alors même que la réflexion serait venue troubler leur paisible indif-

férence, la possibilité d'un retour de fortune dans
ces longues années d'avenir qui, semblables à des
plaines aux perspectives indéfinies, se déroulent
à cette époque de la vie où l'on commence son
pèlerinage, leur aurait bientôt rendu le courage. On appréhende moins le flux de la fortune,
lorsqu'on sent que l'on a assez de temps devant
soi pour en attendre le reflux.

MADAME, duchesse de Berry, était soutenue par
un autre ordre de pensées ; elle sortait évidemment de France sans avoir réussi à remplir un
devoir qu'elle regardait comme sacré, et elle
n'avait subi qu'à regret, à cette occasion, les ordres
absolus du roi Charles X ; mais en s'appuyant sur
le bras du baron de Charette, elle avait cru sentir
palpiter le cœur héroïque de la Vendée, et déjà
un espoir secret naissait dans son ame et jetait sur
sa figure, plus indignée qu'abattue, un reflet de
confiance et d'audace qui contrastait avec la teinte
uniforme de résignation douloureuse qui régnait
autour d'elle.

Telles étaient les diverses impressions de cette
colonie d'exilés qui s'éloignait des rivages de
France, que plusieurs ne devaient plus revoir. On
se dirigeait vers l'Angleterre, et le roi Charles X,
avant de partir, avait écrit une lettre au roi de la
Grande-Bretagne, afin de lui demander un asyle

pour lui et sa famille. Par une étrange ironie de la fortune, le monarque qui, deux mois auparavant, envoyait une puissante flotte planter le drapeau français sur les rivages de l'Algérie et les remparts du château de l'Empereur, et obligeait, par la fermeté de sa diplomatie, la flotte anglaise à s'éloigner de la Méditerranée pour laisser le passage libre à notre flotte, se trouvait dans la nécessité d'aller chercher un refuge sur le sol britannique. Ainsi, le régime monarchique de la Restauration se terminait comme le régime impérial, et le roi Charles X (ce sont les deux dénouements que nous comparons, et non les deux hommes) demandait, comme l'empereur Napoléon, à devenir l'hôte de l'Angleterre.

On craignit, pendant un moment, que l'ordre eût été donné au capitaine Dumont-d'Urville de conduire la famille royale en Amérique. Les dispositions qu'il avait montrées ne permettent point de douter qu'il eût accompli cet ordre avec la dernière rigueur, s'il lui eût été donné. Ce marin illustre, qui avait parcouru tant de parages et fait tant de découvertes, ne comprit pas assez que, de tous les naufrages qu'il avait eus sous les yeux, celui qu'il contemplait à bord du *Great-Britain* était le plus imposant et le plus digne de sympathie et de pitié; il eut le malheur insigne de ne pas témoigner assez de respect au malheur. Peut-être aussi fut-il comme étourdi par la grandeur et la soudaineté de cette catastrophe, qui faisait passer, en un moment, la branche aînée de la maison de Bourbon de la victoire à l'exil, et ne sut-il ni garder son sang-froid, ni se défendre d'un trouble involontaire, qui le jeta dans une agitation, fébrile et irrespectueuse devant les adversités royales, comme elle devait être fatalement indécise devant une autre catastrophe dans laquelle il devait disparaître avec tout ce qu'il aimait. Du reste, l'inquiétude qu'on avait eue sur la destination du navire ne se prolongea pas, et l'on fut bientôt en vue des côtes de l'Angleterre. Avant d'y arriver, on passa devant l'île de Whigt, dont l'aspect est enchanteur dans cette saison. Quelqu'un en fit la remarque devant la famille royale : « Cela ne vaut pas notre belle France, » reprit la duchesse de Berry en soupirant (1). Peu de temps après, c'est-à-dire le 23 août 1830, des bateaux à vapeur anglais accostèrent la flottille, et à huit heures du matin les Bourbons partaient sous pavillon anglais pour aller débarquer à Weymouth.

(1) Ces détails sont empruntés à une lettre de M. Lotin, lieutenant de vaisseau, embarqué à bord du *Great-Britain*, et appartenant à une opinion hostile à la famille royale.

II

COUP-D'OEIL RÉTROSPECTIF

Avant de séparer de l'histoire de France l'histoire des quinze années d'exil de la maison de
Bourbon, il est nécessaire, pour l'intelligence de
la suite de ce récit, d'exposer d'une manière
sommaire les causes principales qui avaient amené l'évènement douloureusement étrange que nous
venons de retracer, c'est-à-dire le départ de la race
de Louis XIV, obligée de quitter tout entière ce
beau royaume de France, taillé sur la carte du
monde par l'épée, la diplomatie et les mariages
des aïeux de ceux qu'on exilait.

A ne considérer que la surface des choses, ce
dénouement de la Restauration peut paraître inexplicable. Les Bourbons étaient des princes hu-

mains et doux, habitués, par les traditions de leur
famille, à rechercher la grandeur de la France
comme leur grandeur propre. Leur politique
étrangère, on l'a reconnu depuis, avait été irré-
prochable, à part les traités de 1815, fardeau que
leur avait imposé le désastre de l'Empire. Mais
depuis l'intervention en Espagne, qu'on peut regarder comme la résurrection de la France dans
la politique générale, les affaires extérieures
avaient été conduites avec fermeté et habileté,
et dans la question hellénique, dans la question
turco-russe, et enfin dans la question d'Alger,
le cabinet des Tuileries avait fait sentir d'abord
son influence, ensuite son ascendant. Au-dedans,
les finances, ruinées par l'Empire, avaient été ré-
tablies dans un état de prospérité jusque-là inouï.
La propriété foncière, dégrevée de 80 millions
d'impôt, respirait à l'aise dans le présent, et promettait d'immenses ressources à l'avenir, dans le
cas où une guerre obligerait d'avoir recours à
l'impôt foncier ; comme ces vastes futaies qu'on
épargne dans les coupes, afin de léguer aux générations suivantes de précieuses et inestimables richesses pour les temps difficiles. Les revenus in-
directs, qui ne cessaient de croître, mettaient le
budget dans un état admirable ; car il y avait un
excédant considérable des recettes sur les dépen-

ses, excédant que le dernier ministre des finances
de la Restauration (1) proposait d'appliquer au
perfectionnement des routes et des voies terrestres
et fluviales qui sillonnaient la France; de sorte que,
sans aucun sacrifice nouveau, on allait accomplir
ce qui depuis a exigé des sacrifices onéreux. Quant
aux libertés, les écrivains les plus prévenus (2)
reconnaissaient alors que jamais on n'avait joui
d'autant de liberté en France que sous le régime
de la Restauration. La presse et la tribune se dé-
veloppaient dans toute leur indépendance, et réa-
lisaient le régime représentatif qui n'avait jamais
existé que de nom sous la révolution, qui, tout en
le proclamant, l'annihilait par les émeutes popu-
laires ou par la terreur régnant du haut des écha-
fauds, et sous l'Empire, qui, en en acceptant la
forme, en détruisait toute l'efficacité au profit d'une
dictature militaire qui avait l'air de proposer ce
qu'elle ordonnait, et de demander ce qu'elle exi-
geait.

Comment put-il donc arriver que, sous un
gouvernement doux et modéré, sous le règne d'un

(1) M. de Chabrol.

(2) Benjamin Constant, *Principes politiques*. Voici ses paroles : « Pour être fort contre ce qui est mal, soyons vrais pour ce
« qui est bien ; reconnaissons qu'à aucune autre époque, sous au-
« cun règne, sous aucune forme de gouvernement, la France n'a
« été aussi libre qu'aujourd'hui. »

prince affable et rempli de bonne volonté, au milieu d'une prospérité peu commune, qui répandait
le bien-être dans toutes les classes de la société,
dans un état de liberté politique assez grand pour
satisfaire les esprits les plus difficiles, surtout au
sortir de l'Empire, dont le régime passait avec
raison pour avoir été peu libéral ; quand la situation de la France au-dehors était excellente, qu'elle
avait le choix entre les alliances, et que la sienne
était de tous côtés recherchée; qu'elle ne rencontrait en Europe qu'une puissance malveillante,
l'Angleterre, et qu'elle était assurée, par la disposition des autres cabinets, d'avoir pour alliées
toutes les marines du monde, lorsque cette malveillance, qu'elle avait fait reculer d'abord de l'autre côté des Pyrénées, ensuite sur la Méditerranée
même, traversée par une flotte française qui trans-
porta notre armée conquérante en Afrique, lèverait
le masque, et donnerait à la France le droit de
demander la revanche de Trafalgar et d'Aboukir;
comment put-il arriver que, dans une situation si
favorable, une querelle ait pu naître entre la société et le gouvernement, et s'envenimer au point
d'amener la révolution de 1830, et de déterminer
en trois jours la chute de la monarchie, sans que
la victoire elle-même, si populaire en France,
ait pu la préserver des foudres révolutionnaires?

Si cela paraît inexplicable à ceux qui ne considèrent que les effets, sans remonter aux causes, il n'en est pas de même pour ceux qui, portant leurs regards plus haut et plus loin, étudient à leur origine les deux mouvements qui, après avoir longtemps marché en sens opposés, produisirent, en se rencontrant, le choc électrique qui renversa la royauté française.

Une des causes latentes et la plus importante peut-être de l'instabilité de la Restauration, c'est qu'elle avait été accomplie à l'occasion d'une situation extérieure. Non que la branche aînée de la maison de Bourbon eût été imposée, comme on l'a dit, à la France par les étrangers ; mais ce n'était pas le travail intérieur des idées et la conciliation des divers partis soumis à l'action bienfaisante du temps, qui avaient accompli, à cette époque dans les faits, une restauration longuement préparée dans les esprits ; c'était une situation extérieure terrible, qui, tout-à-coup, sans préparation aucune, avait obligé la France à se jeter dans les bras de la race de Louis XIV, comme dans un naufrage on se précipite sur un radeau construit à la hâte, sans considérer s'il a toutes les conditions de solidité et de durée nécessaires pour résister à l'action des eaux et des vents. Du jour au lendemain, la restauration fut impossible, puis

inévitable : après le grand naufrage de l'Empire,
elle était la meilleure chance de paix pour la
France; c'était la combinaison qui ménageait le
plus sa dignité, qui sauvait le plus de débris de cet
immense désastre, et la plaçait dans les meilleures
conditions vis-à-vis l'Europe triomphante qui occupait son territoire. La France, comme on l'a
dit, paraissait imposante encore, lorsque, veuve
de l'épée de Napoléon, elle se réfugiait au milieu
des souvenirs de Louis XIV. Mais de la soudaineté
de la situation qui rapprocha tout-à-coup la
France de la maison de Bourbon, et du caractère
impérieux de cette situation qui obligea de brusquer le rapprochement, il résulta un grave inconvénient. Les partis anciens restèrent entiers avec
leurs idées exclusives, tout en acceptant une combinaison rendue nécessaire par le besoin immense
de paix qui dominait le présent. On ne transigea
point, et l'on supposa que l'on s'entendait bien
plus qu'on ne s'entendit.

Du côté d'un grand nombre de membres de
l'ancienne société française, en voyant les Bourbons revenus inévitablement pour ainsi dire, et par
la force d'une situation extérieure, dont l'ascendant dominait toutes les considérations, on n'en-
trevit point qu'il était nécessaire de marquer d'une
manière claire et précise dans quelles conditions

ils revenaient, et de chercher sous les débris que
tant de révolutions avaient accumulés, ces droits
respectifs des principes monarchiques et des libertés nationales, dont la définition nette et franche est la condition d'une bonne entente entre le
gouvernement et la nation ; de même qu'entre des
contrées limitrophes la délimitation exacte des
frontières est la condition du bon voisinage. On se
plut à faire tout dériver de la royauté, la liberté
comme la paix, et l'on regarda comme un octroi
et une concession bénévole, ce qui n'était au fond
que la reconaissance d'un droit préexistant, et qui
avait pu être violé en fait, mais jamais détruit en
principe. Les princes exilés, à leur tour, ne ren-
trant point en France par l'effet d'une transaction
intérieure, qui les aurait mis à portée d'appré-
cier l'état des esprits et des intérêts du pays, mais
par la force irrésistible d'une situation extérieure
qui rendait la race de Louis XIV nécessaire à la
France, contre cette grande réaction européenne
qui amenait tous les peuples coalisés à Paris, ne
purent savoir quelles idées il fallait laisser sur
la frontière de France, et en quoi il fallait modifier l'esprit qui avait dominé leurs conseils dans
l'exil.

La révolution, de son côté, voyant dans quelles
conditions s'opérait la restauration , resta en ar-

mes dans les articles de la Charte qui lui étaient
favorables, à peu près comme les protestants se
fortifiaient chaque fois que la paix venait à être
signée, dans les places de sûreté qu'on leur accordait, parce qu'ils demeuraient convaincus que
cette paix serait précaire et de peu de durée, et
que bientôt on verrait se rallumer la güerre.

Il devait donc y avoir, une fois qu'on serait
sorti des difficultés qui avaient un moment mis
tout le monde d'accord, deux esprits en présence,
l'ancien esprit royaliste qui mettait tout dans la
royauté, et l'ancien esprit révolutionnaire qui
mettait tout dans les assemblées et dans le peuple, sans qu'aucun des deux consentît à se dé-
pouiller de ce qu'il avait de trop exclusif, et à reconnaître que, dans la lutte de 89, on était allé trop
loin de l'un et de l'autre côté.

La séparation de la France en deux moitiés, et
la constitution de ces deux partis qui devenaient
chacun plus exclusif par le spectacle de ce qu'il y
avait d'exclusif dans le parti contraire, était le péril le plus grave que pût courir la royauté : car,
notre histoire est là pour le prouver, la place de
roi de France a été une mauvaise place, toutes
les fois que l'unité nationale a été suspendue. Ce
titre de roi de France a quelque chose de trop
large et de trop beau pour que la grande mission

qu'il indique puisse être réduite aux proportions
du pouvoir et du rôle d'un chef de parti. Or, tant
qu'une transaction n'intervenait point entre les
deux grandes opinions qui avaient plus particulièrement défendu en France l'ordre monarchique
et la liberté nationale, la royauté était placée sous
la fatalité d'une situation qui l'entraînait à jouer
ce rôle. La liberté, en se constituant en parti contre elle, devait, par une réaction inévitable, amener l'ordre monarchique à se constituer en parti
sous elle ; et, par une influence réciproque, les partisans d'un retour aux idées et à l'esprit politique
de l'ancien régime, devaient provoquer chez leurs
adversaires une réaction vers les idées et l'esprit
révolutionnaires, de sorte que, s'il ne se trouvait
pas des hommes assez habiles pour arrêter ce
double mouvement, il était indiqué qu'on arri-
verait d'un côté à un ministère de cour expression de la volonté absolue du roi, de l'autre à une
révolution.

On disait alors que la Charte était la transaction entre les deux esprits, l'esprit ancien et l'esprit nouveau ; mais cette assertion manquait
d'exactitude. La Charte n'avait point fait transi-
ger les deux partis opposés, les deux prétentions
rivales ; elle les avait mis en présence : la prérogative absolue de la royauté, ou l'absolutisme royal,

se retrouvait dans l'article 14 ; la prérogative
absolue des assemblées, ou la révolution, se trouvait dans le droit de refus d'impôt. Ce n'était donc
pas la paix que la Charte avait consacrée, c'était
la guerre qu'elle avait mise à l'état constitution-
nel ; la Charte était, à proprement parler, un
champ de bataille.

Le grand péril de la Restauration, c'était donc
qu'elle avait l'air d'être faite, et qu'en réalité elle
n'était point faite à l'intérieur, parce que c'était
une situation extérieure qui l'avait amenée. Tout
le travail des esprits et des intérêts qui précède
ordinairement la reconstitution d'un pouvoir politique, était donc à opérer, et il est impossible de
considérer, au point de vue où nous sommes placés aujourd'hui, l'histoire des quinze années de
la Restauration, ces luttes incessantes des partis
sur l'étendue des prérogatives parlementaire et
royale, cette polémique ardente sur le véritable
sens de la Charte, sur la portée de l'article 14, et
sur celle de l'article qui attribuait aux Chambres
le droit de voter, et par conséquent de refuser
l'impôt, sans demeurer convaincu qu'on n'était
d'accord sur rien en 1814, et qu'on s'était, des
deux côtés, fait illusion sur une constitution qui
donnait raison et par conséquent tort à tout le

monde, raison et tort à la royauté, raison et tort
à la révolution.

Cette persuasion que la Charte avait tout fini et
tout décidé, fut fatale en ce qu'elle empêcha qu'on
fît des efforts pour s'entendre, et pour opérer la
conciliation entre les deux esprits qui se trouvaient
en présence. La tâche à accomplir consistait à séparer l'esprit monarchique de toute tendance au
privilège et au pouvoir absolu, et à séparer l'esprit
libéral de toute tendance à la révolution, afin qu'ils
pussent se réunir et former l'esprit national, l'esprit français. Ce qui compliquait singulièrement
cette tâche, c'est que les deux générations qui s'é-
taient trouvées en conflit en 1789, étaient encore
en présence. Ceux qui avaient de vingt à vingt-cinq
ans en 1789, avaient de quarante-cinq à cinquante
ans en 1814, et par conséquent, dans les dernières
années de la Restauration, ils étaient encore dans
l'âge de l'activité politique. Il résultait de là, que
les rancunes et les défiances du passé venaient
augmenter les difficultés et envenimer les que-
relles du présent. Si l'on ajoute à tant de causes
de périls, que les deux princes qui régnèrent pendant les quinze années de la Restauration, et surtout celui qui régna le dernier, avaient été les chefs
de l'émigration armée, on comprendra toutes les
appréhensions et toutes les terreurs accréditées

par les habiles et les perfides, réellement ressenties
par les hommes sincères du parti adverse, surtout
quand la force des choses eut amené les royalistes
à se constituer à l'état de parti. La contre-Révolution et la Révolution, deux fantômes également
redoutables, se provoquant mutuellement, poussaient les choses à l'extrême, et, au milieu des intérêts de la première Révolution alarmés pour la
liberté, des intérêts de l'Empire alarmés pour
l'égalité, des intérêts des anciennes classes nobi-
liaires alarmés pour la religion et la royauté, les
passions s'échauffaient chaque jour, et la voix de
la raison était, chaque jour, moins écoutée.

Nous ne prétendons pas dire que les difficultés
étaient insurmontables, mais elles étaient très-
grandes, et à cause de leur nombre et de leur
étendue, et parce que les hommes qui se trouvaient en face de ces difficultés, n'étaient pas dans
de bonnes conditions pour les résoudre. Peut-être
la meilleure marche à suivre eût-elle été d'attendre que la lave des passions se refroidît, ce qui
serait arrivé naturellement par l'extinction insensible des générations qui avaient été engagées dans
les luttes ouvertes depuis 1789. Il fallait laisser
disparaître la génération de la révolution et celle
de l'émigration, et laisser grandir M. le duc de
Bordeaux au milieu d'une génération nouvelle,

qui n'aurait point eu de préjugés contre lui, et contre laquelle il n'aurait point eu de préjugés. On l'avait appelé à sa naissance *Henri* et *Dieu-donné,* ce qui prouvait qu'on avait eu l'instinct politique et religieux de cette situation ; il fallait donc se laisser guider jusqu'au bout par ce sentiment, patienter avec les difficultés, au lieu de les brusquer, gagner du temps, laisser tomber les colères, travailler à élargir les bases de la royauté en France, en élargissant celles de la liberté, si on pouvait s'élever à la hauteur de cette conception : ce qui était difficile, il faut l'avouer, pour les hommes qui appartenaient à l'époque qui avait tant souffert de la révolution française. Mais, par-dessus tout, il fallait éviter, à tout prix, d'arriver à un choc, et mieux valait encore laisser la question indécise et suspendue, que d'essayer de la résoudre violemment ; car le succès même n'eût pas été une solution, et l'on devait demeurer embarrassé de la victoire ou accablé sous le poids d'une défaite.

Malheureusement, la perception claire de cette situation manqua à ceux qui dirigèrent, dans les derniers temps, les conseils de la monarchie ; et les terreurs redoublant dans les deux camps opposés, terreurs habilement exploitées par le parti qui poussait M. le duc d'Orléans au trône, la

royauté se jeta, par les ordonnances de juillet,
dans la contre-révolution, pour échapper à la révolution qui lui paraissait imminente ; et l'opposition libérale recula jusque dans la révolution
par les journées des 27, 28 et 29 juillet, et surtout
par celle du 9 août, pour échapper aux images de
contre-révolution qui se levaient devant elle.

La Restauration se trouva donc détruite parce
que la situation extérieure qui avait déterminé
son avènement n'existait plus, et parce qu'elle
n'avait pu résoudre le problème de la situation
intérieure. La Charte, comme ces canons chargés
outre mesure, éclata. La liberté se sépara de nouveau de la royauté, et essaya une alliance nouvelle avec la révolution. La France rentra dans la
carrière des épreuves politiques, les Bourbons
rentrèrent dans la carrière des exils, et les royalistes qui n'avaient pas su séparer, d'une manière
assez claire, le droit monarchique de l'absolutisme
royal et du privilège, les libéraux qui n'avaient pas
su séparer le droit national de la souveraineté populaire et des passions révolutionnaires, se trouvèrent jetés dans une situation nouvelle qui dure
encore.

Il est remarquable que le roi Charles X eut l'in-
tuition du véritable état des choses dans les derniers instants de la monarchie, et que, dans tou-

tes ses paroles et dans tous ses actes, il considéra
évidemment M. le duc de Bordeaux comme pouvant seul apporter une solution aux difficultés si
graves de la situation où se trouvaient la France
et la royauté. Lors des abdications de Rambouillet, le vieux roi ne songea pas un moment à
se donner M. le Dauphin pour successeur, et ce
prince d'une si haute résignation n'eut pas lui-
même l'idée de régner (1). La pensée de l'aïeul et
celle de l'oncle allèrent droit à l'enfant, en fran-
chissant les intermédiaires, et ce fut M. le duc de
Bordeaux que le duc d'Orléans dut faire proclamer sous le nom de Henri V, d'après les actes
d'abdication déposés aux archives.

La conviction du roi Charles X, à ce sujet,

(1) Chose remarquable ! Les avantages de cette combinaison
avaient frappé ce prince, plein de résignation chrétienne, qui vient
de mourir en exil. — « Ce n'est pas de ce jour, ce n'est pas de
1830, » disait-il au petit nombre de serviteurs qui l'entouraient,
après la mort du roi Charles X, « que date ma pensée de placer l'a-
venir de ma famille sur la tête de Henri ; j'avais déjà réfléchi aux
préventions qui s'élevaient contre moi, je les croyais injustes, mais
je pensais qu'elles m'empêcheraient de remplir utilement mes devoirs Dès lors, il me semblait préférable, dans l'intérêt de la
France, que la couronne passât sur la tête de celui que son âge
mettait évidemment à l'abri de toute imputation. Aussi n'ai-je pas
hésité à donner mon assentiment et ma signature à l'acte par lequel
le roi mon père avait déclaré que la couronne passait sur le jeune
front de Henri. »

Voir *Le comte de Marnes*, par M. de Montbel.

s'exprima de la manière la plus touchante dans les dernières paroles qu'il adressa aux officiers supérieurs des gardes-du-corps, lorsque ceux-ci vinrent lui remettre, à Valogne, les drapeaux de leurs compagnies. Il y eut des larmes dans tous les yeux lorsque le roi Charles X, après avoir reçu ces drapeaux, s'exprima ainsi : « Je reçois ces étendards ; ils sont sans tache. J'espère qu'un jour mon petit-fils vous les rendra de même. »

On retrouvait encore la même pensée de l'avenir de la monarchie rattaché à M. le duc de Bordeaux, dans l'ordre du jour remis à chaque garde en particulier dans cette même ville de Valogne :
« Le roi, y était-il dit, voudrait pouvoir donner à
« chacun de ses gardes-du-corps et à chacun de
« messieurs les officiers et soldats qui l'ont ac-
« compagné jusqu'à son vaisseau, une preuve de
« l'attachement de son souverain ; mais les cir-
« constances qui affligent le roi ne lui laissent
« pas la possibilité d'écouter la voix de son
« cœur. Privée des moyens de reconnaître une
« fidélité si touchante, sa majesté s'est fait remet-
« tre les contrôles de ses gardes-du-corps, de
« même que l'état de MM. les officiers généraux
« et autres, ainsi que des sous-officiers et soldats
« qui l'ont suivie. Leurs noms, conservés par
« M. le duc de Bordeaux, demeureront inscrits

« dans les archives de la famille royale, pour at-
« tester à jamais et les malheurs du roi et les
« consolations qu'il a trouvées dans un dévoue-
« ment si désintéressé. »

Ainsi la même pensée qui, avant même la naissance de M. le duc de Bordeaux, s'était manifestée
d'une manière remarquable, revenait avec une
insistance nouvelle au moment de la chute de la
monarchie.

M. le duc de Berry était pour ainsi dire sorti
des ombres de la mort qui commençaient à l'en-
velopper, afin d'annoncer sa venue, et il avait dit
à la duchesse de Berry, qui s'agitait dans les con-
vulsions de la douleur et du désespoir : « Ma femme, conservez-vous pour l'enfant que vous portez
dans votre sein ! » ce qui produisit, selon le témoignage de M. de Châteaubriand, qui assistait à
cette douloureuse scène, une impression si vive,
que toutes les physionomies parurent comme
éclairées par un flambeau qui rayonnait tout-à-
coup au milieu des ténèbres. Le roi Louis XVIII,
debout au balcon des Tuileries, avait dit à la foule
immense qui remplissait le jardin : « Mes amis,
un enfant nous est né. » Le nonce, en se présentant à la tête du corps diplomatique devant le
berceau, avait prononcé ces remarquables paroles : « Cet enfant est l'enfant de l'Europe. » La

tradition de la même pensée se continuait au
moment de la révolution de 1830. Le roi Charles X, au milieu des ruines de la monarchie, se
tournait vers cet enfant qui, avant même de naître, était l'espérance de sa race. A Rambouillet,
il le désignait pour la couronne ; à Valogne,
quand l'avènement du 9 août était déjà accompli,
il le montrait comme devant rendre un jour à
l'armée les drapeaux qu'on venait de remettre au
roi son aïeul ; et c'était à son souvenir qu'il re-
commandait les noms des officiers, sous-officiers
et soldats qui avaient suivi le roi jusqu'à Cherbourg.

Cette préoccupation est remarquable ; mais ce
qui est plus remarquable encore, c'est que le roi
Charles X n'était pas le seul dans l'esprit duquel
elle se montrât. Un des commissaires chargés de
reconduire les Bourbons de la branche aînée à
Cherbourg, M. Odilon Barrot (1), dit au roi Charles X, qui hésitait à quitter Rambouillet : « Sire,
« quels que soient les droits de votre petit-fils,
« quelles que soient vos espérances d'avenir pour
« lui, soyez bien convaincu que, dans l'intérêt

(1) Voir la lettre de M. Odillon Barrot à M. Sarrans jeune,
publiée dans l'ouvrage intitulé *Louis-Philippe et la contre-révolution de 1830*. Nous citons textuellement les paroles de M. Odilon Barrot, telles qu'il les rapporte lui-même.

« même de ces espérances, vous devez éviter que
« son nom ne soit souillé du sang français. »
M. de Schonen disait également, en montrant le
duc de Bordeaux pendant le chemin de Rambouillet à Cherbourg : « Et cet enfant! qui sait? »

Singulière coïncidence qui nous montre, dans
des circonstances si différentes, dans des temps
séparés par de longs intervalles, des esprits divers,
placés dans des conditions toutes contraires, rat-
tachant le nom de M. le duc de Bordeaux à une
pensée d'avenir, et mettant toujours sur sa tête
les espérances de la monarchie.

ARRIVÉE ET SÉJOUR DES BOURBONS

EN ANGLETERRE ET EN ÉCOSSE.

LES BOURBONS A LULWORTH.

1830—1831.

L'Angleterre et le gouvernement anglais firent une réception peu bienveillante aux Bourbons de la branche aînée. Sur le rivage où ils débarquèrent on vit des drapeaux tricolores, et le cabinet anglais ne se montra d'abord à leur égard qu'à demi hospitalier. La joie de l'Angleterre, à la nouvelle de la révolution de Juillet, est caractéristique, et la conduite du gouvernement, dans cette circonstance, est d'autant plus remarquable, que c'étaient les tories qui conduisaient les affaires, et qu'ils devaient être défavorables aux principes démocratiques qui avaient triomphé dans les trois journées. Mais, comme on l'a dit avec rai-

4

son, il y a une chose que l'Angleterre veut avec autant de passion que son propre bien, 'c'est le mal de la France. Or, la chute de la Restauration, au moment où elle venait, par la conquête d'Alger, d'augmenter son influence dans la Méditerranée, et où ses bons rapports avec la Russie se changeaient en une alliance qui devait amener le remaniement des traités de 1815, était un évènement contraire à la puissance extérieure de notre pays; l'histoire diplomatique des quinze dernières années l'a prouvé jusqu'à l'évidence, et la clairvoyance politique des hommes d'État de l'Angleterre avait pu facilement s'élever jusqu'à la prévision d'un fait qui était dans la logique des choses. En effet, la France, sous le gouvernement royal, pouvait choisir à son gré entre tous les systèmes d'alliances ; après les trois jours, elle se trouvait à peu près dans la même position qu'à l'époque des Cent-Jours, isolée en Europe, en face d'une coalition, sinon formée, du moins possible, et à laquelle l'Angleterre pouvait se réunir pour accabler notre pays, ou contre l'action de laquelle elle pouvait lui prêter, disons le mot, lui vendre la faveur onéreuse de sa neutralité.

Il n'était donc pas étonnant que l'Angleterre vît la catastrophe des Bourbons sans intérêt, et la révolution de 1850 avec joie. Deux mois seule-

ment avant cet évènement, notre ambassadeur à
Londres, M. de Laval-Montmorency, quittant Londres par congé pour aller passer quelque temps
en France, avait fait une visite d'adieu à lord
Aberdeen, qui, après s'être plaint de nouveau,
avec beaucoup d'amertume, de la conduite du
cabinet des Tuileries, lui avait fait entendre que,
dans les termes où se trouvaient les deux cabinets,
il conservait peu d'espérance de le revoir, tant
les choses lui paraissaient marcher vers une rupture, et tant la Restauration s'était par conséquent
montrée fière et indépendante vis-à-vis de l'Angleterre! Le lendemain de la révolution de Juillet,
un ambassadeur passait le détroit pour mettre la
politique du nouvel ordre de choses à la discrétion
du cabinet de Saint-James, et pour l'assurer qu'on
sentait tellement le prix de l'alliance anglaise,
qu'on le laissait maître de fixer le prix qu'il voudrait pour l'accorder. Ce contraste est si frappant,
qu'il dispense de tout commentaire, et qu'il suffit
pour faire mesurer la distance immense qui sépa-
rait la situation où se trouvait la France le 26 juillet, de celle où elle se trouva après les trois jours.
Les ministres anglais de cette époque (c'étaient le
duc de Wellington et sir Robert Peel) se montrèrent, en agissant comme ils agirent, Anglais avant
d'être tories ; c'est ce que répondait le duc de

Wellington à un ancien ministre de la Restauration, qui lui faisait observer, peu de temps après
les évènements de Juillet, que le contre-coup de la
révolution devait infailliblement renverser l'administration tory, et déterminer l'avènement d'un
ministère whig. « Que voulez-vous, lui répondit-
il, ils nous ont offert de si grands avantages pour
l'Angleterre, que nous aurions été de mauvais
citoyens si nous eussions repoussé leurs offres (1). »

Tandis que, par des motifs honorables pour
eux, puisqu'ils attestaient la complète indépendance de leur diplomatie et la nationalité de leur
politique, les Bourbons étaient reçus avec tant de
froideur par le gouvernement anglais et la nation
britannique, il se trouvait une famille catholique
et jacobite qui se chargea d'exercer envers eux
les devoirs de l'hospitalité anglaise, et de payer
ainsi la dette de la race des Stuarts. Ce fut la famille Weld. Son chef, le cardinal Weld, fit offrir
au roi Charles X le château de Lulworth, situé
dans le Dorsetshire, non loin de la petite ville de
Wareham.

Lulworth est une de ces belles résidences an-
glaises où l'aristocratie britannique, qui n'a pour

(1) Nous avons entendu rapporter cette conversation par le personnage même à qui le duc de Wellington adressa cette réponse.

ainsi dire qu'un pied à terre à Londres, déploie
toutes ses magnificences et toutes ses grandeurs,
comme si cette aristocratie terrienne sentait que
sa force tient au sol, et que là où est le nerf de sa
puissance, là doit être son principal établissement.

Le village de Lulworth est sur la côte du Dorsetshire, à quelques milles sud-ouest de la ville
de Wareham. Le château est d'une architecture
imposante et régulière ; ses tourelles dominent les
bois et les cottages qui l'avoisinent, et on l'a
comparé à la tête d'un géant posée sur le corps
d'un enfant. Jacques Ier fut reçu au château de
Lulworth, en 1615, pendant ses chasses dans l'île
de Purbech. En 1668, Charles II le visita avec les
ducs d'York et de Montmouth : le premier, après
avoir fait monter le second sur l'échafaud, devait,
on le sait, aller mourir en exil à Saint-Germain. En
1789, Georges III et trois princesses se rendirent
par eau au château. Pendant la guerre civile, le
château de Lulworth partagea le sort de tous les
édifices de ce genre ; on enleva le fer et le plomb ;
une grande partie de la boiserie fut même pillée
par les troupes du parlement en 1643 et 1644.
Tel était le château qui allait recevoir la famille
royale, car Charles X avait accepté, du moins
pour un temps, les offres du cardinal Weld.

Le roi Charles X, en touchant le rivage d'Angleterre, avait pris le nom de comte de Ponthieu, de même que madame la Dauphine avait pris le nom de comtesse de Marnes, qui lui rappelait quelques uns des plus doux instants qu'elle eût passés en France, dans une paisible et charmante solitude qui garde encore fidèlement son souvenir; et madame la duchesse de Berry, le nom de comtesse de Rosny, qui lui était cher, comme le château qu'elle habitait avec tant de prédilection. Il semblait que, pour se créer une touchante illusion, tous ces exilés eussent choisi le nom du lieu qui les rattachait par le lien le plus étroit à la France; et c'est ainsi que M. le duc de Bordeaux devait s'appeler plus tard le comte de Chambord.

Lorsque la famille royale, après avoir traversé les vertes allées qui serpentent sur une pelouse immense, fut arrivée au perron élevé par lequel on monte au vestibule de Lulworth, elle trouva sur le seuil deux cents personnes à la tête desquelles se tenait sir Joseph Weld, qui avait voulu introduire lui-même les augustes hôtes dans l'antique demeure de ses pères. Leur devise, partout inscrite sur leur château, semblait souhaiter la bien venue aux exilés. *Nil sine numine*, « Rien n'arrive sans la volonté de la providence, » telle était cette devise profondément chrétienne, qui, dans son éloquence concise, semblait à la fois offrir une consolation dans le présent, une espérance pour l'avenir, à ce grand et inexprimable malheur qui venait s'abriter un moment sous le toit hospitalier des Weld.

Les premiers instants passés sur la terre étrangère furent profondément tristes; la royale colonie n'était pas encore acclimatée dans l'exil. Madame la duchesse de Berry, dont le caractère vif et l'esprit moins abattu, parce qu'elle entrevoyait dès lors la possibilité de reposer la question qu'elle ne croyait pas irrévocablement jugée, auraient pu jeter quelques rayons sur ces premières et sombres journées, n'avait pas accompagné tout d'abord ses parents à Lulworth; elle était demeurée quelque temps dans l'île de Wight. L'aspect de cet intérieur avait quelque chose de monotone; les heures y marchaient lentement et péniblement; ses nouveaux habitants étaient encore comme sous l'influence de la catastrophe si subite et si imprévue qui avait frappé la royauté en juillet; ils éprouvaient cet engourdissement que ressentent les personnes à côté desquelles la foudre est tombée, lorsque, sortant de leur évanouissement, elles reviennent peu à peu à la vie. Les principaux Français qui avaient suivi la famille royale étaient, sur le *Great-Britain* : M. le duc de Luxembourg, capitaine des gardes, M. le baron de Damas, gouverneur du duc de Bordeaux, M. Barrande, M. Bougon, médecin, Madame de Gontaut, gouvernante de MADEMOISELLE, M. de Barbançois, M. de la Villatte, M. le comte Ogherty ; et sur le *Charles Carrol* : M. de Melinge , M. le vicomte de Talon , M. le marquis de la Salle, M. Gaston de Bouillé, M. le duc Armand de Polignac, M. Kingtzinger, M. de la Rue, M. le comte de Brissac, M. de Maupas, M. Alfred de Damas, Madame la comtesse de Sainte-Maure, M. et Madame de Charette.

Chaque soir le roi faisait son whist, M. le Dauphin jouait au billard, les princesses travaillaient autour d'une grande table devant laquelle étaient assis les deux enfants; on faisait quelques promenades au-dehors, on causait, on lisait les journaux qui étaient attendus avec une grande impatience, et qui plus tard animèrent un peu la vie de Lulworth parce qu'ils apportaient des nouvelles de France. On commentait ces nouvelles avec un intérêt facile à comprendre, car les évènements ne se firent pas longtemps attendre. La révolution, qui était sortie avec tant de violence des rives qui la contenaient, avait peine à rentrer dans son lit. Une lutte de trois jours n'avait point suffi à satisfaire l'immense agitation des esprits ; leur

élan, encore dans toute sa force, cherchait un
champ ou il pût s'étendre. Les premières émeutes
qui grondèrent dans Paris, la mort du duc
de Bourbon enveloppée de redoutables ténèbres,
la nouvelle de l'arrestation de MM. de Polignac,
de Peyronnet, Chantelauze et Guernon-Ranville,
vinrent retentir dans la paisible solitude de Lulworth et en troubler le morne repos. On comprend
l'intérêt que prenait le roi et la famille royale au
sort des personnes dont la tête était placée sous le
coup d'une double menace : les arrêts de la justice
politique qui a quelquefois l'implacable cruauté
de la peur, et le ressentiment de la population,
qui, profondément irritée du sang versé pendant
les trois jours, semblait disposée à substituer les
arrêts sommaires de la place publique aux lenteurs de la procédure. D'autres fois, comme il arrive à ceux qui ont éprouvé un grand malheur,
on refaisait le plan de la bataille perdue, on indiquait les fautes commises et les torts qu'il eût
fallu éviter ; quelques uns insistaient même sur
les partis énergiques qu'on aurait pu prendre dans
le naufrage de la monarchie ; c'était l'opinion qui
allait appeler aux armes la Vendée, qui commençait à se dessiner. Mais ces échappées étaient
rares, car les conversations de ce genre déplai-
saient au roi Charles X. Il conservait, sur la terre

étrangère, la conviction que tout ce qu'il était possible de faire pour prévenir ou pour arrêter la
révolution, avait été fait, et il traitait la pensée
d'une retraite sur la Loire comme une chimère.
Un jour qu'un officier général soutenait l'opinion
contraire, à Lulworth, devant M. le Dauphin, qui
se tenait avec lui dans l'embrasure d'une croisée,
le roi Charles X l'entendit et l'interrompit en lui
disant sévèrement : « Taisez-vous, ce sont de mauvais propos que vous tenez là. » Ce qui rendait le
roi Charles X si contraire à ce sentiment, c'est
l'idée du sang qu'il aurait fallu verser pour recommencer sur la Loire la lutte qui avait eu une
si funeste issue à Paris, et c'était là le motif qui
l'avait décidé à repousser toutes les ouvertures
qu'on lui avait faites lorsqu'il n'avait pas encore
quitté le sol de la France.

Au milieu de ses tristesses, la famille royale
trouvait cependant de grandes consolations dans les
preuves de dévouement si nombreuses et si touchantes qu'elle recevait, et dans cette haute et solennelle manifestation des royalistes de France en
faveur du principe monarchique qui venait de
recevoir une lésion si profonde par les évènements
de 1830. Maintenant que la chaleur des passions
est tombée, et que la partialité politique, qui fausse
tour-à-tour le jugement de toutes les opinions, a

perdu quelque chose de cette âpreté que lui
donne l'émotion d'une lutte récente, les honnêtes
gens de toutes les opinions le reconnaîtront sans
peine, ce fut un beau spectacle que celui qu'offrirent à cet époque tant d'hommes de cœur qui
brisèrent leur carrière, pour marquer leur haute
désapprobation de l'atteinte qui venait d'être
portée aux lois fondamentales de la monarchie.
Qu'on partage ou non leur opinion sur cette atteinte, là n'est point la question; on n'en doit pas
moins proclamer que ce fût un fait honorable
pour le parti royaliste, honorable pour la France
entière; que ce généreux empressement avec lequel ces hommes de tous les âges, de toutes les
classes; les uns appartenant à l'ancienne société
française, les uns datant de l'Empire, quelques uns
plus jeunes encore, renoncèrent aux positions
avantageuses qu'ils occupaient, préférèrent leurs
convictions politiques à leurs intérêts, et rentrèrent
dans la vie privée au moment où la royauté partait pour l'exil. Ces magistrats qui descendaient
de leurs sièges, ces administrateurs qui aban-
donnaient leurs fonctions, ces diplomates qui ab-
diquaient leur mission, ces officiers qui brisaient
leur épée, les uns dans tout l'éclat de leur carrière, et d'autres, sacrifice plus grand encore ! à
l'entrée même de leur vie, et lorsque l'avenir s'é-
tendait devant eux avec toutes les richesses de

leurs espérances, ces professeurs qui quittaient
leur chaire, toute cette élite d'esprits élevés et de
nobles cœurs, s'honoraient eux-mêmes, honoraient leur parti, honoraient la France, en montrant cette vertu politique devant laquelle dispa-
raissent toutes les considérations de l'intérêt privé,
qui prend ses raisons d'agir dans le sanctuaire
de la conscience, et qui fait la force et le nerf des
nations chez qui elle règne.

Ce qu'il y avait de plus remarquable dans cette
manifestation, c'est qu'elle n'était point circons-
crite dans les classes qu'on regardait comme plus
étroitement unies à l'ancienne dynastie par leur
origine (1). Parmi ceux qui suivaient cette ligne de
conduite, on comptait quelques uns des noms les
plus éclatants de l'Empire, entre autres celui du
brave général de Latour-Maubourg, trophée vivant
que les boulets ennemis avaient consacré en le
touchant, et dont la conduite, devant l'émeute
qui voulait désarmer les invalides, avait été si
courageuse et si ferme. En apprenant les détails
de cette belle conduite à Lulworth, où elle était

___

(1) Témoin la belle lettre de Richepanse, fils d'un général de la
République, au maréchal Gérard : « Né et bercé dans les trois cou-
« leurs, je ne puis les haïr; mais quinze années, l'Espagne où j'ai
« gagné le grade de capitaine avec mon sabre, m'ont rappelé que
« le drapeau de Henri IV n'est pas plus conscrit que celui de la
« révolution. »

venue rejoindre sa famille, Madame la duchesse
de Berry s'écria vivement : « Moi je savais bien
« qu'il se conduirait ainsi ; je l'aime depuis
« 1816 ! » C'était à cette époque aussi que le nom
de M. le comte de Kergorlay retentissait à Lulworth, avec tout l'éclat que lui donnait la fermeté
bretonne de sa lettre à la Chambre des Pairs.
Doué d'un de ces caractères de résistance et d'é-
nergie qui se raidissent contre la difficulté et que
la providence semble avoir taillés dans le granit
celtique pour lutter contre les obstacles des mauvais jours, ce Spartiate né en Bretagne ne voulait tenir aucun compte de ce qu'on était convenu
d'appeler les faits accomplis. Ce fut une curieuse
et intéressante chose que de voir cette probité tenace aux prises avec la dextérité de M. Pasquier,
le Jean des habiletés du régime nouveau, qui
employa autant d'expédients et d'échappatoires
pour éluder le débat solennel auquel aspirait
M. de Kergorlay, que celui-ci put mettre de per-
sistance à obtenir le procès qu'on lui refusait. La
dextérité de M. Pasquier fut vaincue, et la per-
sistance de M. de Kergorlay l'emporta ; il fallut
saisir et déférer à la Chambre des Pairs sa lettre
de démission, publiée dans deux journaux, la
Gazette de France et la *Quotidienne*. L'honorable
accusé justifia les paroles incriminées en les ag-

gravant, et ce fut alors qu'il établit entre le père
de M. le duc de Bordeaux et celui du prince nouvellement promu au trône, ce redoutable paral-
lèle qui, selon le rapport des témoins de cette
scène, fit trembler les pères conscrits mal assurés
sur leurs chaises curules, tout prêts qu'ils étaient
à se croire compromis et à s'alarmer de leur audace involontaire, par cela seul qu'ils avaient entendu les paroles mal sonnantes qui rapprochaient
le nom du petit-fils de Henri IV, assassiné le 13
février 1820, comme son illustre aïeul, du nom
de Philippe-Égalité. Le nouveau pouvoir montra
contre M. de Kergorlay une colère qu'il est assez
difficile d'expliquer ; car un fonctionnaire public
acceptait, à peu de temps de là, devant un tribunal, comme un titre d'honneur, ce nom de régicide que M. de Kergorlay, avec une toute autre
intention, il faut le reconnaître, avait fait planer
sur la nouvelle dynastie. Un avocat ayant demandé la remise d'une cause en se fondant sur ce
que le 21 janvier était un jour férié, un substitut
du procureur du roi combattit ses conclusions en
ces termes : « Se soumettre aujourd'hui à la loi
« qui a férié le 21 janvier, c'est revenir de la ré-
« volution aux jours de la monarchie du droit
« divin, c'est frapper de réprobation le grand
« acte d'une triste mais sévère justice, c'est don-

« ner une sanction pénale à la mémoire de nos
« pères; c'est méconnaître le trône élevé par nos
« mains; car, nous le disons sans détour, nous
« n'acceptons pas à titre de réprobation pour
« notre roi, ces paroles véhémentes de M. de
« Kergorlay, dont le respect pour la défense fit
« tolérer les étranges écarts devant la Chambre
« des Pairs. Oui, pour nous, pour la France, le
« titre de fils de régicide est un titre à notre con-
« fiance; il établit entre Louis-Philippe et la race
« proscrite un intervalle immense; il sépare, par
« une barrière insurmontable, le roi citoyen qui
« accepte les actes et la justice de la révolution,
« de la famille étrangère qui a suscité la coa-
« lition des rois contre la patrie. » Le tribunal
adopta les conclusions du parquet, en déclarant
qu'il considérait le chômage de l'anniversaire du
21 janvier comme abrogé, « attendu qu'il aurait
« pour but d'altérer l'affection des citoyens pour
« la nouvelle dynastie. » Ainsi, le souvenir du 21
janvier était solennellement revendiqué par les
fonctionnaires de la nouvelle dynastie comme un
titre de famille, et l'inviolabilité royale qu'on avait
voulu consacrer en vouant à un deuil perpétuel
le souvenir de cette journée néfaste, était rem-
placée par l'inviolabilité du régicide proclamée
dans un arrêt judiciaire.

Il est facile de concevoir quelle impression tous
ces faits produisaient dans le salon de Lulworth,
car les yeux de la famille royale ne cessaient
point d'être attachés sur la France. Les membres
de cette royale colonie, jetés dans cette demeure
hospitalière, ressemblaient à des naufragés qui,
du rivage où le flot les a poussés, contemplent
avec tristesse les suites de la catastrophe dont ils
ont été les premières victimes. De rares moments
de bonheur venaient, comme ces rayons qui s'é-
chappent quelquefois entre les nuages, réjouir
par intervalles les journées froides et monotones
de l'exil; c'était lorsque des voyageurs, arrivant de
France, apportaient à Lulworth les souvenirs de
la patrie.

Un des premiers visiteurs des adversités de la
maison de Bourbon, dont le nom rappelait à la
fois au frère et à la fille de Louis XVI un grand
malheur et un grand dévouement (1), racontait
ainsi, à la date du 7 octobre 1830, son voyage à
Lulworth : « Charles X avait permis que je me
« trouvasse à onze heures dans le salon où la fa-
« mille royale devait se réunir avant la messe,
« et j'y étais; et tous venaient à moi, et tous m'a-
« dressaient des paroles bienveillantes. M. le duc

(1) M. de Sèze.

« de Bordeaux me dit : — *Je suis bien aise de*
« *vous voir en mémoire de votre père.* — Ah! oui,
« c'est en mémoire de mon père! Je ne suis rien
« par moi-même, je suis tout par lui et je m'en
« félicite. C'est une gloire si douce que celle d'un
« père! On en jouit sans embarras, on en est
« fier sans cesser d'être modeste. » Après avoir
raconté que le roi Charles X le retint à dîner, le
comte de Sèze poursuit ainsi : « Avant six heures,
« j'étais de retour à Lulworth et installé dans le
« salon. A table, Charles X était placé entre ses
« petits enfants. J'eus le bonheur d'être appelé
« auprès de madame la Dauphine. Que le dîner
« fut triste pour moi! Madame la Dauphine me
« raconta ses derniers malheurs, son départ, je
« dirai presque sa fuite de Dijon, et cette route
« si longue de deux jours sans nouvelle du roi ni
« de monseigneur le Dauphin. Le seul épisode
« consolant de ce voyage avait été la rencontre de
« M. le duc de Chartres, qui lui avait offert ses
« services et ceux de son régiment avec l'empres-
« sement le plus vif et qui paraissait le plus vrai.
« La princesse en avait été touchée. Puis elle me
« dit le départ de Rambouillet, l'arrivée de Cher-
« bourg, et l'embarquement sur un bâtiment
« américain. Cette dernière circonstance l'avait
« effrayée, et ses craintes devaient être affreuses

5

« si elle savait le mot qu'on attribue à M. de La-
« fayette. On assure qu'à son dernier voyage aux
« États-Unis, M. de Lafayette dit aux Américains
« en les quittant : « *Je ne vous verrai plus sans*
« *doute, mais je vous enverrai bientôt la famille*
« *royale de France.* » J'ai été interrogé à Lulworth
« sur tout ce que je savais. Avec quelle recon-
« naissance on parlait des amis qui se sont mon-
« trés fidèles ! Comme madame la Dauphine se
« rappelait tous ses bons voisins de Villeneuve-
« l'Étang ! Le courage de M. de Kergorlay fut cé-
« lébré, et M. de Latour-Maubourg obtint un suf-
« frage bien flatteur, car MADAME, toujours vive,
« s'écria : « Je savais bien qu'il se conduirait
« ainsi ! Moi, je l'aime depuis 1816. »

En arrivant à Lulworth, on avait concentré
l'éducation de M. le duc de Bordeaux dans les
mains d'un homme qui, en France, n'était chargé
que de lui enseigner une seule branche des connaissances humaines; cet homme était M. Barrande, ancien élève de l'école Polytechnique, d'un
caractère froid, d'un esprit net et positif, et d'une
instruction profonde et variée. Il y avait un avantage évident pour la direction de l'éducation de
M. le duc de Bordeaux dans cette concentration
qui prévenait les tiraillements qui résultent de la
multiplicité des influences : c'était un des bien-

faits de l'exil. Depuis que la famille royale était établie à Lulworth, on avait repris cette éducation un moment suspendue, et qui cependant ne suivit son cours régulier qu'un peu plus tard.

Toutes les pensées et toutes les espérances de la branche aînée étaient venues se reposer sur cette jeune et blonde tête d'enfant. Il n'y eut qu'une fête pendant tout le séjour des Bourbons à Lulworth, ce fut le 29 septembre. C'était la première fois qu'on célébrait dans l'exil l'anniversaire du jour où Louis XVIII avait dit à la foule immense qui encombrait le jardin des Tuileries : « Mes amis, « un enfant nous est né. »

Hélas ! le souvenir des fêtes de la patrie gâta cette première fête de l'exil. On se rappelait involontairement le concours nombreux de visiteurs qui se présentait à Saint-Cloud à pareil jour, pour offrir ses hommages à la famille royale, et célébrer avec elle la miraculeuse naissance de M. le duc de Bordeaux. Parmi ces visiteurs, un des plus empressés occupait en ce moment le trône de France, et un grand nombre de ceux qui rivalisaient avec lui d'enthousiasme et de dévouement, avaient transporté des Tuileries au Palais-Royal leur fidélité nomade, toujours prête à déserter les autels du malheur pour aller s'asseoir aux banquets de la prospérité. Ces blessures, aujourd'hui cicatrisées

par le temps, étaient alors saignantes dans le
cœur des Bourbons de la branche aînée. Ils souf-
fraient autant d'avoir été déçus dans la confiance
qu'ils avaient mise dans la famille d'Orléans, que
d'avoir perdu la couronne, et ce n'étaient point
les coups de leurs adversaires qui leur avaient été
le plus sensibles, c'étaient les coups de ceux qui se
disaient leurs amis.

Bien peu de temps après cette journée qui jeta
un peu de mouvement et de vie au milieu de la
morne solitude du château hospitalier des Weld,
le roi Charles X songea à quitter Lulworth.
Outre qu'on était un peu à l'étroit dans cette résidence, le roi ne voulait point abuser de la généreuse hospitalité de la famille jacobite. Ce fut
alors que le gouvernement anglais, ayant été instruit des dispositions du roi et de sa famille, lui
fit offrir le château d'Holy-Rood à Édimbourg,
offre qui n'avait rien qui pût compromettre le
cabinet de Saint-James avec le cabinet du Palais-
Royal, car Édimbourg allait encore éloigner la
maison de Bourbon de la France, et M. le prince
de Talleyrand, nouvel ambassadeur de la royauté
d'août, insistait pour obtenir ce résultat.

Ce fut vers la mi-octobre 1830 que le roi
Charles X quitta Lulworth, se rendant à Poole,
où il s'embarqua avec M. le duc de Bordeaux pour

l'Ecosse ; M. le Dauphin et madame la Dauphine,
avec MADEMOISELLE, prirent le chemin par terre.
C'est alors que M. le duc de Bordeaux répondit à
sa sœur qui lui faisait observer qu'allant par mer
il ne verrait rien : « Je préfère mon voyage au
vôtre, car j'apercevrai la France. »

Avant la fin d'octobre 1830, toute la famille
royale était établie à Holy-Rood, à l'exception de
MADAME, duchesse de Berry, qui, par des raisons
particulières et qui, ainsi qu'on le verra plus tard,
se rattachaient à la politique, résida quelque
temps à Londres et à Bath.

II

LES BOURBONS A HOLY-ROOD.

1831—1832.

Le palais d'Holy-Rood, qui, lorsqu'on l'aperçoit pour la première fois à la clarté douteuse de la lune, avec ses créneaux et ses hautes murailles, produit l'effet d'une prison, s'élève à l'une des extrémités d'Édimbourg, et n'est séparé que par une place du sale et sombre faubourg de la Canongate. Il est situé sur un terrain bas, dominé de tous côtés par des montagnes. Celle qui le commande, à gauche, est couronnée d'édifices élégants et pittoresques, et entourée comme d'une ceinture de maisons neuves qui se détachent des flancs de la montagne par leur blancheur. C'est dans une de ces maisons que s'établit madame la Dauphine;

une autre fut occupée par madame la duchesse de
Berry pendant son séjour à Édimbourg. Malgré
sa vaste étendue, le palais des Stuarts ne pouvait
contenir qu'une partie des Bourbons exilés; la
portion des appartements restée habitable était
très-restreinte, et ce ne fut que dans la façade
opposée à la porte d'entrée, et qui est entièrement
moderne, qu'on put trouver un logement pour
Charles X et le duc de Bordeaux; MADEMOISELLE
s'établit avec la duchesse de Gontaut à droite de
la porte d'entrée.

Holy-Rood, dont Jacques V, roi d'Écosse(1), jeta
les premières fondations, mais qui ne fut entièrement terminé que sous Charles II, n'est guère
plus intérieurement qu'une ruine, mais une
ruine majestueuse et vraiment royale. On y
visite encore les appartements de Marie Stuart
avec leurs gothiques tentures et leurs meubles
vermoulus par le temps, et l'ombre charmante
et plaintive de la reine d'Écosse semble errer sous
les lambris noircis par les années de cette longue
et vaste galerie de cent cinquante pieds de long
sur soixante-douze de large, toute tapissée des por-
traits des rois d'Écosse jusqu'à Fergus; c'est dans
cette galerie que se réunissent les pairs écossais

(1) En 1513.

pour choisir les douze d'entre eux qui doivent les
représenter au parlement britannique. Ces rois,
muets témoins d'un glorieux passé, attachant leurs
regards sur le visiteur dont les pas indiscrets
troublent le silence solennel de leur demeure,
jettent je ne sais quel trouble dans son ame ; on
dirait voir l'assemblée des siècles faisant la haie
pour regarder passer, avec une ineffable ironie, le
présent qui, après avoir fait un peu plus, un peu
moins de bruit, va se perdre dans le silence éternel du tombeau. La vie et le mouvement con-
viennent mal à ce séjour d'immobilité et de mort,
palais d'une royauté qui n'est plus, s'élevant dans
la capitale d'un royaume qui n'est plus qu'une
province, de sorte que toute sa splendeur n'est
qu'une splendeur de reflet, toute sa grandeur qu'une
grandeur de souvenir. Au-dehors, le palais d'Holy-Rood, comme ces organisations vigoureuses qui,
malgré les lésions intérieures, conservent l'apparence de la force, offre encore l'image de la solidité et de la durée. L'édifice est de forme qua-
drangulaire ; quatre tours flanquent sa façade ;
les armes des rois d'Écosse surmontent et déco-
rent la porte d'entrée ; une cour carrée, entourée
d'un portique, occupe le milieu de l'édifice.

Pendant la première révolution déjà, le roi
Charles X avait habité le palais d'Holy-Rood ; c'é-

tait donc pour la seconde fois que sa destinée
voyageuse venait heurter celle des Stuarts. Du
reste, les tristesses de ce monument se mariaient
avec celles de l'exil, et le vieux palais d'Holy-Rood,
qui pleurait ses rois, convenait assez bien, comme
séjour, aux Bourbons qui pleuraient leur patrie.
Il y avait de mélancoliques rapprochements entre ces deux histoires si pleines de larmes et de
douleurs, qui, à deux siècles de distance, venaient
se rencontrer ; et c'était un assez beau spectacle
que les Stuarts se levant à demi sur leurs tombeaux
pour faire honneur aux princes qui les visitaient,
et pour rendre, dans leur morne et sombre palais,
aux petits-fils de Louis XIV, l'hospitalité de Saint-
Germain. Le souvenir de ces adversités qui, jusqu'à la révolution de France, n'avaient point d'é-
gales sous le soleil, Marie Stuart, Charles Ier,
Jacques II, noms tristes et douloureux, adou-
cissaient l'amertume de la position du frère et de la
fille de Louis XVI, en leur rappelant que ce n'é-
tait point la première fois que la majesté royale
avait été violée, « que les reines avaient été vues
« pleurant comme de simples femmes, et que l'on
« s'était étonné de la quantité de larmes que con-
« tenaient les yeux des rois. » Quant au jeune
enfant qui arrivait à Édimbourg à la suite de ses
parents, le séjour d'Holy-Rood n'était pas non plus

mauvais pour lui ; le génie des Stuarts qui réside
dans ces lieux solitaires , se leva triste et morne
devant l'héritier de la maison de Bourbon, pour
lui indiquer du doigt les routes à éviter et les
écueils sinistres où les monarchies venaient échouer
sans retour. Le malheur de ces princes brilla devant
lui comme un fanal allumé sur le rivage, et, plus
tard , quand les années eurent mûri son intelligence, il médita plus d'une fois sur les impressions qui, tombant avec les ombres de la nuit,
descendaient sur son jeune front du haut des sombres voûtes du vieux palais d'Holy-Rood.

Tant que la famille royale était demeurée à
Lulworth, elle avait été, par suite de l'incertitude de la durée de son séjour dans ces lieux,
pour ainsi dire campée dans son exil; à Édimbourg elle s'y établit, car elle arriva dans cette
ville avec la pensée d'y fixer, du moins pour un
temps assez long, sa résidence. Le roi, M. le duc
d'Angoulême et madame la Dauphine, y formèrent des habitudes; le roi se promenait à pied deux
heures par jour, et montait à cheval une ou deux
fois par semaine avec madame la Dauphine; les
magnifiques carrosses des Tuileries avaient été
remplacés par une simple voiture de remise louée
au mois, et MADEMOISELLE prenait des chevaux
à la demi-journée quand elle voulait sortir.

Dans les premiers moments du départ de la branche aînée, on avait parlé de sommes immenses emportées par elle dans l'exil. C'était, on le voit, une erreur à ajouter à tant d'autres erreurs; les prospérités des Bourbons avaient été royalement prodigues; ils avaient toujours eu la pensée que les rois devaient administrer leurs finances particulières à la manière du soleil, qui ne pompe les eaux des fleuves et de la mer que pour les rendre à la terre en rosée et en pluie. C'est ainsi que, dans les dernières années de la Restauration, le duc d'Angoulême répondait à un ministre qui lui demandait, à la fin du mois de décembre, un secours pour une commune : « Monsieur, j'en suis fâché, il faudra revenir. Je me suis fait une loi de rendre à la France, chaque année, ce que je reçois d'elle. L'année finit aujourd'hui, mon revenu a fini avec l'année, et j'ai donné ce matin tout ce qui me restait; revenez demain (1). » Avec de semblables principes d'administration, on ne thésaurise guère; aussi les Bourbons de la branche aînée avaient-ils agi comme s'ils croyaient perdre tout ce qu'ils ne donnaient pas.

La révolution de 1830 les prit au dépourvu; c'est à peine s'ils emportèrent 350 mille francs

(1) Ce fait a été révélé dans une lettre de l'honorable M. Hyde de Neuville.

en quittant la France ; et si on avait saisi leurs biens
particuliers, qui étaient peu considérables (1), ils
eussent été réduits à l'aumône sur la terre étrangère. Ajoutons que cette généreuse confiance qui
fit négliger à la maison de Bourbon de faire des
économies, tenait au principe même sur lequel
reposait leur gouvernement. Un homme plein de
sens (2) l'a fait observer : les princes qui, sortant
des rangs de la foule, sont portés au trône par les
évènements, conservent toujours quelque inquiétude dans leur union avec l'État, et l'on vit le
plus illustre sans contredit d'entre eux, Bonaparte, poursuivi de cette idée, lorsque la loi qui
réglait les rapports du domaine privé avec le domaine de la couronne fut discutée, prévoir involontairement l'éventualité d'une situation où il
cesserait d'occuper le trône, et se préparer pour
cette circonstance une opulente retraite. Rien de
pareil chez la maison de Bourbon. On reconnaît,
à la manière dont ils agissent, qu'ils regardent
leur mariage avec l'État, pour nous servir d'une
expression du roi Henri IV, comme saint et in-
dissoluble, et qu'ils ne prévoient jamais le cas où

---

(1) Ils se montaient à dix mille hectares de bois, situés dans
sept départements : Vienne, Deux-Sèvres, Cher, Haute-Marne,
Marne, Vosges, Ardennes. (Voir *le Moniteur* du 13 février 1831,
Rapport de M. Thil sur la liquidation de l'ancienne liste civile.)
(2) M. Hennequin.

il pourrait être rompu. Les révolutions elles-mêmes, malgré tant d'enseignements réitérés, les laissentdans leur généreuse incrédulité à cet égard, et l'exil de 1830 les trouva aussi pauvres en économies que l'émigration de 93.

A Holy-Rood comme à Lulworth, l'uniformité de la vie des exilés n'était guère rompue que par l'intérêt qu'excitaient les nouvelles qui arrivaient de France, et la joie qu'apportaient avec eux les royalistes persévérants qui venaient saluer les adversités des Bourbons de la branche aînée, dans le palais des Stuarts. Ce nouvel exil avait brisé l'ame de madame la Dauphine ; elle n'était pas au nombre des personnes qui conservaient des espérances prochaines ; sa vue, exercée par le malheur, lui faisait apercevoir les longues années d'épreuves qui devaient encore se dérouler devant elle ; elle souffrait son exil tout entier à chaque instant de son exil. Tous les Français qui venaient à Holy-Rood, demeuraient aussi frappés de son douloureux abattement que de son infatigable amour pour la France, et de ses inépuisables vertus de pardon envers les moins excusables de ses ennemis. Un voyageur qui était allé déjà visiter les Bourbons à Lulworth (1), et qui vint les revoir en 1831

(1) Le comte de Sèze ; le vicomte de Nugent vint quelque temps après, ainsi que le comte de Mangin-Fondragon et plusieurs autres.

à Holy-Rood, écrivait ce qui suit à ce sujet : « Assis
autour d'une table ronde, pendant le jeu de
Charles X et de M. le Dauphin, nous causions,
je pourrais dire familièrement, avec madame la
Dauphine. Elle nous demandait des détails sur
tous ses amis ; c'est ainsi qu'elle les appelle. Il y
avait des noms qu'elle ne pouvait prononcer sans
larmes ; puis, quand la conversation tombait sur
des personnes et sur des actes qu'il était impossible de ne pas blâmer, elle se taisait et ne pleurait
plus. L'attachement l'attendrit plus que l'abandon
ne l'affecte ; serait-ce qu'après une si cruelle expérience, on n'est plus surpris que de la fidélité ?
Madame la Dauphine avait ce soir-là, auprès
d'elle, une foule de journaux français ou étrangers.
« Vous voyez là des journaux anglais, me dit-elle,
« et ce sont des articles de France que je lis et que
« je cherche. — Mais, Madame, lui dis-je, la
« France !..... — Qu'importe, me répondit-
« elle, c'est là que sont tous mes souvenirs, tous
« mes regrets ; c'est là qu'est tout mon cœur. »

« Elle sanglotait en parlant ainsi, et nous
pleurions silencieusement auprès d'elle. J'avais cru
jusqu'ici que madame la Dauphine, assaillie par
tant de malheurs, ressemblait à un de ces chênes
battus par l'orage qui se fortifient dans la tempête ;
je m'étais trompé, c'est plutôt un chêne déraciné

qui languit et qui meurt loin de sa terre natale. »

Il importe de ne pas l'oublier, lorsque madame la Dauphine exprimait ces sentiments pour la France, la proposition Baude (1) avait été prise en considération, puis votée par la Chambre des députés, et la salle du Palais-Bourbon retentissait des discours où l'on discutait les moyens les plus propres à tenir à jamais éloignés « l'ex-roi « Charles X, ses descendants et les alliés de ses « descendants, bannis à perpétuité du territoire « français, et déclarés incapables d'y acquérir, à « titre onéreux ou gratuit, aucun bien, comme « d'y jouir d'aucune rente ni pension, » et à les forcer « à vendre, dans le délai de six mois, « tous les biens qu'ils posséderaient en France. » On voulait que cette race antique ne conservât plus un seul pouce de terrain dans ce royaume qui était l'œuvre de sa politique et de ses victoires. Les paroles les plus haineuses, les expressions les plus dures contre les Bourbons de la branche aînée, se succédaient dans nos assemblées délibérantes, à l'occasion de cette proposition qui semblait avoir réveillé les inimitiés assoupies et rallumé les passions éteintes.

Mais dans les Chambres et hors les Chambres

_____

(1) La proposition Baude est du 15 mars 1831.

de nobles voix retentirent à cette occasion, et
elles arrivèrent jusqu'au cœur des exilés, qui se
consolèrent d'avoir été aussi cruellement attaqués,
en apprenant de quelle manière ils étaient dé-
fendus.

« — Il y a quelque chose de puéril dans cette
pensée de l'homme qui prétend enchaîner l'avenir
à ses lois, s'écriait M. Berryer. Mais qui sanc-
tionnera une pareille proposition? Le cousin de
la duchesse de Berry et du duc de Bordeaux?
Allez, allez, les lois de condamnation et de proscription ont toujours été de mauvaises garanties.
Que le gouvernement s'occupe plutôt de dissiper
les craintes de l'avenir, et de nous assurer l'ordre,
la gloire et la liberté. »

C'est à l'occasion de la même loi que le duc de
Fitz-James prononçait ces belles paroles : « C'est
une triste passion que la haine, d'autant plus
triste qu'un des caractères distinctifs de cette maladie de l'humanité, est de ne jamais trouver satisfaction dans les succès qu'elle obtient. C'est une
loi de haine et de vengeance qu'on vous propose,
une loi qui rappelle celle qui supprima l'anniversaire du 21 janvier, en alléguant que la seule lecture du pardon eût été une infraction au pardon
lui-même. L'exclusion de la branche aînée est un
fait accompli. Il durera autant que Dieu lui per-

mettra de durer, pas une minute au-delà. De deux
choses l'une, ou l'exil de cet enfant doit être
éternel, ou la France le replacera sur le trône de
ses pères. Dans le premier cas, ce ne sera pas la
loi proposée qui cimentera sa condamnation, ce
sera la liberté, la paix, le bonheur dont le gouvernement qui a succédé à la branche aînée aura
fait jouir la France. Dans la seconde proposition,
comme il ne pourra jamais être rappelé que par la
force des choses, par une loi unanime de salut qui
sortirait de toutes les bouches, une telle puissance
est irrésistible, et votre loi serait alors entraînée
par le torrent qui en a déjà englouti tant d'autres.
Ah ! messieurs les ministres, assurez au pays son
existence de demain, si vous le pouvez, et ne
faites pas de l'éternité (1) ! »

Vives et poignantes paroles, auxquelles M. le
marquis de Dreux-Brézé ajoutait plus tard cette
éloquente apostrophe : « Si vous bannissez à jamais les Bourbons et leur postérité, renvoyez-leur
donc tout ce que vous en avez reçu ; ne retenez pas
cet héritage de gloire et de biens qu'ils vous ont
laissé ! Que dis-je ! faites ouvrir les tombeaux de
leurs ancêtres, et renvoyez-leur les ossements des
fondateurs de vos libertés, des conquérants de

(1) Séance de la Chambre des Pairs du 9 décembre 1830.

votre territoire, des sages créateurs de votre législation. »

Une de ces voix surtout, dont les accents sont toujours allés haut et loin dans ce pays, faisait entendre des interpellations qui produisaient une impression profonde : « A entendre les déclamations de cette heure, écrivait M. de Château-briand, il semble que les exilés d'Édimbourg soient les plus petits compagnons du monde et qu'ils ne fassent faute nulle part. Il ne manque aujourd'hui au présent que le passé; c'est peu de chose! Comme si les siècles ne se servaient pas de base les uns aux autres, et que le dernier arrivé pût se tenir en l'air! Comment se fait-il donc que, par le déplacement d'un seul homme à Saint-Cloud, il ait fallu prêter trente millions au commerce, vendre pour deux cents millions de bois de l'État, augmenter les perceptions de 55 centimes sur le principal de la contribution foncière, et de 50 centimes sur le principal de la contribution des patentes? Jamais sacre royal aura-t-il coûté aussi cher que nôtre inauguration républicaine? Notre vanité aura beau se choquer des souvenirs, gratter les fleurs-de-lys, proscrire les noms et les personnes, cette famille, héritière de mille années, a laissé en se retirant un vide immense, on le sent partout. En parcourant l'espace qui sépare la tour du

Temple du château d'Édimbourg, je trouverai
autant de calamités entassées qu'il y a de siècles
accumulés sur une noble race. Une femme de douleur a été surtout chargée du fardeau le plus lourd,
comme la plus forte; il n'y a cœur qui ne se brise
à son souvenir; ses souffrances sont montées si
haut, qu'elles sont devenues une des grandeurs de
la France. »

Belles et hautes paroles qui n'empêchèrent
rien, car la passion politique n'a ni oreille pour
entendre, ni intelligence pour juger, ni cœur
pour sentir; mais paroles qui devaient rester
comme une protestation éloquente dans la mémoire de la France, pour en sortir le jour où la
raison publique et la justice nationale repren-
draient le dessus (1).

Nous avons dû rappeler la proposition Baude,
qui se rattache à l'histoire de l'exil de la branche

(1) Quatorze ans plus tard, un vote de la Chambre renvoyait au
Ministre de l'intérieur, sur le rapport de l'honorable M. Crémieux, une pétition qui demandait que les portes de la France
fussent ouvertes à Madame la Dauphine et à MADEMOISELLE. In-
terpellé par plusieurs membres ministériels au sortir de la Chambre, M. Crémieux répondit à l'un d'eux qui lui disait : « Mais
que voulez-vous donc, Monsieur ? » — « Je veux, Monsieur, que
lorsque la fille de Louis XVI et la fille du duc de Berry paraî-
tront dans nos rues, nous marchions devant elles chapeau bas,
pour apprendre à tous le respect que l'on doit à l'innocence et à
la vertu unies au malheur. Je veux que la fille de Louis XVI

aînée, puisqu'elle acheva de fixer la position des
Bourbons exilés, en complétant ainsi la révolution
de 1830. Ils furent déclarés bannis à perpétuité,
incapables d'acquérir et de continuer à posséder,
et il leur fut enjoint de vendre, dans le délai de
six mois, à partir de la promulgation de la loi,
les biens qu'ils se trouveraient posséder en France.

Peu de temps après la promulgation de cette
loi, on vit arriver à Holy-Rood un homme qui venait d'acquérir de nouveaux titres à l'intérêt des
exilés, c'était le vicomte de Conny. Les royalistes
de France se trouvaient à cette époque dans une
situation difficile, et sur laquelle il importe de
donner des explications sommaires; car les résultats de cette situation retentissaient douloureusement dans les entretiens de la petite colonie d'Holy-
Rood.

La révolution de 1830 n'avait pas rompu les
liens d'attachement qui unissaient un grand nombre de Français à la branche aînée, et, comme il
arrive pour les ames élevées, les injures et les rigueurs auxquelles ils voyaient les objets de leur
affection en butte, redoublaient au contraire leurs

jouisse de la seule consolation que la France puisse lui donner,
celle d'entendre la messe tous les jours rue d'Anjou, devant l'autel
qui s'élève au-dessus des restes de son père, de sa mère, de son
frère et de sa tante. »

marques de respect et de sympathie, comme s'ils
eussent voulu adoucir, par ces hommages et ces
témoignages d'amour, l'amertume qui devait
inonder l'ame des exilés. Ils mettaient donc une
certaine ostentation dans la manifestation de leurs
sentiments ; et, par une réaction facile à comprendre, plus le parti révolutionnaire abreuvait les
Bourbons d'outrages, plus les royalistes saisis-
saient les occasions de montrer leur respect et
leur dévouement aux petits-fils de Louis XIV. Un
gouvernement qui aurait eu des vues élevées, aurait compris qu'il y avait quelque chose d'inévitable dans cet état des esprits, et qu'il fallait, au
lieu d'entreprendre de changer des dispositions
qui échappaient à son action politique, gouverner
assez bien les affaires générales de la France pour
rendre ces dispositions impuissantes et inactives.
Qu'il y eût, au milieu de tant d'intérêts froissés par
la révolution de 1830 et d'idées contraires au
nouvel établissement, des esprits vifs et impé-
tueux qui fussent prêts à accueillir les moyens
les plus courts, et par conséquent les moyens vio-
lents, pour arriver à le détruire, cela est trop vrai-
semblable pour ne pas être vrai. Cependant, quoique leur nombre fût assez grand, c'était là l'exception et non la règle, et un gouvernement habile et
fort eût évité, avec un soin tout particulier, de leur

donner un prétexte. Mais tout ce qui était général
se trouvait au-dessus des forces du gouvernement,
ou plutôt, à cette époque, il n'y avait pas de gouvernement, le pouvoir était tombé dans la rue.

Lorsque le premier anniversaire du 13 février
revint après la révolution de 1830, un grand
nombre de royalistes de Paris voulurent faire
dire, dans les églises de la capitale, des messes de
commémoration pour cet anniversaire. Il est probable, on ne saurait en disconvenir, que la pensée
de ceux qui demandaient ces services se reportait
du tombeau du père au berceau du fils, et que
le 29 septembre se liait, dans leur esprit, au 13 février. Mais il ne pouvait pas en être autrement,
c'était une difficulté inhérente à la situation ; il
fallait donc l'accepter ; on ne pouvait pas faire qu'il
n'y eût pas de royalistes en France parce que la révolution de Juillet avait éclaté. Du moment qu'il
y avait des royalistes, on était logiquement amené à
souffrir qu'ils priassent pour le duc de Berry et
même pour le duc de Bordeaux. La politique et
la médecine qui s'attaquent aux symptômes, sont
une mauvaise médecine et une pauvre politique ; la
grande politique et la grande médecine vont droit
aux principes du mal. La grande politique, dans
cette occasion, eût consisté à ne donner aucuns
griefs généraux aux royalistes ; car les partis ne

sont dangereux que par la confusion qui s'établit
entre leurs intérêts particuliers et les intérêts publics. Jamais une messe n'a renversé un gouvernement qui donne de belles et grandes destinées
à la nation à la tête de laquelle il est placé. Le
nouveau gouvernement, faute de pouvoir faire de
la grande politique, se jeta dans la petite; il in-
terdit les messes noires pour le 13 février. L'effet
de cette mesure fut d'exciter une juste et profonde
irritation dans le cœur des hommes de la droite.
Or, par un malentendu ou par une négligence,
la défense de dire des messes anniversaires n'arriva point au curé de Saint-Germain-l'Auxerrois;
il y eut donc là une messe à laquelle les royalistes, devant qui toutes les autres églises se fer-
maient, accoururent. Grâce à la mesure, l'affluence fut plus grande, puisqu'on se réunit sur
un seul point; par suite de l'indignation qu'elle
avait excitée, la manifestation de sentiments fut
plus vive : on parla plus tard d'une lithographie
du duc de Bordeaux attachée avec une épingle au
drap qui couvrait le catafalque, mais le fait n'a
jamais été bien éclairci. Ce qu'il y a de certain,
c'est que lorsque le service fut terminé, le bruit
se répandit que le duc de Bordeaux avait été proclamé à Saint-Germain-l'Auxerrois, et qu'alors
commencèrent des scènes à jamais déplorables.

La portion la plus violente du parti révolutionnaire, trouvant là un prétexte d'émeute, le saisit.
Bientôt aussi toute cette tourbe de la population,
malfaiteurs en rupture de ban, forçats libérés et
repris de justice, qui se remue dans les fanges de
la grande ville, se précipita dans le mouvement
avec une fougue et une fureur inouïes (1). Les
trois journées de Juillet avaient été faites contre
la royauté ; les trois journées de février furent
faites contre Dieu. Les croix qui dominent les
églises, les églises elles-mêmes, furent l'objet d'attaques et de dévastations dont le sac de Saint-
Germain-l'Auxerrois avait donné le signal ; l'é-
meute visita une seconde fois l'Archevêché, déjà
dévasté, et courut jusqu'à Conflans, en poussant
des cris de mort contre l'archevêque, qu'on accusait d'avoir été l'instigateur du service de Saint-
Germain-l'Auxerrois, et qui fut contraint d'épargner, par une prompte fuite, un crime de plus
aux auteurs de ces violences.

Bientôt on apprit à Holy-Rood les détails de ces
journées pendant lesquelles les symboles du chris-
tianisme, les monuments des arts, les propriétés

_____

(1) « Remontons courageusement à la cause des émeutes. Dans ces
journées, un grand nombre de forçats libérés et de voleurs se sont
portés à l'Archevêché. » (Discours de M. Baude, préfet de police,
dans la séance du 19 février 1831.)

d'une classe de citoyens furent en proie à des
actes de vandalisme que le gouvernement fut
obligé de subir, ce qui était pis en politique que
s'il les avait ordonnés. Quelque chose de plus encore; il s'était fait perturbateur et iconoclaste à la
suite, et marchait, pour ainsi dire, derrière l'émeute
pour légaliser ses excès. Il contribua, en effet, à
faire descendre les croix du faîte des églises, et il
ordonna qu'on voilât les crucifix dans les tribu-
naux, sans doute pour punir Dieu d'avoir reçu
les prières qu'on lui offrait pour le duc de Berry,
et pour lui apprendre à obéir désormais au juste-
milieu.

Sans parler des émotions douloureuses qu'é-
prouvèrent les exilés en leur qualité de princes
très-chrétiens, en lisant le récit de ces excès, une
raison de famille vint augmenter la part qu'ils
prenaient à la douleur de tous les catholiques de
France. Une pierre, surmontée d'une croix, avait
été placée à la Conciergerie dans la chambre où
la reine avait versé les dernières larmes qu'elle
versa devant Dieu avant d'aller rejoindre le roi
Louis XVI, en passant par l'échafaud. Sur cette
pierre était gravée la lettre pleine d'une mansué-
tude ineffable, dans laquelle, suivant le précepte
et l'exemple du Dieu qui était son seul consola-
teur, elle pardonna, avant d'aller à la mort, à ceux

qui l'avaient offensée, et pria pour ses bourreaux.
Ce monument, cette lettre gravée au pied de la
croix, tout fut détruit par les ordres de M. de
Montalivet, ministre de l'intérieur (1), à l'occasion
des troubles de février. On ne saurait dire combien ces réactions, à la fois impies et impolitiques,
contre les souvenirs les plus chers et les tombeaux
les plus sacrés, inspirèrent d'indignation dans le
parti royaliste. Le ministère y mit le comble, en
ordonnant des arrestations et des visites domiciliaires à Paris, dans toutes les province de France.
Les provinces de l'Ouest surtout furent privilé-
giées dans ces mesures de persécution qui, en
semant partout des germes de mécontentement,

(1) M. le vicomte de Conny écrivait, à cette époque, à M. de
Montalivet, dans une lettre publiée par les journaux. « Au milieu
« de nos trop sanglantes discordes, une reine confiée à la foi fran-
« çaise périt sur l'échafaud où était tombé le roi martyr ; tout ce
« que l'ame peut souffrir de douleur, elle l'a ressenti ; vivante,
« elle fut arrachée à tout ce qu'elle aima sur la terre, et enfermée
« dans un tombeau : ce tombeau fut la Conciergerie. En expiation
« de tant de crimes, après plus de vingt ans, une pierre surmon-
« tée de la croix fut placée là où la reine de France avait tant souf-
« fert, là où elle avait pardonné à ses bourreaux, là où, en pré-
« sence de l'échafaud, elle avait écrit cette lettre, monument
« éternel d'admiration et de douleur. Eh bien ! ce monument, cette
« lettre gravée au pied de la croix, tout a été détruit par vos or-
« dres, Monsieur. Ah ! que je vous plains ! vous avez désormais
« une place dans l'histoire d'une reine dont la mémoire ne pé-
« rira jamais. »

préparaient les esprits à des manifestations violentes ; car la passion est comme la flamme, qui se
communique à tout ce qu'elle touche.

C'est en sortant de la Conciergerie, où il avait
écrit à M. de Montalivet une lettre pleine d'éléva-
tion, au sujet de la profanation commise dans cette
prison consacrée par la présence de la reine, que
M. de Conny se rendit à Holy-Rood avec ses deux
fils. Quand il entra dans le cabinet du roi, il le
trouva assis et tenant un livre à la main. Par un
mouvement involontaire, les yeux du vicomte de
Conny se portèrent sur le livre que lisait le roi :
c'était une histoire de la chute des Stuarts. Tableau plein d'enseignements sur les vicissitudes
des choses humaines : le petit-fils de Louis XIV,
exilé et proscrit lui-même, lisant l'histoire de la
chute de la maison des Stuarts dans le vieux château d'Holy-Rood ! M. de Conny n'avait pas revu
le roi depuis Trianon, où il s'était rendu le 30 juillet 1830 pour offrir à la monarchie expirante ses
derniers services. Il avait raconté, dans un écrit
alors récemment publié (1), l'entretien qu'il avait

(1) Voici la relation complète de cette conversation. Nous l'empruntons à un écrit de M. le vicomte de Conny, qui parut en 1832 sous ce
titre : *De l'avenir de la France.* « Je raconterai ici une conversation
que j'eus avec le roi. Je partis dans la nuit du vendredi au samedi,
de Paris pour Saint-Cloud ; j'étais à pied. J'y arrivai de très-bonne
heure. Tout était calme dans les Champs-Élysées, dans l'avenue de

eu avec le roi, et le conseil hardi qu'il lui avait
donné sans pouvoir le déterminer à le suivre. Le

Neuilly, dans le bois de Boulogne; ce fut seulement à Boulogne
que je rencontrai deux à trois cents hommes qui avaient pris part
aux combats de Paris; ils arrivaient à Boulogne par la route de
Passy, et se disposaient à marcher sur Saint-Cloud.

« Les habitants de Boulogne furent à leur rencontre aux cris de:
Vive la Charte! Ce fut le seul cri qui fut prononcé. Cette troupe
fit une station à Boulogne; les habitants leur offrirent des li-
queurs. Je dépassai cette colonne, et il me fut facile de reconnaître qu'elle n'était forte que de trois cents hommes au plus. J'arrivai sur le pont de Saint-Cloud, où la garde royale avait placé
une barricade; reconnu par l'officier-général de service, je fran-
chis la barricade, et, traversant rapidement l'avenue où étaient ras-
semblées beaucoup de troupes, je courus au château.

« Le roi, Madame la duchesse de Berry et M. le duc de Bordeaux venaient de partir pour Versailles. M. le Dauphin était
resté seul à Saint-Cloud; je fus introduit dans son cabinet. Le
prince me demanda avec une vive anxiété des nouvelles de la situation de Paris : «Je n'en ai pas depuis vingt-quatre heures, » s'é-
cria-t-il. J'exprimai au prince tout l'étonnement que j'éprouvais.
«Comment se fait-il, lui dis-je, que de cette immense administration de Paris, il ne soit arrivé aucune communication, et que
vous ne soyez pas instruit de quart d'heure en quart d'heure de
ce qui se passe? — Et M. de Mortemart, me dit le prince, il a
donc été arrêté? car je ne reçois pas de ses nouvelles. » J'expliquai
rapidement au prince la situation de Paris, et je lui dis que j'avais
hâte de voir le roi.—« Vous avez raison, me dit le prince, partez
sans perdre de temps, vous le trouverez à Trianon. — Monseigneur, lui dis-je en le quittant, il est probable que dans quelques
instants Saint-Cloud sera attaqué; j'ai rencontré à Boulogne une
colonne d'insurgés qui marche dans cette direction, mais elle n'est
forte que de trois cents hommes; si donc il entre dans les calculs
militaires de défendre Saint-Cloud, on repoussera facilement une
colonne aussi faible. »

roi mit la conversation sur ce passage de l'écrit de M. de Conny, et lui dit qu'il se rappelait à mer-

« Déjà le bruit s'était répandu à Saint-Cloud que des colonnes nombreuses étaient en marche de Paris sur ce point Je répétai à tout le monde que j'arrivais à l'instant de Paris, et que j'avais la certitude qu'une seule colonne était en marche, et qu'elle était à peine forte de trois cents hommes.

« Je courus à Versailles. La ville était calme, les marchés approvisionnés comme à l'ordinaire ; les habitants n'avaient point arboré la cocarde tricolore. La garde royale, les gardes-du-corps, plusieurs régiments de ligne étaient échelonnés de Saint-Cloud à Versailles.

« J'arrivai à Trianon ; je fus à l'instant introduit dans le cabinet du roi. La plus profonde douleur était empreinte sur les traits de l'auguste vieillard; mais, il faut le dire, cette douleur n'avait point le caractère de l'abattement. Je rendis compte au roi de la situation de Paris, et je me servis de ces expressions : « Si j'ai bien observé, on remarque dans Paris, depuis vingt-quatre heures, un caractère de stupeur ; cette population ressemble à un malade qui aurait éprouvé une violente contraction, et qui, après la crise, tombe dans une espèce d'abattement. Ne pensez pas, Sire, que comme aux journées des 5 et 6 octobre, cette population marche sur Versailles; dans la situation des choses, les masses ont une sombre inquiétude. Les cris de vive Napoléon ! Vive la charte ! Vive la république ! sont tour-à-tour proférés avec une incohérence qui atteste le désordre des esprits. On ne veut point de la république ; le souvenir de ses crimes et de ses malheurs frappe d'épouvante la partie même du commerce de Paris qui a suivi de ses vœux ceux qui ont combattu, et qui, hier, s'est si follement réjouie des évènements. Vous pouvez être certain , Sire , qu'entre votre gouvernement et la république, le choix n'est pas douteux ; non-seulement la France, mais Paris même ne subira pas le joug de la république. Cependant, une circonstance redoutable vient aggraver la position terrible dans laquelle nous nous trouvons ; nous avons devant nous

veille tous les détails de cette conversation, et
qu'il les avait trouvé très-fidèlement rappelés

un autre danger. Le nom de M. le duc d'Orléans est à peine, il est
vrai, prononcé dans les groupes, il n'excite aucune sympathie dans
les diverses classes du peuple ; mais il est certain que quelques députés influents du côté gauche et du centre gauche, ont résolu d'appeler ce prince au trône. Chaque minute voit ce parti se fortifier ;
des amours-propres froissés, d'ardentes et ambitieuses vanités se
hâtent de s'y rallier ; c'est là qu'est le danger, mais il est grave ;
le moment presse ; chaque minute perdue est irréparable. Comment se fait-il, Sire, que dans les conjonctures terribles où se
trouve la monarchie, M. le duc d'Orléans ne soit point accouru
près de Votre Majesté ? — Je le crois encore à Saint-Leu, me dit
le roi. Mais mon cousin n'accéderait point aux propositions qui lui
seraient faites : le souvenir de son père est présent à sa pensée; son
fils nous est attaché. « J'osai interrompre le roi dans cet instant. « Sire, lui dis-je, la place de M. le duc d'Orléans, celle de
son fils sont auprès de vous ; c'est depuis trois jours qu'ils devraient
y être, pour confondre, par leur présence, les factieux qui se servent de ce nom, et pour apprendre à l'Europe qu'ils ne sont point
leurs complices. C'est près de vous, Sire, que leurs serments les
appellent ; c'est en défendant le trône qu'ils doivent mourir, et
puisqu'ils n'y sont pas venus, Sire, que la force les y contraigne.
Ordonnez, Sire, que des gardes aillent les chercher à Saint-Leu,
à Neuilly, partout où ils seront; qu'ils soient à l'instant même amenés près de vous; vous serez obéi : je viens de traverser votre
garde, elle le demande à grands cris. Ordonnez-le, Sire, mais ordonnez-le à l'instant ; dans quelques minutes il ne sera plus
temps. »

« Le roi était profondément ému, son esprit était vivement
combattu ; un instant je pus croire qu'il allait céder à ce conseil.
« Ordonnez-le, Sire, lui répétai-je, et vous rentrerez dans Paris;
vous y rentrerez avec des concessions sans nul doute, mais avec
des concessions qui n'ébranleront pas l'autorité royale, et qui ne

dans son livre. Le fidèle royaliste s'était étonné,
à Trianon, de ne pas trouver la famille d'Orléans

porteront point atteinte à l'honneur de la couronne ; Sire, vous
rentrerez dans Paris avec le drapeau blanc. — Oui sans doute,
reprit le roi avec une noble vivacité, avec le drapeau blanc, et
jamais autrement. »

« Ces dernières paroles étaient à peine prononcées, que la porte
du cabinet s'ouvre ; un officier entre avec précipitation : « Sire, dit-
il, les troupes ont évacué Saint-Cloud ; les insurgés l'occupent, ils
marchent sur Versailles ; ils sont au nombre de plusieurs mille. »

« Le roi se retourne vers moi, et m'adressant la parole avec
vivacité : « Mais vous m'avez dit qu'une colonne de trois cents
hommes seulement marchait sur Saint-Cloud. — Oui, Sire, lui ré-
pondis-je, j'affirme que je n'ai vu à Boulogne qu'une colonne à
peine de trois cents hommes ; j'affirme que, dans la situation où est
Paris, j'ai l'entière conviction qu'il ne sera point sorti par d'autres
barrières un nombre d'insurgés de quelque importance, et je le ré-
pète encore, il n'y avait à Boulogne que trois cents hommes. » Je
prononçai ces derniers mots avec véhémence ; l'émotion que je res-
sentais était vive, car j'étais profondément convaincu qu'une résolution forte pouvait encore sauver la monarchie, et je voyais que
le roi allait être trompé, dans ce dernier instant, par des bruits
mensongers.

« Le roi, livré à une profonde douleur, était tourmenté par la
plus cruelle irrésolution. Je sortis de son cabinet ; je rencontrai
dans la galerie et les salons une foule de personnes en proie à
l'anxiété la plus vive ; la consternation était peinte ur leurs traits.
Je répétai à tous ce que j'avais dit au roi. Mais bientôt l'agitation
devient extrême : le bruit se répand tout-à-coup que dix mille hommes marchent sur Versailles ; quelques minutes après ce n'est plus
dix mille hommes, c'est quinze mille, c'est vingt mille hommes
avec du canon , qui, dans quelques minutes, vont assaillir la
ville.

« Les souvenirs des journées sanglantes d'octobre se retracent

auprès du roi. Il savait que plusieurs membres
influents de la gauche et du centre gauche voulaient appeler le duc d'Orléans au trône. —
« C'est là qu'est le danger, s'était-il écrié en s'a-
« dressant au roi; mais il est grave, le moment
« presse; chaque minute perdue est irréparable.
« Comment se fait-il, Sire, que dans les conjonc-
« tures terribles où se trouve la monarchie, M. le
« duc d'Orléans ne soit pas accouru auprès de
« Votre Majesté? » Le roi avait répondu, avec
une confiance qui naissait de l'estime qu'il avait
pour M. le duc d'Orléans, et du souvenir des
bontés dont ce prince avait été accablé par la
branche aînée : « Je le crois encore à Saint-Leu;
« mais mon cousin n'accéderait point aux propo-
« sitions qui lui seraient faites : le souvenir de
« son père est présent à sa pensée ; son fils nous
« est attaché. » C'est alors que le vicomte de

alors à tous les esprits, et viennent glacer d'effroi plus d'un homme
de cœur disposé à mourir pour son roi, mais qui frémit à la pensée de lui donner le conseil de rester. Cependant plusieurs aides-
de-camp du roi, plusieurs officiers généraux conservent, dans ces
moments terribles, un calme plein d'énergie; mais leurs efforts
sont impuissants; une espèce de terreur panique se répand de
toutes parts. Vainement, au milieu de cet effroi, quelques hommes
de cœur cherchent à combattre cette agitation; les accents de la
frayeur étouffent leurs voix. Ils arrivent ! ils arrivent ! Tel est le
mot avec lequel on ferme la bouche, avec lequel on répond à
tout. »

Conny, interrompant le roi : « Sire, avait-il dit,
« la place de M. le duc d'Orléans, celle de son
« fils, sont auprès de vous; c'est depuis trois jours
« qu'ils devraient y être, pour confondre par leur
« présence les factieux qui se servent de ce nom,
« et pour apprendre à l'Europe qu'ils ne sont
« point leurs complices. C'est près de vous, Sire,
« que leurs serments les appellent; c'est en dé-
« fendant le trône qu'ils doivent mourir; et puis-
« qu'ils n'y sont point venus, que la force les y
« contraigne. Ordonnez, Sire, que des gardes
« aillent les chercher à Saint-Leu, à Neuilly,
« partout où ils seront; qu'ils soient à l'instant
« même amenés près de vous, vous serez obéi.
« Je viens de traverser votre garde, elle le de-
« mande à grands cris; mais ordonnez à l'in-
« stant; dans quelques minutes il ne sera plus
« temps. »

C'est ainsi que le roi exilé et un des serviteurs
les plus fidèles de la royauté, revenaient mélanco-
liquement, à l'ombre du palais qui avait abrité les
Stuarts, sur les dernières scènes de la monarchie
française et sur un passé si récent, et qui cependant
semblait déjà si éloigné; car la grandeur des
changements opérés dans un État, produit le
même effet, sur l'esprit, que la longueur des années, et l'on croit rêver quelquefois quand on

7

vient à réfléchir qu'entre la royauté de la branche
aînée et l'inauguration révolutionnaire de la branche cadette, il n'y eut que l'épaisseur de quelques
jours. Le royaliste fidèle, qui arrivait de France,
se rendait intérieurement le témoignage qu'il avait
donné à Trianon, aux adversités des princes qu'il
aimait, le meilleur conseil qui pût leur être
donné, et l'asyle lointain où il venait visiter son
vieux roi, prêtait trop d'autorité à ses paroles et
démontrait trop hautement la justesse de ses prévisions, pour qu'il ne se refusât pas le triste avantage de rappeler inutilement qu'il ne s'était point
trompé. Le vieux roi, de son côté, en s'avouant
tout bas qu'il avait mal jugé les hommes et les
choses, se consolait en repassant au fond de son
cœur les motifs de sa confiance, et il préférait son
exil, tout triste qu'il fût, et sa condition de roi
malheureux et proscrit, aux prospérités de ceux
en qui il avait mis une confiance si profonde et
si douloureusement trompée.

Lorsqu'on arrivait à Holy-Rood, il y avait deux
choses qui frappaient également, mais d'une manière toute différente : c'était la visite que l'on faisait au roi Charles X, et celle que l'on faisait à
Henri de France et à sa sœur. D'un côté, toutes
les émotions du souvenir ; de l'autre, toutes celles
de l'espérance. Avec le frère de Louis XVI, on

parlait involontairement du passé, et l'on sortait
de ces entretiens l'ame pénétrée et triste, et à peu
près avec les mêmes émotions de cœur et les mêmes dispositions d'esprit que l'on rapporte de ces
lieux funèbres et sacrés où reposent les restes de
ceux qui nous sont chers. Mais lorsqu'on voyait les
deux enfants, avec leur vivacité si française, s'é-
panouissant à la vie et égayant cette sombre solitude, comme ces frais bouquets de giroflée dont
le vent a apporté la graine et qui fleurissent aux
fentes des vieux murs, il était impossible de ne
point concevoir des pensées riantes comme l'espérance, et de ne pas songer à l'avenir.

Quand il arrivait quelque voyageur du beau
pays de France à Édimbourg, il s'enquérait toujours naturellement, avec une vive sollicitude, de
l'éducation de M. le duc de Bordeaux, et la famille
royale avait voulu que toute satisfaction fût donnée à ceux qui désireraient être initiés aux études
qu'on faisait suivre au jeune prince. M. le vicomte
de Conny, après avoir vu le roi Charles X, s'em-
pressa donc d'aller visiter Henri de France, et
voici comment il racontait, au retour de son voyage
qui remonte au mois d'avril 1832, ses impressions à la vue du jeune exilé :

« On annonça au prince que des Français
étaient avides de le voir ; mes deux fils m'accom-

pagnaient. Il courut à nous et nous donna la main
avec une grâce charmante. « — Vous arrivez de
France, » nous dit-il, « et vous allez bientôt y retourner. Qu'on est heureux d'habiter la France ! »
Tous ses souvenirs, toutes ses pensées sont à la
France; dans ses études comme dans ses jeux, le
nom de France est toujours sur ses lèvres. Les
deux circonstances que Henri se plut surtout à
rappeler, furent une visite à l'école de Saint-Cyr
et à l'artillerie de Vincennes. Il savait les noms
d'une foule d'élèves de Saint-Cyr; mon fils avait
eu l'honneur d'être élève de cette école, et le prince
resta des heures entières à se rappeler avec lui
tous les souvenirs de ce beau bataillon de Saint-
Cyr, que, quelques jours après sa visite, il avait
retrouvé à Saint-Cloud marchant à la défense du
trône; puis il nous rappela dans tous ses détails
le tir d'artillerie de Vincennes et le nombre des
heures qu'il avait passées au polygone.

« Dans ses études de dessin on retrouve encore
la pensée qui domine son ame ; ce sont toujours
des vues de France, des souvenirs de son pays,
que son crayon aime à retracer ; puis des têtes de
guerriers, des chevaux, des armures, des camps,
des batailles. « Je vous donnerai, » me dit-il,
« un de mes dessins : c'est un grenadier de la
garde. » Il ouvrit alors un portefeuille qui en

contenait plusieurs. « Voyez, me disait-il, qu'ils étaient beaux ces grenadiers ! que je les aimais et combien ils m'aimaient aussi ! » Puis, avec une vivacité à nul autre pareille, il me nommait tous les régiments de la garde, les noms des chefs, des officiers, et d'un grand nombre de soldats. Un jour qu'il avait causé longuement avec moi de cette garde fidèle, il se lève, et, m'entraînant au bout du salon, il me montre un chien qui aussitôt le couvre de caresses que Henri lui rendait avec usure. — « Savez-vous pourquoi j'aime tant ce chien ?... « C'est un officier du troisième de la garde qui « me l'a donné. C'était le chien du régiment ; à « l'heure de la parade, dès qu'il entendait le tam- « bour, il descendait et accompagnait les grena- « diers. Il restera toujours avec moi. »

« Une fois il me disait : « J'ai été heureux ce « matin ! J'allais au manège ; en traversant la rue « ou vous habitez, j'ai rencontré un régiment, et « la musique à joué *vive Henri IV !* Ne l'avez « vous pas remarqué ? Je me suis cru en France. »

« Une autre fois il me demandait si j'avais visité l'arsenal de Londres ? — « Oui, lui répon- « dis-je, mais si un jour Votre Altesse Royale y va, « elle éprouvera un vif sentiment de douleur en « y voyant deux canons français. — Des ca- « nons français ! — Oui, Monseigneur, deux ca-

« nons qui nous furent enlevés à la bataille de
« Crécy. — Je ne veux pas les voir ! je n'irai pas
« à l'arsenal de Londres. Mais s'il y avait guerre,
« et si les Anglais amenaient nos canons sur le
« champ de bataille, nous les reprendrions ; n'est-
« ce pas, Monsieur, que nous les reprendrions? »

« Voilà l'enfant qu'on a banni à dix ans de son
pays ! le fils de France est devenu l'enfant de l'exil;
ceux qui l'ont proscrit ont pu briser le diadème
sur son front, mais il est un don du ciel qu'ils ne
lui raviront jamais : ce cœur français qu'il a reçu
avec le jour, il le conservera tant qu'une goutte
de sang battra dans ses veines (1). »

Telles étaient les impressions qu'on recevait de
l'enfance de M. le duc de Bordeaux, qui avait alors
douze ans.

Deux fils de M. de Conny l'accompagnaient, on
l'a vu, dans son voyage à Holy-Rood. L'un d'eux,
M. Léopold de Conny, racontait, à son retour,
d'une manière si vive et si animée, la leçon de
manège du prince à la quelle il assista, qu'il semble que le tableau qu'il décrit est encore sous les
yeux du lecteur.

« Dès que le jeune prince fut entré dans la salle
du manège, on lui amena un cheval qui avait

_____

(1) *Les Bourbons*, par le vicomte de Conny.

une selle anglaise sans étriers. Il enjamba son cheval avec une agilité qui nous charma. Son regard était vif et animé ; on eût dit qu'il allait passer en revue des bataillons français.

« La leçon commença.

« L'écuyer, M. Ogerthy, avait rarement besoin de reprendre son élève, qui paraissait vivement désirer d'obtenir les suffrages des spectateurs, qui tous étaient français.

« Lorsque le prince voulut faire entrer son cheval dans les piliers, il eut une vive résistance à vaincre ; le cheval se cabrait, se jetait par côté, mais ne put parvenir à désarçonner son intrépide cavalier. Nous remarquâmes que les traits du prince s'animaient de plus en plus ; ses yeux se remplirent de feu : il était impatient de sortir vainqueur de cette lutte. Il en vint à bout ; après quelques instants d'une résistance opiniâtre, le cheval fut forcé de céder ; il entra dans les piliers. La joie se peignit alors sur la figure du jeune prince, et nous applaudîmes à son adresse autant qu'à sa persévérance.

« Le premier cheval était à peine sorti, qu'on en amena un autre ; celui-là était fort et vigoureux : Monseigneur devait le monter pour franchir les barrières. L'écuyer ne laissa pas reposer le jeune prince un seul instant ; Henri ne fit, pour

ainsi dire , que passer d'un cheval à un autre; tou-
tefois, il ne paraissait nullement fatigué.

« Lorsque l'écuyer annonça qu'il fallait faire
sauter le cheval, quelque émotion parut sur la
figure du prince : c'était la première fois qu'il
allait franchir une barrière haute de quatre pieds.
Je m'approchai de lui dans cet instant : « — Est-
« ce que, par hasard , Henri de France aurait
« peur? » lui dis-je. « — Peur ! reprit vivement
« le prince; moi peur ! Je n'ai jamais connu ce
« mot-là. » Et, pour me prouver qu'il disait vrai,
il tourna bride, lança son cheval au galop et escalada la barricade.

« J'ai dit que le prince n'avait point d'étriers;
il fut un instant ébranlé sur sa selle, mais il eut
bientôt repris l'équilibre. Son cheval continua sa
course , arriva et passa une seconde fois sur la
barrière. « — Eh bien ! Monsieur, » me dit le
prince, « croyez-vous que j'aie peur? »

C'est ainsi que chaque voyageur français rap-
portait d'Holy-Rood de vives émotions et de touchants souvenirs, et se hâtait de les communiquer, en arrivant, à ceux de ses coreligionnaires
politiques qui, moins heureux, n'avaient pu
aller visiter le lointain exil des petits-fils de
Louis XIV. Par un résultat aussi étrange qu'imprévu de cet exil, l'éducation de Henri de France

se trouvait plus en vue à Holy-Rood que s'il avait
été élevé aux royales Tuileries, et grâce à cet éloignement qui semblait devoir, au premier abord,
étendre un voile entre lui et les regards des Français, le vœu exprimé par la Constituante, qui
voulait qu'il y eût tous les ans un rapport présenté au pays sur l'éducation du Dauphin, se
trouvait à peu près rempli pour le jeune prince
exilé. Il avait cette vive et ardente curiosité qui,
dans un âge aussi tendre, est un bon signe, parce
qu'elle annonce l'amour de connaître. Déjà, à
Saint-Cloud, il montrait un penchant déclaré pour
les récits, surtout pour les récits de guerre, et
nous avons entendu raconter par un de ses narra-
teurs, auquel il témoignait une juste et vive prédilection (1), avec quelle joie il saluait le dénouement des belles chroniques de la Bretagne, qui
montrait le drapeau blanc détrônant le drapeau
anglais sur quelque vieille tourelle. A Holy-Rood,
il rencontra un merveilleux conteur d'histoires
dans un apôtre. C'était l'abbé Dubois, qui avait
passé la plus grande partie de sa vie dans les contrées les plus reculées de l'Inde à catéchiser les
Sauvages. Le saint et vénérable missionnaire ouvrait les trésors de ses souvenirs devant l'héritier

(1) M. le vicomte Joseph Walsh.

de cette race royale qui a tant fait pour propager
le catholicisme jusqu'aux extrémités du monde,
et ce n'était qu'avec peine, quand l'heure du
repas arrivait, qu'on parvenait à arracher le
jeune auditeur à ces récits attachants qui l'intro-
duisaient dans un monde où tout était nouveau
pour lui. Souvent aussi ces beaux récits s'inter-
rompaient pour faire place à des enseignements
plus graves. Depuis que la famille royale était
établie à Holy-Rood, on préparait le jeune prince à
cet acte si solennel qui initie l'homme au plus
beau et au plus grand mystère du catholicisme :
le 2 février avait été choisi pour la première communion de M. le duc de Bordeaux. Ce n'était
point par une rencontre fortuite qu'on avait désigné une époque si voisine de l'anniversaire de
l'évènement qui avait rendu Henri orphelin avant
sa naissance. Jusque-là le roi Charles X avait
trouvé son petit-fils trop jeune pour permettre
qu'on lui racontât ce tragique et douloureux évènement, tant il craignait que, dans ce cœur qui
s'ouvrait à la vie, il ne se glissât quelque pré-
vention contre la France, lorsque l'enfant appren-
drait que c'était la main d'un Français qui l'avait
rendu orphelin. Ce ne fut donc qu'à l'époque de
sa première communion qu'on apprit à M. le duc
de Bordeaux comment avait péri son père.

Un Français qui se trouvait le 3 février à Holy-Rood, raconte en ces termes cette touchante cérémonie à laquelle il assista :

« La veille de ce jour solennel, le jeune prince
est descendu le soir chez son grand-père, et là, à
genoux, il a reçu une des plus touchantes bénédictions qui aient jamais été données. Son oncle
et sa tante le bénissaient en même temps. Au milieu de leur émotion, on a entendu nos infortunés
princes répéter à plusieurs reprises : *Prie bien, prie
surtout pour la France*. C'était un spectacle bien
fait pour émouvoir que les larmes et les vœux de
toute cette famille française à deux cents lieues de
la France, que cet orphelin à genoux devant son
aïeul détrôné, et aux pieds de la fille de Louis XVI,
si grande et si malheureuse, qui l'exhortait à prier
Dieu pour sa patrie.

« Il faudrait un volume pour raconter toutes
les paroles et toutes les circonstances touchantes
de cette soirée et de la journée qui l'a suivie. Cet
enfant bien-aimé du ciel, en tout temps supé-
rieur à son âge, s'est élevé, au moment solennel,
au-dessus de lui-même par ses pensées, son langage, ses manières, et par les démonstrations
d'une piété douce et tendre qui n'ôtait rien à la
vivacité de la plus aimable enfance. Quand le pon-
tife a tenu l'hostie consacrée dans ses mains, il a

adressé au jeune prince une courte exhortation
qui se terminait ainsi : « Fils de saint Louis,
puisse la main de Dieu vous conduire ! » C'est à
peu près le mot adressé à Louis XVI ; seulement,
en le prononçant, celui qui exhortait le saint roi
regardait le ciel, et celui qui admettait son petit-
neveu à la table sainte, regardait la terre où il voyait
une longue et difficile carrière s'ouvrir devant lui.

La cérémonie terminée, toute la famille réunie
attendait l'heureux enfant : tous l'ont tendrement
serré sur leur cœur. Après le déjeuner, le roi a
fait appeler chez lui le jeune duc et ses maîtres ;
il a remercié ceux-ci de leurs soins et de leur dévouement ; puis, il a adressé à son petit-fils des
avis paternels avec un accent plein de noblesse et
de sensibilité : « Tes destinées, mon cher enfant,
« lui a-t-il dit, peuvent être bien grandes, tes de-
« voirs bien difficiles ; si jamais tu sens le poids
« des tribulations et des peines inséparables de ta
« condition, la pensée du 2 février te donnera des
« forces. » Le jeune prince, profondément touché, a baisé la main de son aïeul. Quelqu'un lui
ayant alors demandé ce qu'il voulait faire dire aux
personnes qui avaient prié pour lui en France
dans cette circonstance solennelle de sa vie : « Je
veux, répondit Henri, qu'elles sachent que j'en
suis reconnaissant, et que je ne les ai pas oubliées

devant Dieu. Si mes prières sont exaucées, Dieu
bénira la France. »

Ce n'est guère qu'à Holy-Rood qu'on avait pu
reprendre d'une manière un peu suivie l'éducation du frère et de la sœur. A Lulworth, le coup
qui avait frappé la famille royale était trop récent,
et l'on était encore sous l'influence de l'agitation fébrile qui suit les grandes catastrophes. L'éducation de M. le duc de Bordeaux avait été, on l'a
dit, concentrée dans les mains de M. Barrande,
ancien élève de l'école Polytechnique, et homme
d'une haute intelligence et d'une instruction variée et profonde. Quoi qu'il entre dans le plan de
ce livre de grouper dans une exposition particulière tous les faits relatifs à l'éducation du duc de
Bordeaux, il paraît cependant convenable de donner ici, d'après M. d'Hardivilliers, qui enseignait
alors le dessin au jeune prince, l'emploi d'une
de ses journées.

A six heures, en hiver comme en été, Henri,
après avoir prié le Dieu de saint Louis pour sa
famille et pour la France, prépare son masque et
ses fleurets et fait assaut avec un ancien grenadier
à cheval de la garde, qui, comme tant d'autres,
lui est resté fidèle, mais qui, plus heureux, a pu
le suivre. Il y a plaisir à le voir frapper le parquet
à pieds redoublés, et développer cette souplesse qui

lui donne de grands avantages dans tous les exercices du corps. De sept à neuf, leçons de latin, de
géographie et d'allemand, interrompues par un
seul quart d'heure de récréation employé au déjeuner. Grâce à la méthode du maître et aux dispositions de l'élève, Henri avait, dès 1831, fait
dans toutes ces études de grands progrès. Il dé-
composait les mots allemands, et surtout il en
découvrait les racines avec promptitude; et, quoiqu'il menât de front l'étude de trois langues, l'allemand, le latin et l'anglais, on n'apercevait pas
la moindre confusion dans son esprit. A neuf
heures arrive le moment impatiemment désiré,
d'aller embrasser sa famille; mais cette réunion
ne dure jamais plus d'une demi-heure.

A dix heures le dessin; pour sujets, des points
de vue de France ou des scènes militaires. L'a-
mour de son pays et des soldats, voilà les deux
passions dominantes de Henri : on les retrouve
partout. Des revues, des combats, des bivouacs,
ce sont les images qu'il se plaît à retracer. Combien de fois on a vu sa jeune main chercher à se
souvenir des traits et des uniformes de ces grenadiers dont il partageait les jeux à Bagatelle, ou
dont il admirait la marche militaire au Champ-
de-Mars. Mais quelle est cette douce voix qui annonce la franchise et la gaieté ? Il est onze heures,

Henri a reconnu la voix de sa sœur ; il court au-
devant d'elle, l'embrasse et la ramène dans sa salle
d'étude, où elle vient prendre avec lui la leçon
d'histoire. Une noble émulation se fait remarquer
chez ces jeunes concurrents ; Louise sait beaucoup
déjà, mais Henri surprend tous ceux qui assis-
tent à cette leçon, tant ses connaissances en histoire sont remarquables pour son âge.

Une mémoire prodigieuse, une grande facilité
à classer, à rapprocher les faits, une plus grande
à les énoncer, voilà ce que remarquent ceux qui
ont assisté à ces leçons.

De midi à deux heures, dîner, et le plus souvent excursion au-dehors. A deux heures, leçon
d'équitation ; c'est là un des exercices que Henri
aime le plus, et il s'y livre avec une ardeur et un
courage qui ont effrayé quelquefois ceux qui venaient le visiter.

A l'équitation succèdent les exercices gymnas-
tiques. Dans les temps de prospérité, alors que
Henri grandissait au milieu des hommages, des
vœux et des espérances, on avait construit au Tro-
cadéro l'appareil nécessaire pour les exercices.
Rien de ce qui est utile au développement des forces physiques n'avait été oublié, et là, au milieu
de ses jeunes compagnons, Henri montrait déjà
une vigueur et une adresse remarquables. Aujour-

d'hui, quoique les arts et l'industrie ne rivalisent plus de zèle pour concourir à son éducation, Henri n'en continue pas moins ces utiles jeux. Un arbre remplace l'appareil compliqué, un ruisseau sert aux exercices du saut ; un arc, un livre, ont remplacé des prix d'une plus grande valeur (1). Ici, comme à Saint-Cloud, Henri remporte presque toujours l'avantage sur ses jeunes concurrents (2).

« Puis vient le tir au pistolet ; le jeune prince y était d'une adresse remarquable dès l'âge de onze ans ; c'était, après l'exercice du cheval, celui pour lequel il montrait le plus d'ardeur. Un jeune Anglais qui visitait Henri en 1831 (3), racontait que M. de La Villate, à cette époque, était souvent obligé de l'entraîner quand le moment de se retirer était arrivé : « Encore un petit coup, mon bon La Villate, s'écriait-il en le caressant, et ce sera le dernier si je ne le manque pas..... Le voilà manqué. On ne peut pas finir comme ça,

(1) « Je suis curieux, disait-il la première fois à son gouverneur, de savoir quelle espèce de prix vous pourrez me donner ici ? — Monseigneur, lui répondit M. de Damas, les triomphateurs à Rome ne recevaient qu'une couronne de feuillage. — Oui, répliqua Henri avec vivacité, mais les villes abattaient leurs murailles pour les recevoir. »

(2) *Une journée d'un jeune exilé*; par M. d'Hardivilliers; *Deux voyages à Holy-Rood.*

(3) Fallon, *Voyage à Holy-Rood.*

c'est impossible ; tenez, encore celui-ci, à coup sûr je ne le manquerai pas. » Et il ne manquait pas, et alors il sortait rayonnant de joie.

L'heure du goûter arrive au milieu de ces amusements ; mais le repas est bientôt terminé, et l'on regagne le palais, où deux leçons, l'une d'allemand, l'autre d'histoire, vont clore les études de la journée.

Sept heures sonnent, Henri se retrouve au sein de sa famille réunie ; c'est l'heure du repas du soir. Adoucir la tristesse de sa famille par sa gaieté, s'entretenir de la France, quêter pour les pauvres qu'il y a laissés, et pour ceux qui sont plus près de lui et qui font souvent appel aux vertus aumônières des petits-fils de saint Louis, dont l'exil même est généreux (1) ; disputer à sa sœur le bonheur de faire oublier un moment par ses tendres caresses, à son aïeul vénérable, au dauphin son oncle, et à la fille de Louis XVI, les amertumes de leur position, voilà l'emploi de la dernière heure de la journée d'Henri. Alors un rayon de

---

(1) « J'eus la curiosité, en passant un jour dans la Canongate, de demander à une vieille femme, assise devant sa porte, si elle connaissait le duc de Bordeaux. « Je n'ai jamais vu, me répondit-elle avec l'élan du cœur, de plus gentil petit garçon. Il est bon pour les pauvres gens ; il ne garderait pas un shelling quand quelqu'un en a besoin. Ce sera bien tant pis pour nos pauvres le jour où il nous quittera. »   (FALLON.)

joie vient éclairer d'une lumière inaccoutumée le
front du vieux monarque ordinairement incliné
dans ses tristes pensées. En voyant s'épanouir la
vive intelligence de son petit-fils, en apprenant de
la bouche de M. Barrande ses progrès rapides,
en lisant dans cette ame pure et limpide comme
un de ces beaux lacs d'Écosse si transparents, que
le régard découvre les plus petites herbes qui vé-
gètent au fond de son lit, et en ne voyant s'y lever
que de généreux sentiments et de nobles pensées,
le monarque dépossédé trouvait qu'il avait encore
des actions de grâces à rendre à la Providence au
sein de son exil; ses mains s'étendaient pour bénir
le fils et la fille du duc de Berry, qui lui donnaient de si douces joies; il se plaisait à se répéter
à lui-même que la France saurait un jour ce que
valait son Henri, et la noble famille, consolée par
cette pensée, allait chercher un repos plus tran-
quille que celui qu'on trouvait à là même heure
dans plus d'un palais magnifique, où l'on revoyait
peut-être dans ses songes la figure pâle et triste de
ceux qu'on était venu si souvent y saluer.

C'est ainsi que se succédaient les journées
d'Holy-Rood; elles étaient calmes et mélancoliques, mais cette mélancolie avait sa douceur.
D'ailleurs cette paix profonde n'était pas sans
avantage pour l'éducation de Henri. Ce n'est pas

sans raison qu'on isole les enfants du tumulte des
affaires, à l'ombre des vieux cloîtres et des mo-
nastères antiques, pour les initier aux connaissances humaines, de même qu'on place les plants
encore trop jeunes à l'abri des vents et du soleil.
L'éducation a besoin de silence et de recueille-
ment, et il importe que les bruits du monde ne
viennent pas retentir trop souvent dans les asyles
où l'on cultive les idées naissantes et les sentiments tendres et naïfs de ceux qui seront un jour
des hommes. Ainsi l'éloignement forcé de la maison royale, et les adversités de sa race, profitaient,
à un certain point de vue, au petit-fils de
Louis XIV. Ce qu'il y aurait pu avoir de trop
monotone dans la vie d'Holy-Rood pour une vive
intelligence d'enfant, se trouvait compensé par le
mouvement qu'apportaient dans la solitude royale
les visiteurs arrivant de France, et par les courses
que le jeune prince faisait souvent au-dehors. Ces
excursions, qui avaient ordinairement pour but
une raison d'étude ou de curiosité historiques, se
terminaient presque toujours par un acte de charité. Le fils du Béarnais était pauvre ; à son arrivée
en Angleterre, la rente que lui faisait le roi Charles X cessa d'être exactement payée ; cependant on
lui remettait, de temps à autre, des sommes peu
considérables, et c'était, pour la famille royale,

une nouvelle manière de donner à ceux qui avaient faim, car les mains de Henri de Bourbon étaient toujours ouvertes pour soulager l'infortune. Avant même de quitter Lulworth, il avait commencé ces bienfaisantes promenades. C'est ainsi qu'ayant visité les prisons de Dorchester, il y trouva de pauvres contrebandiers français dont la position le toucha ; il leur donna le peu qu'il avait, et il insista tellement pour qu'on fît les démarches nécessaires à leur mise en liberté, qu'il fallut céder à son désir. Banni lui-même, il trouvait je ne sais quelle consolation à rendre à ces exilés leur patrie. Combien de fois, à Édimbourg, des matelots français naufragés trouvèrent-ils assistance auprès du jeune habitant du vieux palais d'Holy-Rood ! Quand il n'avait plus rien à donner, il quêtait pour eux. Ces braves gens s'en retournaient attendris et pensifs, méditant sans doute, dans leur simplicité, sur ce secret dessein de la Providence, qui avait placé dans la capitale de l'Écosse le naufragé des révolutions pour adoucir les naufrages de la mer.

Il faut distinguer de ces excursions fréquentes, le voyage que fit le jeune prince dans le beau et romantique pays des Highlanders, qui a trouvé en Walter-Scott son Homère, et où plane encore la grande ombre de Montrose, en éternisant le sou-

venir des longues luttes soutenues par la loyauté
écossaise pour la royauté des Stuarts. Ce fut par
une matinée du mois de juillet 1832, qu'il quitta
le château d'Holy-Rood, accompagné de M. le
baron de Damas et de MM. Barrande, La Villate et
d'Hardivilliers, en s'acheminant vers les comtés de
l'Est. Le premier souvenir historique que le jeune
prince rencontra sur son passage, fut celui de Marie Stuart. Les ruines imposantes du château de
Lochwen lui rappelèrent la longue et cruelle captivité de cette reine douloureuse, et le lamentable
dénouement par lequel cette captivité se termina ;
et ce souvenir sinistre dut éveiller dans son cœur une
crainte filiale, car il y avait, à cette époque, ailleurs
qu'en Écosse, des châteaux forts dont les portes
pouvaient, d'un moment à l'autre, se refermer
sur une princesse prisonnière (1). Il traversa ensuite Kinross, Perth, Scone, l'ancienne résidence
des rois d'Écosse, et il arriva à Dunkeld, l'antique capitale de la vieille Calédonie. Il était à peu
de distance de cette ville, lorsque les sons loin-
tains de la cornemuse nationale se firent entendre.
C'étaient les Highlanders qui descendaient de la
montagne, vêtus de leur costume pittoresque, la
tête couverte d'une toque ornée de plumes, leurs

(1) Déjà, à cette époque, les évènements de 1832 avaient eu lieu,
et la prise d'armes avait échoué.

plaids aux diverses couleurs attachés sur les épaules, et portant à leur ceinture la redoutable claymore. A leur tête marchait un vieillard vénérable, Mac-Grégor, dont la figure mâle et majestueuse rappelait les vieux bardes qui chantaient
dans le palais de Fingal. Il se passa alors une scène
touchante, dont voici l'explication telle que nous
la trouvons dans le récit d'un des voyageurs (1),
et dans une des revues les plus accréditées de l'É-
cosse (2). Le vieux Mac-Grégor avait rencontré le
prince qui admirait les cascades qui tombent dans
les environs de Dunkeld avec un poétique mugis-
sement, et que tous les étrangers vont visiter; sa
physionomie l'avait frappé, et il avait demandé
son nom à une personne de sa suite. Aussitôt qu'il
avait su qu'il avait devant les yeux l'héritier de
cette grande race des Bourbons dont le nom a
retenti dans tous les coins de l'univers, et ce nouvel hôte de l'Écosse dont le séjour à Édimbourg
était déjà connu dans les hautes terres, il s'était
empressé de courir à une assemblée de Highlanders qui se tenait près de là en vertu d'anciens usa-
ges. Il leur avait alors fait part de sa rencontre,
en leur proposant d'honorer, en la personne de
Henri de France, la race du plus ancien et du plus

(1) M. d'Hardivilliers a écrit le *Voyage aux Highlands.*
(2) *La Revue d'Édimbourg.*

fidèle allié de l'Écosse. Cette proposition avait été
accueillie avec un applaudissement universel.
En songeant à la conformité de la destinée du
jeune voyageur qui visitait leurs montagnes, avec
celle des princes pour lesquels les Highlanders
avaient tiré leur redoutable claymore et versé les
dernières gouttes de sang qui ont protesté, en Angleterre, devant Dieu et devant les hommes, contre l'usurpation du trône des Stuarts, ces monta
gnards s'étaient sentis saisis d'une émotion involontaire, et ils avaient décidé qu'une députation
serait immédiatement envoyée au jeune et illustre
étranger pour l'inviter à honorer leur réunion de
sa présence : c'était cette députation qu'il avait ren-
contrée. Henri de France se rendit à leur désir, et
bientôt il entra dans la salle, introduit par Mac-
Grégor. Alors ce fut un cri général d'enthousiame
et d'allégresse. Sur plus d'un de ces mâles visages
on vit paraître une larme furtive. A l'aspect de cet
éclatant exemple des vicissitudes humaines, les
petits-neveux des compagnons du Prétendant s'é-
taient rappelé leurs Stuarts. Celui qui présidait à
la réunion prit un pot rempli de wisky, et en versa
dans un gobelet ; chacun y but à son tour, suivant l'usage antique de l'hospitalité écossaise, et
quand le jeune exilé l'approcha de ses lèvres, un
tonnerre d'applaudissements et un concert de vœux

pour le succès de toutes ses entreprises s'éleva jusqu'au ciel. Ensuite le jeune prince assista aux jeux homériques des Highlanders, qui se disputèrent le prix de la course, celui du jet, qui consistait à lancer le plus loin possible de lourdes pierres, et celui de la cornemuse. Quand ces jeux furent terminés, on le reconduisit avec des acclamations, et le prince leur disait, en pressant leurs fortes mains étendues vers lui : « Adieu ! Je ne pourrai « plus, désormais, oublier l'Écosse. Les marques « d'affection que vous m'avez données, ont gravé « son souvenir au plus profond de mon cœur. »

Peu de temps après, le jeune prince visitait la grotte de Fingal, située dans l'île de Staffa, une des Hébrides, qui regarde le comté d'Inverness, et il admirait les colonnes basaltiques et les merveilleuses cascades de cette grotte célèbre, où la réalité surpasse tout ce que l'imagination la plus riche a pu rêver sur le palais d'Amphytrite et les mystérieuses retraites des Ondines, et dans laquelle le visiteur, entouré partout de napes d'eaux qui scintillent à la lumière des torches des guides, et bercé par le bruit lointain des torrents qui précipitent leur cours souterrain en suivant la route qu'une invisible main leur a tracée, se croit sans cesse au moment de voir apparaître le Génie des eaux, dont il a violé le sanctuaire.

Mais le lendemain, le souvenir de toutes ces
beautés de la nature s'effaçait dans le cœur de
Henri de France, devant de plus puissantes émotions. Le comté d'Inverness, où il se trouvait, ren-
ferme le champ de bataille de Culloden. Culloden, un de ces lieux sinistres où les dynasties
trouvent leur tombeau ; Culloden, où la fortune
des Stuarts jeta une vive et dernière lueur, avant
de s'éteindre pour jamais! Ce fut donc là que ce
brave et généreux prince Édouard, après avoir
gagné les batailles de Preston-Pans et de Falkirk, après s'être avancé jusqu'à Derby, à trente
lieues seulement de Londres, vit périr toutes ses
espérances et toutes celles de sa maison devant le
duc de Cumberland. Chose remarquable : deux
victoires n'avaient pu affermir la domination du
Prétendant en Écosse, une seule rencontre malheureuse, dans laquelle les montagnards combat-
tirent à peine, perdit sa cause sans retour dans
les trois royaumes. Après cela, il fallut fuir, errer
de retraite en retraite devant un ennemi implacable qui avait soif de son sang, qui mettait sa
tête à prix, qui érigeait en crime l'hospitalité donnée à cette tête proscrite, le morceau de pain ac-
cordé à sa faim, le verre d'eau qui désaltérait
sa soif, le baume qui coulait sur ses blessures.
Il fallut prendre tous les déguisements, souffrir

toutes les privations et toutes les fatigues, s'ense-
velir au fond des cavernes les plus profondes, se
cacher dans les marais, errer d'île en île, invoquer
la pitié de ses adversaires, et, quelque chose de
plus cruel encore, compromettre le dévouement
de ses amis ; apprendre un jour, dans une de ses
cachettes, que le brave colonel du régiment de
Manchester, Townley, avait été traîné sur la claie
avec huit officiers, dans la plaine de Kingsinton
près de Londres, et que ces fidèles royalistes
avaient été pendus, puis que le bourreau leur avait
arraché le cœur et leur en avait battu les joues,
après quoi leurs corps avaient été coupés par
quartiers ; apprendre le lendemain que trois
pairs écossais, lord Balmerino, lord Kilmarnock,
et lord Cromarty, avaient été condamnés à mort et
que les deux premiers avaient été exécutés ; qu'à
York dix partisans des Stuarts, dix à Carlisle et
quarante-sept à Londres, étaient montés sur l'é-
chafaud. Encore n'était-ce là que le prélude des
vengeances implacables de la dynastie hanovrienne.
Les soldats et les sous-officiers furent décimés, et
ceux qui n'amenèrent pas le billet de mort, furent
déportés aux colonies. Cent personnes furent
livrées à la main du bourreau dans la même année ; lord Derwentwater, le frère de celui qui, condamné en 1715, avait eu la tête tranchée à Londres

pour la même cause, voulut que son fils encore
enfant montât sur son échafaud et qui lui dit :
*Soyez couvert de mon sang, et apprenez à mourir
pour vos rois;* lord Derventwater mourut avec autant de fermeté que son aîné; et lord Lovat, âgé
de quatre-vingts ans, fermant cette longue liste de
victimes, montra, en plaçant sa tête sur le billot
avec une inaltérable fermeté, que la source des
morts héroïques n'est pas dans la chaleur du sang,
mais dans la tranquillité de l'ame et dans la force
du cœur.

Quel sujet de réflexions, non pas pour le prince trop jeune encore, mais pour ceux qui l'accompagnaient dans cette visite rendue aux champs
funèbres de Culloden ! Et lorsque, plus tard, Henri
de France, un peu plus avancé dans la vie, revint
sur ces souvenirs, avec quelle éloquence le dénouement funeste de l'entreprise du prince
Édouard ne l'avertit-il pas que le courage personnel d'un prince et le dévouement héroïque d'une
ou deux provinces fidèles, ne suffisent pas pour faire
les restaurations ! Certes, il est difficile de suppo-
ser dans un prétendant un courage plus admirable et des talents militaires plus brillants que dans
le prince Édouard, et d'imaginer dans ses partisans plus de vaillance et de dévouement que
dans ces intrépides Highlanders qui vainquirent

à Preston-Pans et à Falkirk. Cependant ce courage, cette habileté militaire, cette vaillance et ce dévouement ne purent changer la fortune. Les victoires même demeurèrent impuissantes et stériles.

C'est que le prince Édouard pouvait vaincre avec ses Highlanders, mais qu'il ne pouvait pas triompher, parce que, par malheur, la cause des Stuarts ne ralliait pas la majorité des intérêts dans les trois royaumes. Or, il n'y a de possibles que les restaurations nationales, qui donnent satisfaction aux intérêts généraux, et qui, par suite, sont accomplies ou acceptées par eux. Une restauration écossaise et une restauration de parti ne pouvait prévaloir en Angleterre ; il aurait fallu que les jacobites, par une habile transformation, se fondissent peu à peu dans un parti national, et que leur politique eût pu suivre des voies assez larges pour que personne n'eût eu à redouter le retour des Stuarts.

Ce sera là le sens éternel de la bataille de Culloden dans l'histoire. Elle apparaîtra sombre et plaintive à tous les princes qui voudront reconquérir leur trône perdu sans avoir réussi à résoudre d'avance, dans les esprits, les difficultés soulevées par le retour de l'ancien gouvernement, et qui viendraient brusquer dans les faits une restauration qui n'est opérée ni dans les intérêts, ni dans les idées; elle leur apparaîtra et leur dira d'avance leurs destinées. Les restaurations durables sont quelquefois déclarées sur le champ de bataille, mais toujours elle s'opèrent dans la politique ; voilà pourquoi tant de courage et de dévouement demeurèrent inutiles à Culloden, pourquoi le beau caractère du prince, et l'héroïsme de ses partisans ne le conduisirent à rien, pourquoi deux batailles gagnées ne purent sauver sa cause, et qu'un seul échec la perdit. Rien n'avait été fait en politique pour que les victoires du prince Édouard devinssent fécondes, elles demeurèrent stériles (1).

(1) Pour se convaincre que la situation des esprits (et c'était la faute des circonstances autant que celle des hommes) rendait à cette époque la restauration impossible, il suffit de se reporter aux articles que publiaient les journaux du temps, et qui obtenaient créance dans presque toute l'Angleterre :

« A présent, disait-on, nos gazettes nous apprennent, tantôt « qu'on a porté à la banque les trésors enlevés aux vaisseaux français « et espagnols, tantôt que nous avons rasé Porto-Bello, tantôt que « nous avons pris Louisbourg, et que nous sommes maîtres du « commerce. Voici ce que nos gazettes diront sous la domination « du Prétendant : Aujourd'hui il a été proclamé dans les marchés « de Londres par des montagnards et par des moines. Plusieurs « maisons ont été brûlées, et plusieurs citoyens massacrés.

« Le 4, la maison du Sud et la maison des Indes ont été changées « en couvents.

« Le 20, on a mis en prison six membres du parlement.

« Le 26, on a cédé trois ports d'Angleterre aux Français.

« Le 28, la loi *habeas corpus* a été abolie, et on a passé un nou-« vel acte pour brûler les hérétiques.

« Le 29, le P. Poignardini, jésuite italien, a été nommé garde du « sceau privé. »

La voiture de M. le duc de Bordeaux roulait lentement sur ces champs funèbres marqués par ce grand et triste souvenir. On apercevait à peu de distance la ville d'Inverness, vers les murs de laquelle l'armée du prince Edouard s'enfuit avec une précipitation qui serait incompréhensible, s'il n'y avait pas dans les armées comme dans les masses un instinct secret qui les avertit quand une cause est perdue, et qui leur ôte le courage avec l'espérance. La Ness, que le prince Édouard passa à la nage pour échapper à la poursuite de ses ennemis, roulait près de là ses eaux, en réfléchissant les rayons d'un soleil de juillet. Henri de France descendit de voiture pour contempler de plus près ces lieux où se décida l'avenir de deux dynasties. Un jeune montagnard lui offrit deux balles qui avaient été trouvées à une assez grande profondeur dans la terre; le prince les emporta comme une relique du champ de bataille de Culloden, et, en donnant une larme à l'homme de cœur qu'elles avaient frappé peut-être, il songea que peu de mois auparavant on mourait ailleurs qu'en Écosse pour la cause d'un autre exilé, et il se dit que le dévouement d'un Montrose ou d'un Lescure, qui se creuse un tombeau aux pieds du malheur, a droit aux sympathies des nobles ames comme les services d'un Monk, qui change le

bâton de pèlerin en sceptre, et rend la patrie au
banni, la couronne au dépossédé.

En quittant le champ de bataille de Culloden,
Henri de France s'arrêta un moment au château
de Balladrum, résidence des Stewart, où il fut
reçu avec une noble courtoisie. Quand il quitta
cette demeure hospitalière, les misses Stewart lui
présentèrent avec beaucoup de grâce un bouquet
emblématique, où le lys de France, le chardon
d'Écosse et la rose d'Angleterre étaient réunis ;
beau et doux rêve de jeune fille que la poésie to-
lère mais que la politique ne saurait accepter ;
la rose d'Angleterre fleurit seule, et toute fleur
périt dans son voisinage, car elle prend tous les
sucs de la terre, tous les rayons du soleil, et toutes
les rosées du ciel.

Bientôt après les voyageurs, quittant le comté
d'Inverness, qui avait été comme le sanctuaire de
la fidélité écossaise à l'époque de l'entreprise du
prince Édouard, et le centre des forces stuartistes,
entrèrent dans le comté d'Argyle. Dans une des premières hôtelleries qu'il rencontra sur sa route, et
qu'on appelait *Tynderum*, Henri de France fut
frappé, en entrant dans le salon, de l'aspect de
trois gravures. La première représentait une jeune
fille prodiguant ses soins, dans une prison, à
deux femmes majestueuses et encore dans l'éclat

de la beauté. Henri de France reconnut aussitôt
la prison du Temple, et put dire : « C'est ma
« tante. » La seconde représentait les adieux
d'un prisonnier, qu'une troupe d'hommes en car-
magnoles et en bonnets rouges arrachait à sa
famille, et qui avait déjà sur le front le sceau de
son martyre. Une nouvelle exclamation s'échappa
des lèvres de Henri : « C'est mon grand-oncle. »
Une troisième gravure se trouvait encore dans
cette hôtellerie ; elle représentait un mourant entouré de sa famille éplorée, et dont le sang s'é-
chappait par une large blessure. Cette fois Henri
ne put retenir ses larmes, c'étaient les derniers
moments du duc de Berry. Singulier hasard qui
plaçait ainsi, dans une hôtellerie écossaise, trois
souvenirs de famille pour le jeune voyageur,
trois scènes d'un deuil domestique, ou plutôt résultat naturel de la grandeur de cette race, dont
les adversités comme les gloires remplissent l'u-
nivers.

Dans le reste du voyage, ce furent surtout les
beautés naturelles des lieux qu'on parcourait,
qui attirèrent l'attention des voyageurs qui se
dirigeaient vers le lac Asve, en traversant les belles
vallées de Glenorch, et en côtoyant les rives verdoyantes de l'Orchy. Dans une promenade sur ce
lac, le prince rencontra une de ces bonnes fortu-

nes de charité qui ne manquent guère à ceux qui les
cherchent; la barque avançait lentement sur les
eaux, en laissant derrière elle un sillon qui s'effaçait bientôt pour jamais, comme les traces que
nous laissons derrière nous en marchant dans la
vie. Le paysage était beau, mais mort; c'était une
de ces majestueuses scènes de la nature endormie
dans le calme et dans la paix, qui ont jeté sur les
méditations de Lamartine un de leurs immortels
reflets. La barque qui glissait sur les eaux, en
portant des voyageurs que le silence de la nature
avait gagnés, et un filet de fumée qui, comme une
faible haleine, s'échappait d'une chétive chaumière
assise sur un rocher, voilà les seules images qui,
dans toute l'étendue d'une vaste perspective, rap-
pelassent la vie. La barque se dirigea naturellement vers cette habitation, et Henri, qui courait
d'un pas agile devant les autres voyageurs, y entra
le premier. Il y trouva un montagnard étendu
depuis dix ans sur un lit de douleur, et qui paraissait toucher à la fin de sa vie. Son histoire
était courte, simple et triste: il se nommait Mac-
Antyre; un jour qu'il revenait fatigué et couvert
de sueur, un orage l'avait surpris sur le Ben-Crua-
cham; le frisson avait fait trembler ses membres
glacés, et, depuis, il avait souffert d'intolérables
douleurs, sans retrouver la santé ni le mouvement.

9

Tout ému de la triste situation du montagnard,
chez qui la misère était entrée en même temps que
la maladie, Henri demanda à M. de Damas sa
bourse ; il avait envoyé lui-même, quelques jours
auparavant, le peu d'argent qu'il avait à des Français. Pendant qu'il remettait à la femme du mori-
bond quelques pièces d'or, un montagnard qui
s'était trouvé à la réunion des Highlanders, le jour
où le prince y avait été reçu, survint, le reconnut,
avertit Mac-Antyre et sa femme qu'ils avaient sous
leur humble toit un hôte que les plus fiers lords
de l'Écosse tiendraient à honneur de recevoir dans
leurs châteaux, et leur nomma le prince français.
La cabane était si sombre, qu'on y voyait à peine ;
le Highlander dit à la pauvre Écossaise d'allumer
la lampe et de l'approcher du lit, afin que le
mourant pût voir le fils des rois qui était venu
visiter sa dernière heure. Mac-Antyre tira du lit
sa main décharnée, et la tendit au jeune enfant,
qui la serra dans les siennes, comme s'il eût voulu
lui communiquer la vie qui courait dans ses
veines. Ensuite on apporta un peu de whisky et
le seul gobelet qu'il y eût dans la chaumière; tout
le monde y but à la ronde, et le vase passa des lèvres fraîches et pures de l'enfant royal, à celles du
Highlander mourant. Que manque-t-il à cette scène
pour émouvoir le cœur et frapper l'esprit? Un

Walter-Scott pour la peindre, ou un Ossian pour la chanter.

Henri sortit de cette chaumière suivi des bénédictions de ceux qui l'habitaient. Bientôt après il termina son voyage. Inverary, le chef-lieu du comté d'Argyle, le golfe de Fine qui creuse aux eaux dans les terres une carrière de près de 60 milles de profondeur sur 5 de largeur, ce qui l'a fait quelquefois confondre avec les lacs; le Lomond, qui est le plus vaste des lacs de l'Écosse ; les ruines du château de Botsweld, furent les derniers points que visitèrent les voyageurs. On proposa à Henri de France d'écrire son nom sur ces ruines avec la pointe d'un couteau; il l'y écrivit en effet. Que de révolutions et de naufrages politiques n'avait-il pas fallu pour que le petit fils de Louis XIV, exilé et proscrit, vînt écrire son nom sur les ruines du château de Botsweld !

C'est au retour de ce voyage dans les Highlands que le gouverneur de Henri de France (1) consignait (août 1832), dans une lettre confidentielle, les détails suivants :

« Son corps se développe de la manière la plus satisfaisante; il a grandi et s'est fortifié : ce n'est plus (août 1832) un enfant maigre comme au-

(1) M. le baron de Damas.

trefois ; ses épaules sont bien ouvertes ; ses traits,
qui se sont développés, sont fort distingués ; son
regard est toujours arrêté, sa tête est droite, et il
n'y a plus de trace de cette timidité que je n'aimais pas. L'expression de sa physionomie marque
les mouvements extérieurs de son ame. Il est
toujours mis à merveille ; son ton et ses manières
le feraient distinguer parmi des milliers d'enfants, même plus grands, plus forts et plus jolis
que lui, comme par exemple les enfants du duc
de Guiche, qui sont certainement charmants.
Comme il a onze ans et demi, et qu'il est très-
avancé, il faut bien que je lui parle de beaucoup
de choses dont il n'était pas question autrefois ;
mais pour ces sortes d'entretiens, je suis seul
avec lui ; je ne finis que lorsqu'il m'a bien compris et qu'il peut se former une opinion propre.
Vous sentez que je ne juge que les choses, que je
ne détermine que les devoirs ; j'évite tout jugement contre les personnes et même sur les personnes : je manquerais tout-à-fait mon but s'il se
formait en lui des préventions contre qui que ce
soit. Je veux des jugements solides sur les choses,
le reste viendra de lui-même. Lorsqu'il me parle
de faits qui ne sont pas encore accomplis, je ren-
voie la conversation à une époque où il me sera
possible de les lui exposer dans leur ensemble,

et je lui explique la cause de ce retard. Lorsqu'il
y a une nécessité absolue d'exprimer une pensée
sur quelqu'un, j'ajoute qu'à son âge il ne faut regarder ce que l'on dit des personnes que comme
des renseignements particuliers qu'il devra vérifier un jour; que jusque-là il doit s'abstenir d'exprimer aucun jugement personnel. Les leçons
d'histoire viennent à l'appui, et même toutes les
autres; car Barrande est un homme précieux, et
l'abbé de Moligny remplit ses devoirs à ravir. »

Peu de temps après le retour du duc de Bordeaux, la famille royale quitta Holy-Rood et les
trois royaumes; les évènements qui venaient de se
passer en France, les suites qu'ils pouvaient avoir,
faisaient regarder aux Bourbons de la branche
aînée la prolongation de leur séjour en Angleterre
comme peu politique. Ils acceptèrent donc l'asyle
que l'empereur d'Autriche leur offrit dans ses États.
Quand la nouvelle du départ de la famille royale
se répandit, les regrets furent universels à Édim
bourg. L'exil des Bourbons avait été généreux et
aumônier, et les pauvres avaient appris à bénir
leur séjour dans la capitale de l'Écosse; on aurait
pu croire, depuis qu'ils habitaient le palais d'Holy-
Rood, que cette race, dont Bossuet a dit qu'elle
croyait perdre tout ce qu'elle ne donnait pas, y
était revenue. On s'était habitué à saluer le vieux

roi, la fille de Louis XVI, MADEMOISELLE, char-
mant printemps qui brillait dans sa fleur, et
Henri de France surtout, pour qui les Écossais
éprouvaient une sympathie naturelle qui écla-
tait dans toutes les occasions, dont ils avaient vu,
avec un sentiment de fierté, la constitution se
fortifier sous l'influence de leur climat, et l'intelligence et le corps se développer parmi eux,
comme ces plantes qui, rencontrant loin des lieux
où elles sont nées un terrain qui leur est favorable,
prennent de rapides accroissements. Il semblait
que l'exil des Bourbons avait pris possession du
palais des Stuarts, et l'on croyait qu'Édimbourg
avait pris possession de leur exil. Le vieux palais
d'Holy-Rood allait redevenir désert, et il ne serait
plus hanté désormais que par des souvenirs. On
ne verrait plus par les rues ce beau et noble enfant, dont la bonté si franche, l'esprit si vif et si
naturel (1), charmaient tous ceux qui le voyaient,
et *qui savait déjà donner en Bourbon;* c'était l'expression dont les journaux du pays se servaient.
Les magistrats municipaux, le lord-maire en tête,
vinrent présenter au roi, le 20 septembre 1832,
une adresse au nom de tous les habitants. Après
avoir témoigné au vieux roi les vifs regrets qu'é-

(1) *The Scots man,* journal publié à Édimbourg.

prouvait toute la ville d'Édimbourg en voyant la
famille royale s'éloigner de ces murs où les adversités des Bourbons n'avaient rencontré que des
cœurs sympathiques ; les Écossais le remerciaient
de la charité inépuisable grâce à laquelle les pauvres d'Édimbourg avaient été secourus et consolés
au milieu d'une saison rigoureuse et des atteintes
d'un fléau destructeur (1). Ils ajoutaient qu'ils
rendaient grâce au roi d'avoir choisi, pour premier asyle, l'Écosse, cette ancienne et naturelle
alliée de la France. « Ce qui double le prix de
cette préférence, » continuaient les députés de la
ville d'Édimbourg, « c'est qu'elle nous a été accordée par un prince dont les vertus privées sont
plus éminentes que le rang, et dont les hautes
qualités, faites pour honorer un sceptre, répandent
autour de l'adversité cette dignité calme et cette
patience magnanime, qui inspirent l'admiration
et commandent le respect. » L'adresse se terminait par des paroles plus vives et plus douces encore
à l'oreille de Charles X : « Sire, disaient les magistrats municipaux d'Édimbourg, nos vœux les
plus tendres et les plus sincères accompagneront
votre Majesté et sa famille, au bonheur de laquelle
nous ne cesserons de porter le plus vif intérêt.

(1) Le choléra avait fait en 1832 de grands ravages à Édimbourg.

Nous espérons, nous sommes sûrs que des jours
plus heureux luiront dans l'avenir pour ce jeune
prince, en qui se développent déjà les germes de
qualités et de vertus dignes d'un descendant de
saint Louis et d'une dynastie qui remonte à quatorze siècles (1). »

(1) Nous croyons devoir reproduire textuellement l'article du
Caledonian Mercury relatif au départ des Bourbons, et l'adresse
de la ville d'Édimbourg au roi Charles X :

« Voilà Holy-Rood privé de la présence des augustes hôtes qui
l'occupaient depuis deux ans ; leurs pas ne réveilleront plus les
échos de ses voûtes solitaires. L'asyle des princes infortunés est
vide de nouveau. Quelles qu'aient pu être les véritables causes
de leur départ, il est certain que les princes français ont éprouvé
le plus grand regret en quittant l'Écosse, et il n'est pas moins certain aussi que si leur conduite a été de nature à leur concilier l'estime universelle, leur départ a été accompagné de toutes les circonstances qui pouvaient prouver le regret qu'elle excitait. Dans
cette pénible occasion, des personnes de toutes les classes se sont
efforcées à l'envi de donner à ces illustres exilés toutes les marques
de respect. En effet, la conduite de cette famille n'a cessé d'être
admirable. En observant strictement les formes de sa religion, elle
a fait voir qu'elle en connaissait aussi le véritable esprit : sa charité
a été à la fois active et immense, et accompagnée du désir évident
d'éviter tout ce qui pouvait ressembler à la parade ou à l'ostentation. Elle a porté des secours efficaces à la cause de l'éducation,
surtout dans la classe de la société qui a le plus besoin d'instruction. Elle semblait ne rechercher que le plaisir de faire le bien,
et semblait se plaindre quand la renommée publiait ses bienfaits.
Faut-il s'étonner, d'après cela, que de pareilles vertus, jointes aux
manières les plus aimables, à la plus parfaite bonté de cœur, à la
plus grande simplicité de caractère, aux mœurs les plus pures et à
l'affabilité la plus flatteuse envers tous ceux avec qui elle avait oc-

Le vieux roi fut profondément touché de ces hommages, et son émotion devint plus vive en-casion de s'entretenir, l'ait fait chérir de tout le monde, et ait produit sur tous les cœurs l'impression la plus profonde !

– « Aussitôt que l'époque du départ des augustes exilés eut été définitivement fixée, le lord-prévôt et les magistrats se rendirent à Holy-Rood, pour exprimer, au nom de la corporation de la ville d'Édimbourg, le regret qu'elle éprouvait de l'annonce d'un pareil évènement, ainsi que le profond respect dont elle était pénétrée pour Charles X ainsi que pour tous les membres de sa famille. Des adresses, des résolutions et d'autres témoignages de respect furent présentés en grand nombre dans la journée de samedi ; mais comme ce n'étaient là que des démonstrations en quelque sorte individuelles, diverses personnes jugèrent qu'une expression plus générale des sentiments publics serait non-seulement agréable à la famille royale, mais encore très-convenable de la part des habitants d'Édimbourg.

« Une adresse au nom de tous les habitants fut donc rédigée lundi, et un grand nombre de personnes des plus respectables se présentèrent immédiatement pour la signer. Mais il fut décidé en définitive que cette adresse ne serait signée que par le lord-prévôt au nom des habitants ; et celui-ci ayant pris les ordres du château, il fut résolu qu'elle serait présentée mardi à huit heures du matin. En conséquence, à huit heures moins un quart, un cortège de dix voitures partit de devant l'Université sur le Calton-hill et se rendit à Holy-Rood, et la députation fut sur-le-champ admise dans le salon de réception et présentée à Charles X par le duc de Blacas. Cette députation se composait des personnes suivantes : le très-honorable lord-prévôt, le colonel Mac-Donnell, le colonel George Mac-Donnell, John Robinson, écuyer, secrétaire de la société royale, John Menzies, écuyer, de Pitfoddels, William Forbes, écuyer-avocat, James Grieve, écuyer d'ordre, Charles Gordon, écuyer, secrétaire de la société des Montagnes, John Mac-Wirther, écuyer, docteur en médecine, James Brown, docteur ès-lois, avocat, etc., etc. Le lord-prévôt prononça pour lors le discours suivant :

core, lorsqu'au sortir du château d'Holy-Rood, il trouva toute la population d'Édimbourg et des

« Sire, nous, le lord-prévôt et une députation des plus notables
« citoyens d'Édimbourg, demandons respectueusement la permis-
« sion de présenter à Votre Majesté une adresse exprimant le
« sentiment universel des habitants à l'occasion du départ de Vo-
« tre Majesté de cette ville. Nous pouvons assurer à Votre Majesté
« qu'elle a été rédigée avec un sentiment de profond regret de
« votre départ, de sincères sympathies pour vos malheurs, et avec
« l'espoir que la Providence, dans sa sagesse, permettra que Votre
« Majesté vive pour voir des jours plus prospères. Nous demandons
« aussi la permission d'exprimer notre reconnaissance pour vos
« actes sans nombre de bienfaisance, de bonté et de charité, qui
« ont fait sur tous nos cœurs une impression profonde et du-
« rable, et nous rendront à jamais cher le souvenir de votre séjour
« parmi nous. Si jamais Votre Majesté, ou quelque autre mem-
« bre de votre famille, revenait dans notre ville, ce souvenir est ga-
« rant de l'accueil qu'il y trouverait. Je prierai maintenant le doc-
« teur Brown de lire l'adresse dont je viens de parler, et je
« répéterai qu'en la rédigeant, je me suis efforcé d'exprimer les
« sentiments unanimes de tous les habitants de cette capitale, et
« j'ose me flatter que Votre Majesté daignera l'agréer dans cette
« occasion douloureuse. »
« L'adresse était de la teneur suivante :

A SA MAJESTÉ TRÈS-CHRÉTIENNE CHARLES X.

« Nous, soussignés, tant en notre nom qu'en celui de tous les
« citoyens d'Édimbourg, dont nous avons tout lieu de croire que
« les sentiments s'accordent avec les nôtres, demandons la permis-
« sion d'approcher respectueusement de Votre Majesté, dans cette
« occasion, afin de faire connaître le profond respect dont nous
« sommes pénétrés pour Votre Majesté personnellement, et pour
« les autres membres de votre illustre famille ; et en particulier
« afin d'exprimer nos sincères regrets à l'idée du prochain départ

environs, qui était accourue de vingt lieues à la
ronde; s'empressant sur son passage et le saluant

« de Votre Majesté, du Dauphin, du duc de Bordeaux et du reste
« de la famille royale. Deux fois, dans des circonstances peut-être
« sans exemple dans l'histoire, Votre Majesté, en choisissant Édim-
« bourg comme un lieu de séjour et de retraite momentanée, a
« fait la démarche la plus flatteuse pour le caractère national de
« notre pays, qui a été longtemps l'allié naturel de la France. Nous
« sentons jusqu'à quel point cette démarche devient plus précieuse
« encore, quand cette préférence nous est accordée par un prince
« dont les vertus privées sont plus brillantes encore que son rang
« n'est élevé, et en qui se trouvent unies les hautes qualités qui
« ajoutent de l'éclat à une couronne, et répandent autour de l'ad-
« versité cette dignité calme et cette patience magnanime, qui in-
« spirent ce respect affectueux et cette admiration que les grands
« obtiennent rarement aux jours de leur pouvoir. Pendant le temps
« que Votre Majesté a résidé parmi nous dans cette dernière oc-
« casion, la conduite de Votre Majesté et celle de chacun des mem-
« bres de votre illustre famille, a été telle qu'elle n'a pu qu'ajouter
« aux sentiments d'estime et de respect que Votre Majesté nous
« avait déjà inspirés lors de son précédent séjour, et surtout
« aux droits qu'elle avait acquis à notre reconnaissance. La
« bienfaisance infatigable de Votre Majesté a soulagé et consolé
« nos pauvres à l'époque d'une cruelle épreuve, alors qu'une con-
« tagion mortelle désolait leurs demeures; grâce au séjour de Vo-
« tre Majesté dans cette capitale, les classes industrieuses de notre
« population ont vu prospérer leurs travaux et leur profession ; la
« généreuse protection que Votre Majesté a accordée à l'éducation
« publique et à la religion a été infiniment utile à toutes deux; en-
« fin les vertus aimables et modestes dont la conduite de Votre
« Majesté et celle de toute sa royale famille nous ont donné un si
« bel exemple, leur ont non-seulement assuré la première place
« dans notre respectueuse estime, mais ont doublé les regrets que
« nous éprouvons à la pensée d'un départ malheureusement si pro-

de ses acclamations. Au port de Leith, où il s'embarqua avec M. le duc de Bordeaux et M. le Dau-

« chain. En attendant, nos meilleurs, nos plus tendres vœux accom-
« pagneront Votre Majesté et sa famille, au bonheur et à la prospé-
« rité desquelles nous prendrons toujours le plus vif intérêt. Nous
« espérons, nous comptons qu'un jour plus heureux luira dans l'a-
« venir pour ce jeune prince en qui déjà se développent les ger-
« mes de vertus et de qualités du cœur et de l'esprit dignes d'un
« descendant de saint Louis et d'une dynastie de rois qui remonte
« à quatorze siècles.

    « C'est avec les sentiments d'un sincère regret que nous of-
« frons à Votre Majesté et à toute sa famille nos respectueux
« adieux.

·   « Signé, au nom de tous les habitants : JOHN LEARMONTH,
                                                      lord-prévôt. »

    « Pendant la lecture de cette adresse, Charles X paraissait fort
ému, des larmes brillaient dans ses yeux, et S. A. R. le duc
d'Angoulême ne l'était pas moins. Sa Majesté répondit à peu
près dans les termes suivants :

    « Messieurs, je vous fais mes sincères remerciements des senti-
« ments que vous venez d'exprimer pour moi et pour ma famille.
« L'accueil que vous m'avez fait restera gravé dans mon cœur et ne
« s'en effacera jamais. Soyez sûr que je conserverai ceci (en pres-
« sant l'adresse contre son cœur) tant que je vivrai, comme un
« souvenir précieux pour moi et pour ma famille de l'intérêt que
« nous a témoigné le peuple d'Édimbourg. »

    Le roi ajouta qu'il avait de la difficulté à parler anglais, mais il
assura à ces messieurs de la députation qu'il était *bien touché* des
marques d'attachement qu'on venait de lui donner. Le ton dont il
parlait faisait bien connaître que ses paroles partaient du cœur. Il
serra ensuite, de la manière la plus cordiale, la main au lord-prévôt
et aux autres membres de la députation. Un d'eux ne pouvant résister
à son émotion, mit un genou en terre et baisa la main du vieux roi.
Quand la députation se fut retirée, le roi, le duc d'Angoulême, le

phin, l'affluence était immense, et cent mille voix firent monter jusqu'au ciel le cri de *God save the king*, tandis que l'aïeul et le petit-fils quittaient le rivage pour monter sur l'*United-Kingdom*. Ce bâtiment avait été frété par la roi, fatigué d'attendre la réponse du cabinet anglais, auquel il avait demandé un vaisseau de l'État pour se rendre en Allemagne, et qui, sans refuser d'une manière positive d'accéder au désir de Charles X, avait mis une lenteur calculée à donner les ordres, de sorte que lorsque le vaisseau anglais *the Lightening*, capitaine Ellen, arriva, l'*United-Kingdom* était déjà dans l'Elbe (1). Le mauvais vouloir de l'Angleterre contre les Bourbons de la branche aînée perçait jusqu'au bout, et les accompagnait sur la côte de Leith où s'effectuait leur départ, comme il les avait accueillis le jour de leur arrivée sur la côte d'Angleterre.

duc de Bordeaux et leur suite se rendirent dans l'appartement qui avait été disposé en oratoire et chapelle, où la messe fut célébrée par le révérend W. Gillis, desservant de la chapelle catholique d'Édimbourg. Un grand nombre d'habitants distingués de la ville, des deux sexes, s'y étaient rendus avec le désir de prendre part au dernier acte de dévotion de cette famille infortunée. Le service terminé, Charles X et son fils, en se retirant, saluèrent de la manière la plus aimable toutes les personnes qu'ils reconnurent, et plusieurs dames fondirent en larmes en les quittant. »

(1) Voir les journaux anglais du 20 au 28 septembre 1832, dans lesquels la conduite du ministère anglais de cette époque est signalée et expliquée.

Madame la Dauphine et MADEMOISELLE, prenant une autre route que le roi Charles X, M. le duc d'Angoulême et M. le duc de Bordeaux, visitèrent Londres avant de se rendre sur le continent.

La fille de Louis XVI trouva là de vénérables débris de la première émigration, qui avaient vu ses premiers exils et qui semblaient être demeurés sur la terre étrangère pour qu'elle rencontrât des visages français à son entrée dans la capitale des trois royaumes. Quelques unes des nobles dames qui la visitèrent alors, avaient été présentées à son auguste mère Marie-Antoinette dans les splendeurs de Versailles (1). Comme ces plantes voyageuses que le courant des eaux apporte, et qui prennent racine sur les rivages étrangers vers lesquels elles ont été poussées, elles n'avaient point abandonné la terre où elles avaient trouvé un asyle pendant les premières tourmentes de la révolution, et, pleines de défiance dans

(1) Au nombre de ces dames on comptait madame la marquise de Tourville, alors vivante, et madame la vicomtesse de Buffevent, dont la perte récente afflige sa famille et ses amis, deux de ces femmes telles que l'ancienne société française en produisait, et qui réunissaient la sainteté de la vertu et la solidité de l'esprit aux grâces charmantes de leur sexe, qui, changeant d'expression avec l'âge, sans disparaître, se retiraient dans l'esprit et le cœur de ces saintes et aimables douairières dont le type menace de s'effacer parmi nous.

la solidité de l'établissement monarchique de 1814, elles avaient continué leur exil, de peur d'avoir à le recommencer bientôt.

Ainsi les dates de deuil s'accumulaient, et les débris des naufrages politiques venaient se confondre sur les mêmes rivages, Hartwell, Lulworth, Holy-Rood, 1808, 1814, 1830, que de souvenirs, et quels tristes souvenirs dans la pensée de la fille de Louis XVI ! Elle alla s'agenouiller et prier avec MADEMOISELLE dans la chapelle que les Français émigrés avaient bâtie, à l'époque de la première révolution, en économisant sur leur misère, et dans laquelle le roi Louis XVIII, tous les princes de la branche aînée, tous ceux de la branche cadette et la plupart des évêques de France, s'étaient trouvés réunis(1). Madame la Dauphine initiait sa nièce à la douleur, comme elle y avait été initiée elle-même par sa tante madame Élisabeth. La jeune princesse put se souvenir, en se recueillant devant l'autel de la chapelle de King-Street, que ce même autel avait reçu les vœux et les prières de M. le duc de Berry, ce père si tendre qu'elle avait si peu connu, et dont les lèvres mourantes déposèrent sur son front enfantin, avec les caresses qu'il lui destinait, celles qu'y devait venir chercher

(1) La chapelle de King-Street, Little-George-Street, est située en face d'étables et d'écuries.

un jour l'enfant du 29 septembre encore caché
dans le sein de sa mère, et qui sentit plus tard
les baisers paternels se réchauffer sous sa bouche qui pressait le front de sa sœur. Pendant que
la Dauphine assistait à l'office divin, le directeur
de la chapelle se tenait debout derrière elle en
qualité de chapelain ; c'était M. de la Porte, un de
ces saints prêtres de la première émigration, qui
avait assisté au premier naufrage de la monarchie, et qui venait, récemment encore, de défendre
contre les empiètements du nouveau pouvoir la
maison de prière que l'émigration avait fondée,
et de maintenir au-dessus de la chaire d'où descendait la parole de vie, cette fleur-de-lys qui s'é-
levait à la fois comme un souvenir et comme une
espérance.

LA DUCHESSE DE BERRY APRÈS 1830.

ANGLETERRE.—ÉCOSSE. — ITALIE.
DÉBARQUEMENT A MARSEILLE. — VENDÉE.

10

LA DUCHESSE DE BERRY APRÈS 1830.

Le nom de la duchesse de Berry n'a presque pas été prononcé jusqu'ici dans cette histoire; c'est que la destinée de cette princesse se trouva, après les journées de 1830, profondément séparée de celle du reste de la branche aînée. Trois situations différentes se dessinaient dans la famille royale exilée. Charles X, c'était le passé avec ses souvenirs et ses regrets; Henri de France, l'avenir avec ses espérances; madame la duchesse de Berry, le présent avec ses préoccupations, ses sollicitudes et son action immédiate sur les faits.

Il ne s'agit pas ici de considérer les choses au point de vue légal, mais au point de vue politique. Une dynastie de tant de siècles ne tombe pas sans espoir de retour. On peut déclarer qu'elle a cessé de régner et qu'elle est à jamais déchue; mais il

arrive presqu'inévitablement qu'elle essaie, à l'aide
de ses partisans, d'en appeler de cet arrêt à la
victoire. On discuterait longtemps et sans utilité
aucune sur la moralité des actes de ce genre,
parce que la solution dépend du principe d'après
lequel on les juge, et qu'il faudrait d'abord se mettre d'accord sur ce principe. Charles Édouard, aux
yeux des Highlanders qui tiraient à sa voix leurs
redoutables claymores, était le prince légitime qui
venait rétablir la royauté véritable détruite en Angleterre par l'usurpation de Guillaume. Aux yeux
des partisans de la maison hanovrienne, il était
un perturbateur et un factieux qui venait compromettre l'existence des intérêts créés ou garantis
par la révolution de 1688. Qu'est-il aux yeux de
l'histoire? Un homme de cœur, représentant d'un
principe antique, qui venait offrir la bataille à une
dynastie nouvelle, et qui n'admettait point comme
irrévocablement perdue une cause qui comptait
encore de vaillants défenseurs et qui s'appuyait
sur son épée. Quel est, nous ne dirons pas le jacobite, mais le partisan héréditaire de la dynastie
de 1688, qui jugerait autrement aujourd'hui le
Prétendant?

C'est là la différence de l'histoire et de la politique; celle-ci se passionne parce qu'elle a des intérêts et des haines, l'autre juge. Il ne faut pas

perdre de vue ces considérations au moment d'entrer dans l'exposition des évènements auxquels
madame la duchesse de Berry prit une si grande
part après la révolution de 1830, et qui vont nous
entraîner loin des tristes et mornes solitudes où
le passé de la maison de Bourbon s'achevait dans
l'exercice de toutes les vertus de résignation, et où
grandissait lentement son avenir, pour nous jeter,
avec la princesse qui représentait son présent, au
milieu du choc des intérêts, sur l'arène brûlante
des passions politiques, et dans cette sanglante
mêlée des hommes et des faits où se font et se dé-
font les dynasties, et où quelquefois les couronnes
tombées se relèvent.

Pendant les trois journées même, la duchesse
de Berry avait laissé apercevoir une vive tendance
à se jeter au milieu des évènements. Le roi Charles X, en envoyant les abdications de Rambouillet
au duc d'Orléans, avait chargé la personne qui devait les lui remettre, d'avertir son cousin « qu'on
lui conduirait bientôt Henri, pour qu'il avisât à le
faire proclamer et reconnaître. » MADAME, qui venait
de descendre chez le roi, lui déclara, sans hésiter,
qu'elle voulait suivre son Henri. Bientôt un courrier vint en toute hâte du Palais-Royal, avec
la nouvelle du refus positif que faisait M. le
duc d'Orléans de recevoir le jeune prince. On

ajoutait à Rambouillet que la proposition du roi
avait jeté le lieutenant-général dans une grande
perplexité, et que la duchesse sa femme l'en avait
fait sortir en lui disant : « Ne recevez pas cet enfant ; s'il meurt de maladie, on dira que c'est vous
qui l'avez tué. »

Quand arriva le courrier du Palais-Royal, la
Dauphine prit le jeune Henri entre ses bras et s'é-
cria : « Nous le gardons donc, ce cher enfant ! »
La sœur du dauphin du Temple se souvenait de
son frère ; elle savait ce que font les révolutions
des enfants-rois qu'on leur confie. Quant à Madame la duchesse de Berry, qui, malgré le refus de
M. le duc d'Orléans, voulait aller se jeter dans
Paris avec son fils, et dont la calèche, attelée de
six chevaux de poste, resta attelée depuis midi
jusqu'à six heures dans la cour du Palais, elle
pleura en contre-mandant, sur l'injonction formelle du roi, l'ordre du départ. Dès lors les deux
nuances de l'exil se dessinaient : Madame la duchesse de Berry pleurait en renonçant à l'idée
d'aller à Paris avec son fils ; Madame la Dauphine
pleurait à la pensée de l'y laisser.

Ce contraste devait se retrouver sur la terre
étrangère. Entre le règne du roi Charles X qui finissait, et celui de M. le duc de Bordeaux qui, dans
l'espoir secret des partisans de la légitimité, devait

dominer l'avenir, il y avait place pour une régence. Un grand rôle politique s'offrait donc de
lui-même à la duchesse de Berry : les anciennes
lois du royaume ne l'instituaient pas régente
d'une manière absolue, car d'après ces lois, ce
n'est pas le droit de naissance qui fait les régents
ou régentes; mais si elles ne l'imposaient pas, du
moins elles l'indiquaient. Elle crut donc avoir,
comme mère, une mission à remplir ; comme
princesse, un grand rôle à jouer. Quoi d'étonnant
qu'elle mît de l'empressement à accepter l'un et
de l'activité à se préparer à l'autre ? Jeune,
ardente, d'un caractère vif et qui ne craignait
point de regarder le péril en face, elle se trouvait
encore excitée par des circonstances particulières
qui achèvent d'expliquer sa conduite.

Si la royauté avait été renversée en 1830 après
avoir épuisé tous ses moyens de résistance, la duchesse de Berry aurait été plus disposée à regarder sa cause comme dépourvue de toute chance,
du moins pour longtemps. Mais la Restauration
avait abandonné la partie plutôt qu'elle ne l'avait
perdue. Sa chute s'était composée d'une suite d'é-
vacuations arrachées à la surprise d'un pouvoir
que tout étonnait parce qu'il n'avait rien su prévoir, et ce n'était pas à la force qu'elle avait cédé.
L'évacuation du Louvre et des Tuileries l'avait

conduite à Saint-Cloud ; l'évacuation de Saint-
Cloud à Rambouillet, celle de Rambouillet à Cherbourg. Elle avait péri les mains pleines encore
de ressources dont elle ne s'était pas servie. On
pouvait attribuer les évènements de Paris à l'absence de troupes assez nombreuses, et, parmi les
combattants de Juillet, ceux qui ont jugé les choses
de sang froid avouent que, devant une armée de
cinquante mille hommes, les trois journées eussent été militairement impossibles ; ce qui, du reste,
n'implique point le succès définitif des ordonnances. A Saint-Cloud et à Rambouillet, on avait
une artillerie formidable, et une cavalerie qui aurait dispersé, presque sans coup férir, les bandes
audacieuses mais mal organisées qu'on avait en-
voyées de Paris, peut-être avec l'espoir qu'un bien
petit nombre de ceux qui les composaient rentre-
raient dans la ville. Plus loin, on avait encore la
ressource de se jeter dans la Vendée. Rien de tout
cela n'avait été tenté. Il en résultait que la duchesse de Berry et les royalistes les plus ardents,
persuadés que la monarchie n'était tombée que
sous la fatalité des fautes de ceux qui auraient dû
la défendre, demeuraient convaincus qu'elle pourrait être rétablie avec de la résolution et de l'habileté, et l'abandon de la politique qui avait conduit le roi Charles X à sa chute.

La jeunesse de la duchesse de Berry, son caractère français, la conformité de ses goûts avec
les goûts de la nation, tout donnait un motif d'espoir. Elle appartenait, par la date de sa naissance,
à la génération nouvelle; elle était généralement
aimée; la régence d'une femme promettait aux
ambitions pressées de se produire un champ
libre où elles pourraient développer leur essor : que
de raisons pour croire que les obstacles s'aplani-
raient sous les pas de la mère du duc de Bordeaux!

Des considérations plus pressantes encore con-
couraient à entraîner Madame la duchesse de Berry
sur le territoire français. Dans l'année qui précéda la révolution de Juillet, elle avait fait un voyage
dans l'Ouest et le Midi de la France, et elle avait
rapporté de ces provinces la conviction profonde
que, si jamais la mauvaise fortune de la monarchie
l'obligeait à faire un appel au dévouement vendéen et méridional, cet appel serait entendu. Quelque chose de plus : les Vendéens lui avaient fait
prendre l'engagement d'honneur de recourir à leur
antique fidélité, si la révolution levait encore une
fois son drapeau; et, dans les scènes toutes brûlan-
tes d'enthousiasme du voyage de 1828, où les vieux
mousquets de la grande guerre de 93 avaient re-
paru, et où le drapeau blanc avait été planté jusque sur les cimetières, afin que les morts fus-

sent à l'honneur comme ils avaient été à la peine,
des serments mutuels avaient été échangés en présence de ces tombeaux héroïques, et l'on s'était
donné solennellement rendez-vous sur les champs
de bataille de la Vendée, illustrés par les grands
noms de Cathelineau, Lescure, Charette et La Rochejaquelein (1). MADAME était fermement réso-

(1) Les adversaires politiques de la duchesse de Berry eux-mêmes
ont reconnu l'influence du voyage de 1828 sur l'expédition de 1832,
témoin ce passage de la biographie de la duchesse, par MM. Sarrut
et Saint-Edme, écrivains républicains :

« A La Grange, elle fut reçue par le marquis de Goulaine, qui
« lui fit passer en revue une divison de plusieurs milliers d'hom-
« mes, et eut la galanterie de faire placer sur la table de nuit une
« lampe avec cette devise, aussi délicate que chevaleresque : *Re-*
« *posez-vous, la Vendée veille.* Au château presque royal de Ser-
« rant, elle fut reçue par M. de Walsh Serrant, qui lui fit passer
« deux mille hommes en revue ; à Touboureau, par le marquis de
« la Bretesche, qui lui fit passer en revue une division de quatre
« mille soldats, commandée par les officiers de l'ancienne division
« de Montfaucon ; à Vezin, par la baronne de Vezin et le baron son
« fils. Les paroisses de l'ancienne division de Séger vinrent défiler
« devant elle, et le comte Louis de Bourmont chanta une chanson
« militaire qui finissait ainsi :

> Ah ! si jamais une secte abhorrée
> Renverse encore le sceptre de nos rois ;
> Ah ! pense à nous, reviens dans la Vendée,
> Amène Henri, nous défendrons ses droits !

« A Saint-Aubin, elle fut reçue par le comte et la comtesse de
« La Rochejaquelein, elle passa en revue une division de cinq
« mille hommes. Ces détails expliquent l'expédition de 1832.

« La princesse avait trouvé près de quarante mille hommes sous
« les armes dans ces provinces, et elle avait donné formellement

lue à tenir sa parole. Elle savait combien on avait reproché à ceux de sa maison leur absence pendant les guerres de la Vendée ; peut-être même ces lignes de l'histoire de M. Thiers sur Charles X attendant à l'Ile-Dieu un moment favorable pour débarquer sur les côtes des provinces de l'Ouest, lui étaient-elles tombées sous les yeux :
« Il est vrai, disait l'historien de la Révolution,
« que les nouveaux débarqués auraient eu ensuite
« de rudes combats à livrer, qu'il leur aurait
« fallu courir les chances que Stofflet, Charette
« couraient depuis trois ans, qu'il eût fallu se
« disperser peut-être devant l'ennemi, fuir comme
« des partisans, se cacher dans les bois, se cacher
« encore, et courir enfin le danger d'être pris ou
« fusillé ! Les trônes sont à ce prix. Il n'y a rien
« d'indigne à chouaner dans les bois de la Bre-
« tagne, dans les marais et les bruyères de la
« Vendée. Un prince sorti de cette retraite pour
« remonter sur le trône de ses pères, n'eût pas
« été moins glorieux que Gustave Wasa sorti
« des mines de la Dalécarlie (1). » Tous les périls décrits par M. Thiers, MADAME allait les ac-

---

« sa parole aux Vendéens de venir, en cas de malheur, leur rap-
« peler la promesse qu'ils lui faisaient de mourir pour défendre la
« cause de son fils. »
(1) *Histoire de la Révolution*, par M. Thiers.

cepter. Elle trouvait, comme l'historien de la Révolution française, « qu'il n'y a rien d'indigne à
« chouaner dans les bois de la Bretagne et dans
« les marais et les bruyères de la Vendée, » pour
faire remonter son fils au trône de ses pères.

Tels étaient les motifs généraux qui, dès le lendemain de la révolution de 1830, donnaient un
grand caractère de probabilité à l'intervention de
la duchesse de Berry dans les affaires de France.
Aussi ne séjourna-t-elle que peu de temps, et à des
intervalles éloignés, dans les résidences habitées
par le reste de la famille royale. Elle ne fit que
paraître à Lulworth, et passa seulement une partie de l'hiver de 1831 à Édimbourg. La vie lourde
et monotone de l'exil pesait à son activité naturelle, qui redoublait encore au contact des pensées
qui remplissaient son esprit. Elle ne pouvait se ré-
signer au bannissement, et elle était préparée à
tous les dangers, plutôt que de souscrire à la dé-
chéance éternelle de sa race, et à la ruine des espérances qui reposaient sur la tête de son fils. Elle
habita donc successivement, après Édimbourg,
Bath, puis Londres même, afin de se rapprocher
du centre des nombreuses correspondances qu'elle
entretenait, et qui se rattachaient à l'entreprise
qu'elle méditait.

Pendant son séjour en Angleterre, MADAME

mena la vie tout à la fois la plus simple et la plus
active. Trois personnes formaient toute sa maison
à Bath et à Londres ; c'étaient Madame de Podenas
et MM. de Mesnard et de Brissac. Son temps était
exclusivement consacré à suivre ses correspondances, et à recevoir les royalistes qui préparaient
le mouvement et qui venaient se mettre en rapport avec elle, lui communiquer des renseignements sur la situation des provinces, et recevoir
ses ordres. Tout s'organisait en effet dans le Midi
et dans l'Ouest pour une prise d'armes; des hommes dévoués parcouraient la France, des chefs étaient
nommés, on faisait des amas de poudre, on réunissait des ressources de tout genre pour être prêt
au premier signal.

La duchesse de Berry hésita longtemps entre les
propositions diverses qui lui furent faites. Les uns
l'excitaient à débarquer sur la côte du Morbihan,
où elle trouverait une population robuste et forte,
animée par le souvenir du brave Cadoudal, dont
la famille, héritière des traditions de courage et
d'énergique fidélité, exerçait une influence considérable sur l'esprit de tous les paysans; une députation composée des hommes les plus influents du
Morbihan, vint formellement inviter la duchesse
de Berry à se rendre dans cette province, en la lui
représentant comme organisée. La mère de Henri

de France avait déjà frété un navire pour se rendre à cet appel, lorsque de nouvelles propositions la déterminèrent à changer de plan. D'autres personnes, en effet, lui désignèrent les provinces méridionales, où la présence de la duchesse deviendrait, disait-on, l'étincelle qui met le feu au baril de poudre. On comptait sur l'enthousiasme de ces populations, dans le caractère desquelles le soleil brûlant qui les éclaire semble avoir mis quelque chose de la chaleur de ses rayons. En outre, dans le Midi on aurait les villes, dans l'Ouest on n'aurait que la campagne; et, pour l'effet moral, qui exerce une si grande influence au début de ces sortes d'entreprises, Marseille et Toulon, qu'on espérait enlever par un coup de main, pesaient d'un tout autre poids que les bruyères de la Bretagne et les bocages de la Vendée. Enfin on comptait, et on avait, disait-on, de fortes raisons de compter que la mémoire de la conquête d'Alger et que la présence du général qui avait conquis cette ville, auraient non-seulement une action morale sur l'opinion publique dans ces provinces appelées surtout à profiter de cette victoire, mais une action directe sur l'armée. Pourquoi l'histoire ne le dirait-elle pas? des intelligences nombreuses avaient été nouées : tant d'officiers qui avaient brisé leur épée en 1830, servaient naturellement d'intermédiaires.

Les promesses arrivaient de tous côtés; des régiments devaient, disait-on, se rallier au drapeau
blanc, et le succès paraissait infaillible. Le soulèvement venant à réussir dans deux ou trois grandes villes, s'étendait en un instant comme l'étincelle électrique à toutes les provinces méridionales;
en même temps, on allumait la traînée de poudre
de l'Ouest, et les Gouvernements européens, dont
Madame la duchesse de Berry n'avait pas voulu
accepter l'appui matériel, mais qui l'avaient presque tous fait assurer que l'appui moral que peut
donner la reconnaissance des cabinets ne lui man-
querait pas, dès qu'elle aurait frappé un grand
coup sur un des points du territoire français, devaient être plus disposés à prendre une détermination de cette importance, quand ils verraient
Madame déjà maîtresse de points aussi importants
que Toulon et Marseille (1).

(1) M. Gisquet, qui, préfet de police à cette époque, était à portée de connaître bien des secrets, dit dans ses *Mémoires* (tome II,
pag. 128) : « On ne peut mettre en doute l'assistance que l'Espa-
« gne, la Sardaigne, la Hollande, le Portugal et quelques autres
« princes d'Italie donnaient à la mère de Henri de France, avant
« l'insurrection. Si Madame eût eu des succès dans l'Ouest ou le
« Midi, nul doute que l'Europe ne l'eût secondée. » Cela est parfaitement exact, si M. Gisquet entend parler d'une assistance morale, la seule que la princesse voulût accepter; et, à la tête des puissances qui étaient le mieux disposées pour Madame, il faut placer
la Russie.

Ces considérations déterminèrent la duchesse
de Berry à choisir pour point de débarquement
le littoral du Midi, et cette détermination la décida à quitter l'Angleterre le 17 juin 1831, pour
se rendre en Italie sur le rivage qui regarde la côte
où elle avait l'intention de débarquer. Elle passa
en Hollande, remonta le Rhin depuis Rotterdam
jusqu'à Mayence, traversa une partie de l'Allemagne, le Tyrol, la Lombardie, et vint à Gênes d'où
elle se rendit à Sestri, petite ville située à deux
lieues de Gênes et dans les États du roi de Sardaigne. Dans le cours de ce voyage, elle traversa Cologne, et eut la curiosité d'aller visiter la maison
où mourut Marie de Médicis, exilée par son fils
Louis XIII : au moment de risquer sa tête pour
rendre la couronne au sien, elle pouvait, sans avoir
à redouter un triste retour vers sa propre situation,
contempler les lieux où la veuve de Henri IV
mourut presque abandonnée, après avoir si longtemps troublé le règne de son ancien pupille, devenu, depuis qu'il était émancipé, le pupille plus
obéissant encore de ce tuteur de génie qu'on appelait Richelieu.

La duchesse, qui voyageait sous le nom de comtesse de Sagana, ne fut reconnue qu'à Gênes,
quoiqu'elle eût une suite assez nombreuse et
qu'elle prît peu de soin pour se déguiser ; encore

ce ne fut point la police italienne qui la découvrit.
M. Decazes, consul de France à Gênes, et qui avait
reçu de son Gouvernement des ordres pressants
de surveillance, avec les moyens d'organiser une
police consulaire, eut l'honneur de cette découverte. La présence d'un grand nombre de Français
de distinction qui voyageaient en Italie sous des
noms supposés, avec des passeports pris à des am-
bassades étrangères, lui donna l'éveil; et, comme il
apprit bientôt après qu'il y avait à l'hôtel de Malte
un grand nombre de personnes qui, toutes sous
des noms espagnols, anglais, russes et allemands,
ne parlaient que français, il poussa plus loin les
investigations, découvrit le véritable nom de la
comtesse de Sagana, et en référa à son Gouvernement. Aussitôt la diplomatie du Palais-Royal fit
les représentations les plus pressantes au cabinet
de Turin, et Madame la duchesse de Berry fut
obligée de quitter la Sardaigne ; elle résolut alors
de consacrer les derniers beaux jours de l'au-
tomne qui s'avançait, à faire le voyage de Naples,
qu'elle n'avait pas revu depuis le jour où elle l'a-
vait quitté pour aller débarquer sur la côte de
France, où l'attendait, à cette époque, un glorieux
hyménée, et où elle allait chercher, quinze ans
plus tard, des dangers, des fatigues et des épreuves de toute espèce, et peut-être la mort même.

11

En se rendant auprès de son frère, elle traversa
Rome, où elle séjourna pendant trois semaines ;
mais elle garda le plus strict incognito; quoiqu'elle reçût quelques grands seigneurs napolitains
et siciliens qui étaient dans l'intimité de la famille
royale (1), elle refusa les honneurs que le pape
voulait lui faire rendre, et consentit seulement
à être reçue par lui dans une petite chapelle.

Ce fut pendant ce séjour à Rome que le pape lui
recommanda un juif allemand, nouvellement converti, qui portait le nom de Simon Deutz, et auquel le pape accordait quelque intérêt à cause de
son beau-frère, M. Drack, qui jouissait à juste
titre de l'estime de Sa Sainteté. C'est ainsi que les
évènements se rattachent les uns aux autres par
des liens invisibles, et que les causes en apparence
les plus indifférentes produisent quelquefois des
catastrophes. Qui peut lire dans le grand livre de
l'enchaînement des causes et des conséquences,

---

(1) Voici ce qu'on lit dans la Biographie de Madame la duchesse
de Berry par MM. Sarrut et Saint-Edme.

« Nous devons signaler sa rencontre avec le comte de Luchesi-
« Palli, qui la vit assiduement, et dîna plusieurs fois à sa table, soit
« à l'aller, soit au retour. C'était le fils du vice-roi de Sicile, l'hé-
« ritier d'une des plus grandes maisons du royaume de Naples.
« Dans son enfance, il avait joué souvent avec Marie-Caroline, et
« le souvenir de ces relations du premier âge, toujours si puissant,
« ne s'était pas perdu. »

sinon celui qui l'écrit pour des raisons de lui seul connues? Il faut toujours en revenir à cet aveu de l'impuissance humaine : « Pendant que l'homme s'agite, Dieu conduit. »

La duchesse de Berry ne demeura guère que quinze jours à Naples. Les royalistes français qui l'entouraient à Gênes, avaient fait les plus grands efforts pour la décider à renoncer à ce voyage, dans la crainte que la tendresse et les soins dont allait l'entourer sa famille n'ébranlassent sa résolution. Mais la duchesse de Berry, qui était sûre de sa fermeté, avait résisté à cet esprit de tyrannie qui prétendait la mettre en surveillance. Elle était partie pour Naples, sans céder aux appréhensions politiques qui voulaient la retenir loin de sa famille ; elle revint de Naples sans avoir cédé aux tendres obsessions de sa famille, qui aurait voulu la retenir loin des amis politiques qui allaient la jeter et se jeter avec elle dans une de ces entreprises hasardeuses dont on n'aperçoit guère les difficultés que lorsqu'on y est engagé, parce que la nécessité du secret oblige à ne rien approfondir, et à juger les hommes sur l'apparence, les choses à la surface.

En quittant Naples, MADAME se rendit directement à Massa, petite ville située à une lieue de la mer, et appartenant au duc de Modène, qui, n'ayant pas reconnu le gouvernement d'août, n'avait aucun agent diplomatique du Palais-Royal accrédité auprès de sa personne, ce qui mettait la duchesse de Berry et les Français accourus en Italie pour se concerter avec elle, à l'abri de cette surveillance de police qui les avait gênés ailleurs. La duchesse de Berry, qui, en arrivant à Massa, était descendue dans la petite auberge de cette ville, dut bientôt, sur la pressante invitation du duc de Modène, aller habiter le palais ducal, jolie miniature du château de Versailles, encadrée dans une allée de beaux orangers plantés en pleine terre. La princesse désignait sous le nom de *la Caserne* l'auberge où elle était d'abord descendue; c'était là, en effet, que se trouvaient rassemblés d'anciens officiers de cette belle garde royale, l'exemple et l'honneur de l'armée, et des Vendéens accourus pour rappeler à la duchesse de Berry ses promesses de 1828. Quelques femmes appartenant aux classes élevées de la société, ajoutaient, par cette chaleur d'ame naturelle à leur sexe, à l'élan de cette réunion de cœurs ardents et de têtes enflammées, et jetaient sur les conversations auxquelles tous prenaient part, l'éclat de leur esprit et les grâces de leurs personnes. L'impatience et la vivacité françaises étaient en majorité à la table d'hôte de M. François: c'était l'hôtellier de Massa;

et, avec cette singulière puissance de perspective
qui est propre aux émigrés et aux exilés de tous
les pays, on voyait la situation à travers des verres
qui grossissaient les moyens de succès et amoin-
drissaient les obstacles. La duchesse de Berry,
dont le caractère n'avait point passé jusqu'à ce
moment pour manquer de résolution et de vivacité, s'étonnait quelquefois d'avoir à réprimer les
vives saillies du dévouement un peu trop empressé
de plusieurs de ses amis, qui l'accusaient d'une
circonspection et d'une lenteur qui n'étaient pas
cependant les traits les plus saillants de son caractère. Je ne sais quelle humeur légère et critique emportait quelquefois quelques uns de ces
hommes, assez sincèrement dévoués pour risquer
leur vie; c'était l'esprit de la Fronde mis au service
de la monarchie. Tous les moyens étaient em-
ployés pour décider MADAME à hâter le moment
de l'expédition. Les uns lui peignaient la triste
situation de ses amis, qui, arrêtés pendant qu'ils
remplissaient les missions que la princesse leur
avait confiées, languissaient dans les prisons du
juste-milieu; et, à chaque arrestation nouvelle, il
se trouvait quelqu'un pour répéter: « MADAME
doit s'attendre à voir tous les royalistes ainsi
arrêtés, tant qu'elle ne voudra pas partager les
dangers auxquels ils s'exposent pour elle. » D'au-

tres, qui étaient assez intrépides pour braver cent
fois la mort, ne pouvaient cacher à la princesse
qu'ils étaient sans force contre les ennuis de l'exil.
Dans une circonstance où MADAME disait, en se
rappelant une date : « Depuis que nous sommes
en émigration..., » quelqu'un, qui s'était trop
compromis pour pouvoir rentrer en France, interrompit avec brusquerie : « Nous ne sommes
« pas en émigration, car l'émigration est un éloi-
« gnement volontaire, tandis que nous, nous
« sommes chassés de notre pays. » MADAME reprit
avec un mélange de dignité et de douceur : « Vous
avez raison, je me suis trompée. Je n'aurais jamais volontairement quitté la France, je suis en
exil. »

Mais ces appels continuels au courage de
la duchesse de Berry, produisaient une vive
impression sur elle, d'autant plus qu'ils étaient
motivés par la plupart des lettres qui arrivaient
de France, et qu'ils trouvaient un écho dans
son propre cœur, naturellement tourné vers les
entreprises périlleuses et hardies.

Ce serait ici le moment d'exposer les motifs
qui excitaient une fraction du parti royaliste, en
France, à tenter l'œuvre difficile d'une restauration accomplie par la force des armes; mais
comme ce sujet ne se rattache que d'une manière

indirecte à l'histoire de la branche aînée pendant les quinze ans d'exil, nous ne dirons que ce qu'il est absolument nécessaire de dire pour l'intelligence de ce récit.

Quelques unes des considérations qui avaient agi sur l'esprit de la duchesse de Berry, agissaient sur l'esprit des partisans d'une prise d'armes. Eux aussi avaient été frappés de la manière dont la monarchie était tombée, des chances qui lui restaient et qu'elle n'avait pas jouées à Saint-Cloud, à Rambouillet, derrière la Loire, où elle aurait trouvé la Vendée. Ce regret contenait en germe une espérance. En outre, il ne faut point oublier que tous ces valeureux officiers qui avaient brisé leur épée, tous ces hommes dans la force de l'âge qui avaient renoncé à leur carrière, se trouvaient, relativement, dans la même position que madame la duchesse de Berry; c'était la génération du présent, qui ne voulait pas accepter une révolution qui lui fermait toutes les issues et la réduisait à des regrets dont la stérilité ne convient pas à la force, ou à des espérances lointaines, aliment faible et incertain dédaigné par l'âge de l'activité. Entre les regrets et les espérances, il y avait place pour l'action, et une fraction assez nombreuse du parti royaliste aspirait à s'y jeter, parce que là seulement elle trouvait l'emploi de son activité ;

tandis qu'une autre fraction, qui était restée écra-
sée sous le coup de foudre des trois journées, se
consacrait, avec une loyale mais inutile fidélité,
au culte des regrets et des souvenirs, et qu'une
troisième fraction, qui trouvait un aliment suffisant
à son activité au parlement ou dans la presse, ajour-
nait ses espérances et préférait arriver au but qu'elle
s'était marqué, par le progrès pacifique et légal de
l'opinion, ou la revendication des droits de tous.

Peut-être ces trois nuances n'étaient-elles pas,
à l'origine, aussi tranchées que nous les représen-
tons; mais elles existaient du moins en germe, et
elles achevèrent de se dessiner en présence des
évènements. Quoi qu'il en fût, la fraction qui in-
clinait à une prise d'armes immédiate était sur le
premier plan du tableau, dans les temps qui suivirent la révolution de Juillet. D'abord, elle se composait, en général, des hommes les plus actifs et les
plus jeunes de l'opinion royaliste A cette époque,
la droite n'était que tolérée à la tribune, et il y avait
un grand éloignement pour ses journaux, qu'on
rendait responsables des fautes de la Restauration,
parce que tous s'étaient trouvés mêlés aux luttes qui
avaient abouti à la révolution de 1830. Les chances de succès que pouvaient donner la tribune et
la presse, paraissaient donc tellement éloignées,
que les esprits vifs et les caractères impatients se

trouvaient naturellement disposés à choisir une
voie plus directe et plus courte. Ajoutez à cela que
les railleries dont la révolution avait été si prodi-
gue sur le courage royaliste chaque jour révoqué
en doute, à cause de la rapidité des évènements,
qui précisément avait empêché ce courage de se
déployer, poussaient à bout de fiers et jeunes dé-
vouements, affamés de périls, et déterminés à
réhabiliter leur cause dans leur sang.

La situation intérieure et extérieure de la France
achevait de les engager à précipiter la prise d'armes. Débordé au-dedans par les passions démocratiques, le nouveau pouvoir était humilié au
dehors par les gouvernements étrangers, et semblait pris entre deux périls, l'anarchie républicaine et l'invasion européenne. Il paraissait à la
fois patriotique et habile aux hommes du mouvement royaliste, de prévenir l'une et d'épargner
l'autre à la France. Ils ne désiraient point, mais
ils prévoyaient la guerre étrangère, et ils croyaient
à la guerre intérieure ; et, si l'on se reporte à une
situation dont le souvenir déjà éloigné s'est effacé
d'un grand nombre de mémoires, on avouera que
l'ensemble des faits au-dedans et au-dehors n'é-
tait pas de nature à modifier leur jugement.

Dans ce temps-là, le problème de la guerre générale, enfermé peut-être dans la question hol-

lando-belge, n'était pas résolu; et il y avait au-
dessus de la citadelle d'Anvers un nuage noir qui
pouvait contenir le germe d'une conflagration
universelle.

Ancône (1) montrait le drapeau tricolore en Italie en face du drapeau autrichien, et Varsovie, qui
palpitait encore dans les serres de l'aigle mosco-
vite, excitait, par le souvenir de la propagande révolutionnaire qu'avait exercée le cabinet du Palais-
Royal, le cabinet de Saint-Pétersbourg à prendre sa
revanche. A côté de cette situation extérieure, un
des partisans du régime actuel, qui, à l'heure même
où nous écrivons cette histoire, est assis dans les
conseils de la royauté d'août, exposait en ces termes (2) l'ensemble de la situation intérieure, qui
faisait naître les espérances des royalistes du mouvement, et qui encourageait celles de la duchesse
de Berry.

« Cette femme, cette mère, disait M. de Sal-
« vandy, a entendu les mécontentements de la
« France royaliste, de la France religieuse, de la
« France propriétaire, comme, sur le rocher de
« l'île d'Elbe, Napoléon entendait les soupirs de
« ses vétérans. Elle a compté les intérêts froissés,

(1) Ancône fut occupé en 1831.
(2) M. de Salvandy, dans la brochure intitulée *Paris, Nantes et
la Session.*

« les principes méconnus, les alarmes excitées
« jusqu'au sein de l'opinion constitutionnelle.
« Elle a vu tous les mécomptes de cette foule de
« serviteurs et d'amis de la monarchie antique,
« qui ont été frappés les uns après les autres ; le
« grand seigneur dans ses charges, le pair du
« royaume dans sa dignité, le fonctionnaire dans
« ses emplois, l'officier dans la croix de Saint-
« Louis, dont la Restauration avait payé son sang
« versé à Austerlitz. Dans l'exil, l'oreille est frap-
« pée de toutes les plaintes, l'ame est saisie de
« tous les griefs, l'espérance s'éveille à tous les
« désespoirs ! Un autre spectacle la frappe en
« même temps. Elle voit, pendant deux années
« consécutives, la sédition, les désordres, l'anar-
« chie, sous tous les prétextes, sous toutes les for-
« mes, épouvanter de leur audace toutes les cités
« de la France, ces fléaux renaître sans cesse
« d'eux-mêmes, braver le pouvoir et les lois, dé-
« soler le commerce et l'industrie, insulter enfin
« de toutes parts à la raison, à la paix, à la for-
« tune, à la gloire d'un grand peuple ; *et comme*
« *elle porte dans son giron un principe d'ordre*, elle
« se croit dès lors armée de l'ordre tout entier.
« Si elle juge le moment venu d'offrir sa panacée
« réparatrice à la France fatiguée, qui accuserons-
« nous le plus haut avec justice, sa méprise et sa

« confiance, ou bien nos misères et le parti qui
« les a faites? »

En présence d'une situation ainsi caractérisée
par un adversaire politique, il est facile de se faire
une idée de la vivacité des lettres que recevait MA-
DAME, et de la chaleur des instances de ses partisans. On n'omettait rien pour la convaincre. L'esprit de l'armée était, lui disait-on, incertain et
chancelant. Un premier succès déterminerait des
défections, et une fois qu'un régiment aurait passé
au drapeau blanc, tout serait dit : or, on croyait
être assuré de plusieurs régiments. La chance
était bonne, il fallait la jouer. La duchesse de
Berry ne devait pas perdre une considération de
vue : c'est que plus la crise se prolongerait, plus
la situation de la France deviendrait mauvaise.
N'était-il pas plus national de prévenir ce malheur
par un coup hardi, avant qu'épuisé de sacrifices
et désorganisé par la prolongation de cette crise
fatale à ses finances et à sa grandeur, le royaume
se trouvât dans un état de faiblesse et d'infériorité
politique d'où il serait long à sortir?

Telle était la substance de presque toutes les
lettres qui arrivaient à Massa, et l'insistance des
royalistes qui pressaient la princesse de venir prendre la direction du mouvement armé, allait quelquefois jusqu'à l'insulte. « Vous n'avez pas lu,

s'écrie un des hommes qui prit la part la plus active au soulèvement de l'Ouest, et obtint la haute confiance de la duchesse de Berry (1), « les mille « protestations qui furent prodiguées à la mère de « Henri de France. Vous n'avez pas lu les re- « proches sanglants qu'on lui adressa avant « qu'elle se décidât à poser le pied sur le sol de « la France. *Chaque jour,* lui disait-on , *que vous* « *dérobez à la patrie, est un vol que vous faites à* « *l'héritage de votre fils.* »

C'est à la même époque que M. de Sesmaisons, à qui son titre de pair de France, sa position comme habitant le pays, et son âge qui devait le mettre plus à l'abri des illusions, donnaient une autorité particulière, écrivait à Madame : « Que votre Al- « tesse Royale vienne dans la Vendée, et elle verra « que mon ventre, quoique européen par la gros- « seur, ne m'empêchera pas de sauter les haies « et les fossés. »

Ainsi, tout se réunissait pour accroître l'empire des mobiles qui entraînaient la duchesse de Berry à mener à fin l'entreprise qu'elle méditait. Les excitations de ses amis, le jugement que portaient ses adversaires sur la situation, l'honneur et la fidélité royalistes blessés du soupçon jeté sur le

---

(1) M. le baron de Charette, dans la brochure intitulée : *Quel- ques mots sur les événements de 1832.*

courage des défenseurs de la royauté, la position
de la France au-dedans et au-dehors, les fautes du
gouvernement, les violences du parti républicain,
tout conspirait, avec la hardiesse naturelle de son
caractère, à l'entraîner sur ce rivage de France où
elle était attendue par des hommes de courage
et de dévouement.

La duchesse de Berry désirait mettre dans cet
acte de hardiesse autant de prudence qu'il pouvait
en comporter, et surtout choisir avec maturité entre
les plans innombrables et les conseils incohérents
et contradictoires qui lui arrivaient chaque jour
de France; car, par un résultat malheureux de la
position des princes exilés, faute d'avoir un ministère régulièrement institué, il arrive qu'ils ont
autant de ministres que de partisans, et que tout
le monde veut conduire, sous prétexte d'être prêt
à les suivre. Terrible maladie à guérir, que celle
où l'on a affaire à tant de médecins! Elle avait
donc appelé à Massa quelques personnes dont les
lumières pouvaient la guider dans ce dédale, et
qui, sans titre officiel, formaient auprès d'elle
une espèce de conseil. C'est ainsi qu'on vit à Massa
M. le marquis de Pastoret, le dernier chancelier
de la Restauration, dont la grande expérience était
connue; M. le comte de Kergorlay, dont la fermeté
bretonne venait de jeter un si vif éclat; M. le

vicomte de Saint-Priest, ancien ambassadeur à Madrid, qui, par un rare assemblage, surtout dans ce siècle, avait dans l'esprit tous les tempéraments d'un diplomate fin et habile, et, dans le cœur, la résolution d'un homme d'épée (1); le comte de Bourmont, que la conquête d'Alger avait fait maréchal, et le duc des Cars, qui parut un moment à Massa, mais qui bientôt rentra en France, où il pensait pouvoir rendre plus de services à la cause commune. Le roi Charles X était représenté auprès de madame la duchesse de Berry par le duc de Blacas, et ce dernier avait fait entrer dans le conseil de MADAME, M. Billaud, ancien procureur du roi, qui, à l'époque de la révolution de Juillet, s'était montré hostile au nouveau gouvernement.

Il importe d'indiquer ici la position de la duchesse de Berry vis-à-vis du roi Charles X. Le roi, on a déjà pu le voir dans cette histoire, croyait peu à la possibilité d'un succès tenté par la force des armes, et sa conduite l'avait prouvé dans l'itinéraire de Saint-Cloud à Cherbourg. Il est donc indiqué que, dans son for intérieur, il eût préféré que MADAME renonçât à son entreprise. Cependant, un sentiment d'équité qu'il poussait très-loin et qui était la règle de ses actions, ne lui avait pas

(1) Le vicomte de Saint-Priest avait commandé avec distinction une brigade en Espagne lors de l'expédition de 1823.

permis de méconnaître le droit qu'avait Madame, comme mère, comme princesse de la maison de Bourbon, et comme représentant, par suite de la double abdication de Rambouillet, le présent de la branche aînée, de juger elle-même sa position, et de tenter en France, à ses risques et périls, le rétablissement du trône de son fils pendant sa minorité. Nous parlons au point de vue monarchique, et l'on comprend que Charles X, dont nous analysons ici les sentiments, ne pouvait considérer les choses au point de vue révolutionnaire. Le duc de Blacas représentait donc tout à la fois auprès de Madame, l'acquiescement du roi à l'entreprise de 1832, et ses répugnances intimes, et, il faut le dire, naturelles contre cette entreprise, puisqu'il ne croyait pas au succès. C'était le duc de Blacas qui était le dépositaire des pouvoirs du roi et des actes qui nommaient la duchesse de Berry régente de France, pour le cas où elle parviendrait à entrer dans le royaume; le roi avait signé ces actes et ces pouvoirs avant de quitter Édimbourg, et les avait remis alors au duc de Blacas, venu pour prendre ses derniers ordres. Ils ne devaient avoir de valeur qu'une fois que l'on serait sur le sol français, le roi Charles X ayant le désir de demeurer le chef de sa famille dans l'exil.

Comme cela arrive inévitablement, la préoccupation qui dominait l'esprit du roi s'était réflétée jusque dans les actes qui instituaient la duchesse de Berry régente de France, et dans les prescriptions dont ces actes étaient accompagnés. A cette préoccupation s'était mêlé un peu de défiance qu'expliquaient la jeunesse de la duchesse de Berry rapprochée de l'âge avancé du roi, et la nouveauté du rôle qu'elle allait jouer, rôle en désaccord avec une vie consacrée jusque-là aux plaisirs, aux arts, à l'exercice d'un patronage généreux envers les artistes, et d'une généreuse charité, mais qui avait dû nécessairement demeurer étrangère aux affaires. Cette nuance de défiance et d'appréhension s'était révélée dans les pouvoirs dont M. de Blacas était porteur. Le roi avait entouré la régence de la duchesse de Berry d'un grand luxe de précautions destinées à lui faire éviter les fautes, mais qui, comme toutes les barrières, dans les entreprises difficiles et aléatoires, devenaient des obstacles de plus. Ainsi, il avait indiqué à l'avance le cercle dans lequel devait se choisir le conseil de régence appelé à entourer la duchesse de Berry, et il avait désigné le duc de Blacas pour être à la fois le président du conseil de régence et le ministre des affaires étrangères, président du conseil des ministres.

12

Quand les pouvoirs donnés par le roi eurent
été produits, et ils ne le furent pas sans difficulté
par le duc de Blacas, qui alléguait l'ordre qu'il
avait reçu de ne faire usage de ses pouvoirs qu'en
France, les personnes qui formaient le conseil de
MADAME furent unanimes sur l'impossibilité où l'on
serait de rien tenter si l'on se présentait les mains
liées d'avance, et en ajoutant aux difficultés naturelles de l'entreprise, les difficultés qui naîtraient
de dispositions mal combinées. Or, si le dévouement du duc de Blacas à la maison de Bourbon
était incontestable, il n'était pas moins évident
qu'il était peu politique, au moment où la plus
grande partie des espérances de succès reposaient
sur la popularité de madame la duchesse de Berry,
et sur l'absence de tout précédent politique dont
les opinions adverses pussent se faire une arme
contre elle, de mettre, à côté de son nom, le nom
impopulaire du duc de Blacas, qui, à l'époque de
la première Restauration, avait été mêlé d'une
manière irritante aux affaires. Si le nom du prince
de Polignac, malgré ses vertus personnelles, avait
été, pour les Bourbons, comme l'avant-coureur du
départ, le nom du duc de Blacas n'était pas un nom
de retour. En outre, par l'accumulation des fonctions qu'on réunissait en ses mains, on paralysait
l'action de la duchesse de Berry, qui devait être

pleine et entière dans une entreprise où l'imprévu
tiendrait nécessairement une si grande place. Par le
même motif, ces désignations faites à l'avance de
certains noms parmi lesquels la duchesse de Berry
devait choisir les membres du conseil de régence,
avec l'assentiment du duc de Blacas , avaient le
grave inconvénient de circonscrire l'action de la
régente, et de lui ôter l'une de ses plus grandes ressources, c'est-à-dire la libre disposition des honneurs et des emplois, à l'aide de laquelle elle pouvait provoquer, puis récompenser les services.

Telles furent en substance les observations présentées par les membres du conseil de MADAME ;
et si le sentiment qui avait dicté les précautions
de Charles X était naturel, si l'on conçoit facilement qu'il attachait beaucoup de prix à placer auprès de la duchesse de Berry l'homme en qui il
avait le plus de confiance, il faut reconnaître aussi
que les observations des conseillers de la duchesse
de Berry étaient pleines de justesse. Ils disaient
avec raison qu'en nommant la mère de Henri V
régente, le roi lui avait reconnu tous les pouvoirs
nécessaires pour accomplir sa mission; qu'elle
devait agir et qu'elle agissait dans la plénitude de
sa liberté, et que, pour eux, jamais ils ne consen-
tiraient à s'embarquer dans une entreprise déjà
semée de tant d'obstacles, s'il n'était pas admis

en principe que la duchesse de Berry pourrait
agir selon les circonstances, sans être arrêtée par
aucune barrière.

Ce conflit s'envenima comme tous les conflits :
des paroles assez vives furent échangées. On en
vint enfin à poser un ultimatum qui rendait la
retraite de M. le duc de Blacas nécessaire; car
tous les conseillers de la princesse déclaraient
qu'ils se retireraient s'il demeurait auprès d'elle.
Le duc de Blacas comprit qu'il devait partir pour
ne pas ajouter, par sa présence, une difficulté
de plus aux difficultés déjà si nombreuses et si
grandes qu'allait rencontrer la duchesse de Berry,
et il accepta une mission qu'elle lui donna auprès
du roi Charles X, pour motiver son départ. La princesse avait montré, dans toute cette affaire, une
présence d'esprit remarquable, et une de ces fer-
metés tempérées, rares surtout chez les personnes
de son sexe. Tout en évitant de blesser le roi son
beau-père, qui avait une haute confiance dans le
duc de Blacas, elle avait refusé d'accepter une régence sans liberté, dominée par un personnage
politique qui n'avait pas la confiance de la France,
et dont le nom seul était un obstacle au succès de
son entreprise.

Le moment marqué pour l'accomplissement
de cette œuvre si périlleuse approchait, lorsqu'un

homme dont le passage fut alors à peine remarqué, arriva à Massa ; il se nommait Simon Deutz.
Il avait été, comme on l'a vu, recommandé à la duchesse de Berry par le pape ; en outre, la maréchale
de Bourmont, qu'il avait accompagnée de Londres
en Suisse, où elle se rendait avec ses filles, avait
été satisfaite de ses soins pendant le voyage. Il arrivait donc à Massa sous des auspices favorables, et
il affichait pour la cause de Madame la duchesse
de Berry un zèle qui acheva de disposer les esprits en sa faveur. Il dîna à la table de la princesse,
et comme il se rendait à Lisbonne et de là à Madrid, il se chargea des lettres de la duchesse de
Berry pour sa famille.

A cette époque, l'expédition était déjà résolue.
Depuis le départ du duc de Blacas, les tiraillements
avaient cessé, et le conseil de la duchesse de Berry
marchait comme un seul homme. Dans les premiers jours du mois d'avril 1832, on arrêta les
dernières mesures à prendre pour entrer en
France.

Ce fut sur ces entrefaites que la nouvelle ef-
frayante de l'arrivée du choléra-morbus à Paris
vint surprendre la duchesse de Berry à Massa.
Quels que fussent les nouveaux périls que le fléau
pût ajouter aux périls qui attendaient MADAME, elle
ne songea pas un moment à retarder son départ.

On était au 5 avril 1832 ; elle écrivit immédiatement à M. de Châteaubriand, et lui envoya douze
mille francs qu'elle le chargeait d'offrir en son
nom aux pauvres de la capitale. Le préfet de la
Seine, à qui l'illustre fondé de pouvoir de la duchesse de Berry fit part de sa mission, répondit,
après deux jours de silence, par une lettre délibé-
rée en conseil des ministres, et qui se bornait à
ce petit nombre de mots : « Je regrette de ne pou-
« voir accepter, au nom de la ville de Paris, les
« douze mille francs que vous m'avez fait l'hon-
« neur de m'adresser. Dans l'origine des fonds
« que vous offrez, on verrait, sous une bienfai-
« sance apparente, une combinaison politique
« contre laquelle la population parisienne protes-
« terait tout entière par son refus. »

Sur les douze maires auprès desquels M. de
Chateaubriand fit la même démarche, huit obéi-
rent aux ordres qu'ils avaient reçus, en n'acceptant pas l'offrande de la princesse exilée ; quatre
d'entre eux seulement l'acceptèrent. L'argent n'en
alla pas moins aux misères que la petite-fille de
saint Louis avait voulu secourir, et l'on eut de plus
à subir ces amères paroles tombées de la plume
indignée de M. de Chateaubriand : « Le gouver-
« nement tremble devant l'aumône d'une femme ;
« qu'a-t-on fait à cette femme qui s'avise de pen-

« ser à nos douleurs? On ne l'a que bannie, dé-
« pouillée, proscrite, bien qu'innocénte des or-
« donnances ; on n'a enlevé que la couronne à
« son fils, en le condamnant, à l'âge de dix ans, à
« errer orphelin sur la terre étrangère. Et cette
« ingrate veuve, si bien traitée par le poignard de
« Louvel et la quasi-légitimité, a l'audace d'en-
« voyer, du fond de son exil, 12,000 francs à des
« Français attaqués d'une maladie cruelle ; elle
« ose se proposer de donner un peu de pain et
« des couvertures de laine à de pauvres mères
« affamées et nues ! Qui ne se sentirait saisi d'in-
« dignation à un tel crime? Toute la population
« de Paris ne va-t-elle pas se lever dans le mou-
« vement d'un noble dédain, mêlé d'une ver-
« tueuse colère, et se barricader de nouveau con-
« tre une lettre de change payable à vue aux
« pauvres? — *Mais l'acte de bienfaisance de madame*
« *la duchesse de Berry ne devait-il pas être secret?*
« *L'ostentation du bienfait n'en trahit-elle pas le*
« *but caché?* Si l'acte eût été secret, on eût dit à
« l'instant que la mère du duc de Bordeaux fai-
« sait répandre de l'argent parmi les cholériques
« pour exciter dans les hôpitaux une insurrec-
« tion d'agonisants, pour marcher à l'assaut des
« Tuileries, linceul déployé, sous le drapeau de
« la mort. Les 12,000 francs se seraient méta-

« morphosés en douze millions. Ce qu'a fait ma-
« dame la duchesse de Berry est français ; la pre-
« mière_fois que la mère du duc de Bordeaux
« fait entendre sa voix depuis qu'elle est bannie,
« c'est pour offrir quelques secours à des infortu-
« nés. —*Néanmoins, n'est-il pas évident que, sous une*
« *commisération apparente, se cache une pensée po-*
« *litique ?* Non, cette pensée n'est pas entrée dans
« le cœur de la duchesse de Berry, ce ne sont pas
« douze mille francs pris sur sa propre indigence
« et destinés à secourir d'autres indigents, qui
« ajouteraient un droit de plus à ses droits. Si
« c'est à moi que l'accusation s'adresse, je l'ac-
« cepte. Sous le rapport politique, le don serait
« encore de très-bonne guerre, et deviendrait une
« réponse convenable à l'ordonnance signée der-
« nièrement aux Tuileries (1). »

(1) C'était la loi du bannissement de la branche aînée, signée
peu de jours auparavant aux Tuileries. Le duc de Fitz-James écrivait au *Rénovateur* au sujet de cette sanction : « Ah ! lorsqu'à
« Londres, en 1801, présent, ainsi que plusieurs autres Français
« appelés à cette solennelle entrevue, je vis le prince (le duc
« d'Orléans) à demi agenouillé devant son royal cousin, implorer
« son pardon, en lui redemandant ce beau nom de Bourbon na-
« guère abjuré, et celui-ci tendre une main affectueuse, gage d'une
« réconciliation sincère, du moins de sa part, qui m'eût dit alors
« que c'était de là que devait partir l'arrêt d'une proscription nou-
« velle, et que le Bourbon réhabilité trouverait en lui le courage
« de signer un tel acte ! »

La vive et poignante brochure de M. Chateaubriand se répandait dans la France entière, et
produisait une impression profonde. Les précautions du nouveau pouvoir tournaient ainsi contre
lui. On appréciait sévèrement cette fin de non
recevoir opposée à l'humanité, et cette prudence
cruelle d'un gouvernement qui, au lieu de considérer ce que les douze mille francs de la duchesse de Berry auraient fait de bien aux malades,
calculait le mal qu'ils ne lui auraient pas fait. Les
rapprochements les plus malveillants se présentaient à la mémoire des partis opposés au gouvernement établi, et c'est ainsi qu'il se rencontrait
des éruditions malicieuses pour rappeler que ce
genre de politique n'était pas nouveau dans la famille d'Orléans. Pendant la peste de Marseille, en
effet, le pape Clément XI, après avoir épuisé toutes
les aumônes spirituelles en faveur des victimes du
fléau, voulut y joindre le secours effectif de trois
mille charges de blé; mais quelque mésintelli-
gence régnait à cette époque entre le Palais-Royal
et le Saint-Siège, et Lafitteau (c'était le chargé
d'affaires du régent d'Orléans à Rome), *soupçon-*
nant, ce sont ses termes qui avaient une merveilleuse analogie avec ceux de la lettre écrite par le
préfet de la Seine à M. de Chateaubriand, *que cette*
offrande fastueusement annoncée n'avait d'autre but

que d'accuser le gouvernement du régent, d'humilier la France et de décréditer l'abbé Dubois, employa tous ses efforts à retenir dans les ports d'Italie les bâtiments frétés par le pape.

Tous les esprits étaient sous l'impression de cette vive polémique à laquelle le pouvoir dirigé par la peur, cette mauvaise conseillère, avait maladroitement donné naissance par son refus, lorsque madame la duchesse de Berry, qui avait déjà marqué le jour de son départ, écrivit, à la date du 13 avril 1832, aux chefs du mouvement pour leur annoncer son arrivée (1). Le 21 du même mois, elle partait sur le bateau à vapeur le *Carlo-Alberto,* qu'elle avait frété pour cet objet; peu de jours après elle relâchait à Nice, mais pour se remettre en mer, et le lendemain, le 28 avril, elle était dans les eaux de Marseille.

(1) Voici la teneur de cette lettre écrite en chiffres, et avec de l'encre sympathique :

« Je ferai savoir à Nantes, à Angers, à Rennes et à Lyon, que je « suis en France. Préparez-vous à prendre les armes aussitôt que « vous aurez reçu cet avis, et comptez que vous le recevrez proba- « blement du 2 au 3 mai prochain ; si les courriers ne pouvaient « passer, le bruit public vous instruirait de mon arrivée, et vous « feriez prendre les armes sans retard. »

II

LA DUCHESSE DE BERRY DANS LE MIDI.

A treize ans de distance, nous nous rappelons encore avec une vive émotion l'effet que produisit à Paris cette merveilleuse nouvelle : « MADAME est arrivée à Marseille, » suivie de cette autre nouvelle qui contrista tous nos cœurs : « MADAME est arrêtée, » et à laquelle succéda bientôt cette troisième nouvelle qui produisit en nous une joie aussi vive qu'avait été la tristesse : « Ce n'est pas MADAME qui est arrêtée, elle a passé entre les doigts du juste-milieu. »

Il existait alors une jeune génération dont l'enfance s'était écoulée sous la Restauration, et qui entrait dans les plus belles années de la jeunesse, à l'ombre de la conquête d'Alger : c'étaient les hom-

mes qui sont aujourd'hui entre leur trente-cinquième et quarantième année, c'est-à-dire dans
le milieu de la vie, et qui avaient à cette époque
de vingt à vingt-cinq ans. Quinze ans d'opposition n'avaient pas encore passé sur nos têtes
sans affaiblir nos convictions, mais en rempla-
çant, chez plusieurs, l'ardeur des sentiments par
la gravité de la raison politique. Nous n'avions pas
laissé à toutes les ronces du chemin nos belles illusions et nos espérances dorées des rayons de la poésie, qui habitent toujours les cœurs de vingt ans.
Quand la nouvelle, arrivée de Marseille sur les
ailes du télégraphe, se répandit dans Paris, quel
est le cœur qui ne battît plus vite, la main qui ne
tremblât d'émotion en serrant la poignée d'une
épée, ou la plume, qui devenait, elle aussi, une
arme, et conduisait, en ce temps-là, devant les
conseils de guerre comme l'épée?

Tout ce qu'on racontait de l'entreprise de la
duchesse Berry redoublait cette émotion, et plus
l'entreprise semblait hardie et téméraire, plus
elle plaisait aux jeunes imaginations qui ont soif
de l'imprévu et de l'héroïque, et à qui l'invrai-
semblable plaît toujours un peu plus que le vrai-
semblable, un peu moins que l'impossible. Elle
avait donc osé, la jeune femme, mettre son pied
d'enfant dans la large trace qu'avait laissée le pied

de l'Empereur à son retour de l'île d'Elbe. Elle n'avait craint ni les obstacles, ni les périls ; elle avait mesuré d'un œil intrépide la distance qui sépare la côte de Provence des murs de Paris, et elle répondait à l'acte qui venait de la proscrire, elle et toute sa race, en disant : « Me voici. »

Il y avait du courage dans l'action de Marie-Caroline, et c'était ce courage qui séduisait et subjuguait nos ames. Les amis du pouvoir, qui énuméraient à loisir toutes les difficultés de l'entreprise, l'impuissance des moyens, la témérité de l'attaque, ne s'apercevaient pas qu'ils révélaient ce qu'il aurait fallu taire. Marseille nous consolait de Rambouillet ; Marseille jetait un peu de poésie dans le prosaïsme de cette histoire, dont les pages ternes et monotones se succédaient en nous jetant de si tristes impressions. Depuis deux ans qu'on nous étouffait, qu'on nous assassinait de prudence, comment ne pas être ravi de voir une saillie de courage, et d'admirer à son aise un acte d'audace et de témérité, ne fût-ce que pour se rafraîchir le cœur, et pour ne pas oublier complètement que l'on était Français ? Aussi, quelles ironies poignantes, quelles vives apostrophes, dans les conversations, dans les feuilles périodiques, dans les brochures ! — Oui, disait-on, Madame la duchesse de Berry est téméraire, elle est Française jusqu'à

avoir les défauts de la France. Beau défaut que la
témérité! défaut héroïque et plus national cent
fois que la prudence, qualité dont la perfectibilité
descend chez vous, gens du milieu, jusqu'à la peur.
Et alors les interpellations redoublaient, les apostrophes devenaient plus vives et plus dures, et
comme les hommes du pouvoir parlaient de donner une leçon à Madame la duchesse de Berry :
« — Par pitié pour vous-mêmes, leur criait-on,
hommes à la politique efféminée, un peu plus de
respect pour cette femme d'une audace si virile !
Si vous ne voulez pas exciter la risée, ne parlez
plus de lui donner des leçons, parlez d'en recevoir ;
elle a montré qu'elle était capable de vous donner
des leçons de courage ; vous ne pourriez lui en
donner que de couardise, et celles-là seraient stériles : les docteurs ès-peur ne feraient rien d'une
pareille écolière. »

Puis, des pensées d'un ordre plus grave se présentaient aux esprits. Que n'aurait pas fait MA-
DAME avec ce grand courage, si elle avait été à la
tête de nos affaires, comme cela pouvait arriver ;
si, au lieu de changer l'insurrection de juillet en
révolution, on eût accepté, en 1830, le règne de
Henri V avec la régence de sa mère? — « Hommes
du milieu, disait-on, mettez un moment à votre
place cette femme que vous insultez, et livrez les

ressources que vous avez et qui lui manquent, au
courage qui ne lui manque pas! Croyez-vous que
ce fier caractère qui seul, sans autre appui que
son énergie, sans autre allié que quelques épées,
sans autre patrimoine que sa royale indigence,
vient vous défier, vous qui avez tout, tandis que
lui n'a rien ; croyez vous que si ce fier caractère
disposait de ces finances immenses que vous di-
lapidez, de cette belle et glorieuse armée que vous
tenez l'arme au bras, croyez vous que si la royale
aventurière du *Carlo-Alberto* était où vous êtes,
nous serions, comme aujourd'hui, la fable et la
risée de l'Europe, qu'on osât parler de nous chas-
ser d'Ancône, et que les Popilius de la diplomatie
se permissent de tracer, sur la carte, ces lignes in-
solentes de frontières qui ne font autorité que là
où, pour les biffer, il ne se trouve point une épée?
Il s'agit de savoir ce que ferait la duchesse de
Berry avec la France, ses armées, ses trésors, sa
fortune, sa gloire, toutes choses dont vous disposez
et dont vous ne faites rien. Laissez-lui le même
courage, ce courage aventurier comme vous le
nommez, et dites-nous si, en lui donnant la France
pour second dans ses aventures, nous ne retrou-
verions point, sur la carte d'Europe, notre place
si grande naguère, et qui, grâce à vous, s'amoin-
drit chaque jour? »

Ainsi disait-on, et telle était la vivacité des émotions et la chaleur des sentiments qui animaient les cœurs. On s'enthousiasmait, on s'irritait, on admirait, on s'indignait; les passions les plus vives de notre nature étaient en jeu ; on vivait enfin. Il n'y avait pas jusqu'à la disparition de la duchesse de Berry, si surprenante, si merveilleuse, si inexplicable, après l'arrestation du *Carlo Alberto*, sans qu'on sût où elle était et comment elle avait échappé, légère et rapide, à tant de mains ouvertes pour la saisir, qui n'augmentât l'étonnement de tous et l'enthousiasme de ses partisans. Il y avait quelque chose de vif, de spirituel, d'imprévu dans toutes ses allures, qui offrait ce tour qui plaît aux imaginations françaises. Où était-elle? qu'allait-elle faire? où allait-elle apparaître? C'était ici, c'était là; comme on ne savait rien de précis, c'était partout.

Il importe de retracer, au moins d'une manière sommaire, les évènements qui excitaient des émotions si vives; et pour cela, il faut aller retrouver le *Carlo-Alberto* dans les eaux de Marseille où nous l'avons laissé.

Le 28 avril 1832, un peu avant minuit, Marie-Caroline quittait le navire qui l'avait amenée sur la côte de France, avec six personnes qui s'étaient associées à sa périlleuse entreprise, et descendait

sur un bateau de pêcheur qui, depuis plusieurs
nuits, se rendait à un point convenu. La mer était
grosse et la nuit sombre ; le transbordement ne
s'opéra point sans péril. Il fallut, sur cette barque
ouverte et ballottée en tous sens par les vagues agitées qui couvraient à chaque instant les passagers
d'une poussière humide et glacée, se diriger vers
le rivage de France. Encore dut-on prendre un
long détour, parce qu'un feu allumé sur la côte
la plus prochaine et la plus facile, et qu'on distin-
gua de loin à la teinte rougeâtre qu'il donnait aux
nuages, fit craindre la présence d'un poste de doua-
niers. La côte sur laquelle on aborda, après une
navigation de près de trois heures, était hérissée
de rochers, et d'un abord si difficile, qu'elle aurait
fait hésiter les plus hardis contrebandiers. Marie-
Caroline, qui n'avait laissé échapper ni un mouvement d'inquiétude, ni une plainte (1), quoiqu'elle souffrît beaucoup du mal de mer que les
secousses de la frêle embarcation, qui dansait
comme une coquille de noix sur les vagues hou-
leuses, augmentaient encore, escalada, avec une vigueur et une hardiesse peu communes, cette pente
rocailleuse et presqu'à pic qu'elle trouvait à son

(1) Voir le récit du général Dermoncourt, dans *la Vendée et Madame*.

13

arrivée, comme une image de ce que son entreprise avait de laborieux et de difficile (1).

(1) Un écrivain républicain, M. Sarrut, ancien rédacteur en chef
de la *Tribune*, donne sur le voyage de Madame la duchesse de Berry
dans les provinces méridionales en 1828, et sur son ascension au
Viguemale, des détails qui expliquent et confirment les détails qu'on
vient de lire.

« Ce fut, dit M. Germain Sarrut (*Biographie des hommes du
« jour*), dans la plus difficile de toutes ces ascensions, qui an-
« nonçait dès lors tout ce qu'il y avait de force dans ce corps en
« apparence si frêle, quand il était soutenu par une volonté ar-
« rêtée, que madame la duchesse de Berry eut le bonheur de sau-
« ver la vie d'un homme. Elle avait voulu monter au Viguemale,
« l'un des pics les plus élevés des Pyrénées-Orientales, qui lance sa
« triple tête couronnée de neige à 3,350 mètres au-dessus du ni-
« veau de la mer. Elle atteignit cette cime presque inaccessible,
« où prend sa source l'un des nombreux torrents (gaves) qui
« arrosent ces riches montagnes. Comme l'heure s'avançait, on
« donna le signal du départ, afin d'arriver à Cauterets avant la
« nuit, et les guides recommandaient de hâter le pas, lorsqu'on
« vint avertir la princesse qu'un jeune homme qui était parti de
« Cauterets en même temps qu'elle, venait de tomber évanoui sur
« un rocher. La duchesse, malgré tout ce que les guides lui ré-
« pétèrent sur les dangers graves qu'elle courait en s'attardant,
« fit à l'instant arrêter la marche, et ordonna qu'on portât des
« secours à M. Porcheron, c'était son nom, et qu'on attendît qu'il
« fût en état de suivre la caravane. Pour faire cette bonne action,
« elle s'était exposée à des dangers sérieux. Il fallut, sur le revers
« de la montagne, passer plusieurs glaciers, et quand on arriva à
« Cauterets il était nuit close. Si les personnes qui ont visité depuis
« deux ans les Pyrénées (ceci était écrit en 1841), trouvaient quel-
« que exagération dans ce récit, je répondrai par ce peu de mots:
« J'y étais, et j'ai admiré, moi, habitué aux courses et aux fati-
« gues de la montagne, l'intrépidité de la princesse. Les guides et

A peine eut-on touché la terre de France, qu'il fallut se mettre en route et supporter de nouvelles fatigues, car on était à trois lieues de l'endroit où Marie-Caroline devait attendre la nouvelle du mouvement de Marseille, trois lieues qu'il fallut faire par des sentiers à peine indiqués, à travers des bois et des rochers. Un ancien officier de la garde royale, M. de Bonrecueil, qui attendait MADAME depuis plusieurs nuits, lui servit de guide et la conduisit à la petite maison d'un garde-chasse, située à plusieurs lieues de Marseille, dans un endroit solitaire et sauvage. On était parti au crépuscule, il faisait grand jour quand on arriva; la duchesse et ses compagnons étaient brisés par la fatigue. Elle envoya aussitôt un exprès au chef des royalistes de Marseille, et reçut la réponse dans la soirée; cette réponse était courte mais satisfaisante : *Félicitations sur l'heureuse arrivée; Marseille fera son mouvement demain à la pointe du jour.*

En lisant ce billet dont le laconisme promet-

« tous les hommes du pays ne pouvaient comprendre, nous ne di-
« sons pas son courage, mais son audace, son imprudence et sa
« force physique. Il y avait réellement de la poésie ossianique dans
« ces excursions, pour lesquelles l'autorité locale n'avait pas fait
« tracer à grands renforts de bras des sentiers *officiels*, ainsi que
« cela s'est niaisement pratiqué il y a deux ans, pour deux voya
« geurs princiers, le duc et la duchesse d'Orléans. »

c

tait tant, Marie-Caroline sentit son cœur s'ouvrir
à l'espérance. Il fallait, pensa-t-elle, que toutes les
mesures eussent été bien prises, pour que, aussitôt
son arrivée connue, tout se trouvât prêt. Elle
ajouta que, « sans doute, on s'était assuré de l'esprit des troupes, et qu'ainsi il n'y aurait pas de
sang répandu. » Puis, comme dans les correspondances qui arrivaient régulièrement du Midi à
Massa, les principales villes méridionales étaient
réprésentées comme devant faire presque simul-
tanément leur mouvement, Marie-Caroline songea
aux divisions si profondes des populations catholiques et protestantes de Nîmes, et, craignant un
massacre : « Je me rendrai sans tarder à Nîmes,
s'écria-t-elle en marchant à grands pas ; j'ordon-
nerai à l'évêque de sortir avec tout son clergé.
Nous irons nous jeter entre les protestants et les
catholiques, car je veux protection à tous et non
massacre. »

Malgré ses fatigues, la princesse dormit peu ; elle
était dans la fièvre de l'attente, et son impatience
dévorait les heures. Entre elle et cet avenir si
laborieusement préparé, qu'y avait-il? l'espace
d'une nuit. Cette nuit, qui lui semblait si lente à
courir, une fois terminée, elle allait savoir le secret de cette destinée qu'elle était venue chercher
de si loin. Il y avait peut-être un trône pour son

fils au bout de cette aiguille que son œil suivait
sur le cadran. La nuit se termina. Comme le mouvement devait éclater au point du jour, la duchesse devait connaître son sort à dix heures, et
plus elle repassait dans son esprit le nombre des
personnes qui coopéraient à l'entreprise, l'enthousiasme royaliste de Marseille, échauffé encore par la conquête d'Alger dont cette ville ti-
rait de si grands avantages, les intelligences si nombreuses et si importantes que l'on avait nouées,
plus elle croyait au succès. Chaque bruit qu'elle
entendait lui semblait le bruit des pas de chevaux
qu'on lui amenait pour entrer dans Marseille. Dix
heures sonnèrent, puis onze heures, puis midi,
puis une heure ; rien n'avait encore paru. Marie-
Caroline séchait d'impatience, et cette attente pro-
longée devenait un supplice horrible. Enfin deux
messagers se présentèrent avec ce laconique billet :
« *Le mouvement a manqué ; il faut sortir de France.* »
   Marie-Caroline tombait du haut de ses espérances, comme dans ces rêves où, le sol manquant
tout-à-coup sous les pieds, on est précipité au fond
d'un abîme ; son courage ne lui faillit cependant
pas. « Sortir de France, dit-elle, c'est ce qui ne
« m'est pas prouvé. Je vais y penser ; mais ce qui
« est urgent, c'est de sortir d'ici, tant pour notre
« sûreté que pour ne pas compromettre ces bra-

« ves gens. On peut avoir suivi les messagers à
« leur départ de Marseille. » Elle fit aussitôt donner vingt-cinq louis au garde-chasse dans la mai-
sonnette duquel elle avait passé la nuit et qui les
refusait en pleurant, et se mit en route pour s'é-
loigner de cette demeure où elle avait fait de si
beaux rêves, si cruellement dissipés par l'évènement.

Le récit détaillé des causes qui firent avorter
le mouvement de Marseille, n'entre pas dans le
plan de cet ouvrage. Nous nous contenterons d'indiquer une raison générale qui rend le succès de
ces sortes d'entreprises très-difficile, et une raison particulière qui contribua singulièrement à
faire échouer celle-ci.

La raison générale, c'est la difficulté de concerter secrètement un mouvement de cette nature,
devant un gouvernement qui a l'immense avantage de pouvoir agir publiquement. En effet, de
deux choses l'une : ou l'on ne cache pas assez le
secret, et l'on est découvert; ou on le cache trop,
et alors on est mal organisé, parce qu'en échange
de demi-confidences, on s'est contenté de demi-
promesses, et qu'on grossit de bonne foi sa liste
d'une foule de conspirateurs imaginaires qui manquent au signal lorsque vient l'heure du péril. Ce
n'est pas tout, en outre, d'avoir pour soi les masses

dans une ville, il faut qu'un de ces évènements
qui sont à la multitude ce que le vent est aux vagues, les mette en mouvement ; car on ne peut
faire confidence d'une entreprise de ce genre à
toute la population, et, d'un autre côté, on ne
peut emporter la difficulté au pas de course qu'avec
le concours de la population. La raison particulière qui semble avoir achevé d'étouffer le mouvement de Marseille dans son germe, c'est la singulière heure qui fut choisie par les directeurs
de l'insurrection. La remarque en a été faite ; les
insurrections ne sont pas si matinales, et c'est
chose bizarre que de tenter un mouvement de
place publique à l'heure où les places publiques
sont vides, et où l'on n'y-rencontre que la police
et la troupe qu'il faut vaincre ou étonner, au lieu
de la population sur laquelle on peut compter. Le
reste s'explique de soi-même. Quelles que fussent
les intelligences qu'on pût avoir dans les troupes,
c'est un fait reconnu qu'à moins de circonstances
particulières, telles que l'ascendant extraordinaire
d'un homme, comme cela était arrivé au retour de
Napoléon, jamais une troupe armée, quelles que
soient ses dispositions, ne passe à un drapeau
qui ne se présente point entouré de forces imposantes.

Tous les revers s'enchaînèrent donc les uns aux

autres. Comme on avait agi avec un grand secret,
on s'était mal compté; comme on s'était mal
compté, ceux qui coopérèrent au mouvement furent en trop petit nombre ; comme l'on commença
à agir de trop bonne heure, leur faiblesse numérique parut, et la population qui ne savait rien
ne leur vint pas en aide ; comme la manifestation ne
fut pas assez importante, ceux-mêmes qui, dans
la troupe, s'étaient engagés, hésitèrent, puis furent emportés dans le mouvement de ceux qui
défendirent leur poste et leurs armes. Les royalistes
qui essayèrent d'agir se trouvèrent pris comme
dans un filet, et Marseille apprit, en se réveillant,
qu'il y avait eu une restauration essayée et man-
quée pendant son sommeil.

Cependant Marie-Caroline s'était éloignée dans
la soirée même de la maison hospitalière où elle
avait passé sa première nuit. Tous les partis qu'elle
pouvait prendre offraient des difficultés et des périls. Demeurer dans le Midi, après l'alerte donnée,
c'était courir des dangers inutiles ; car, après l'é-
chec des royalistes à Marseille, il était indiqué
qu'aucune des villes secondaires des provinces
méridionales ne bougerait. Dans ces sortes d'entreprises, l'influence d'un premier succès ou d'un
premier revers est presque décisive, par l'élan
qu'elle donne ou le découragement où elle jette.

Quitter la France, ce n'était point chose aisée;
car toute la côte était gardée à vue, et il fallait
gagner la frontière en traversant une étendue considérable de pays. Marie-Caroline s'arrêta au parti
le plus hardi et le plus fier, et résolut de ne point
sortir de France et d'aller se jeter dans la Vendée.
Soutenue par le sentiment d'une grande résolution prise, elle marchait avec courage, suivie de
ses compagnons de voyage, et guidée au milieu des
ténèbres d'une nuit sombre, par un royaliste de
la province, M. de Bonrecueil. Après cinq heures
de marche forcée, on se trouva dans une espèce de
désert, semé de roches granitiques, au milieu desquelles s'élevaient çà et là quelques oliviers rabou-
gris, et où toute trace de sentier avait disparu.
M. de Bonrecueil avoua qu'il s'était égaré au milieu de cette nuit, si noire qu'à peine voyait-on où
l'on mettait le pied. Pendant qu'il allait à la découverte pour se procurer une voiture, Marie-
Caroline, excédée de fatigues, s'enveloppa d'un
manteau et se coucha à terre; elle y dormit d'un
profond sommeil, mais elle se réveilla glacée; heureusement on découvrit, à quelques pas de là, une
cabane où les bergers se retirent quelquefois pendant l'orage; on y alluma un feu de bruyère, et
Marie-Caroline, un peu réchauffée, monta dans le
cabriolet à trois places que M. de Bonrecueil s'é-

tait procuré, et donna rendez-vous à ses compa,
gnons de voyage au château de ce dernier, où elle
devait trouver plusieurs royalistes influents du
pays.

Dans ce trajet, elle devait s'arrêter chez un
homme dévoué, qui pouvait lui donner des renseignements précieux; il était absent. M. de Bonrecueil dit à MADAME que le frère de ce légitimiste
demeurait à peu de distance, mais qu'il professait
des opinions tout-à-fait opposées, bien qu'homme
d'honneur et incapable de commettre une lâcheté. Alors Marie-Caroline déclara qu'elle voulait
être conduite chez lui à l'instant. « Monsieur, lui
dit-elle en l'abordant, vous êtes républicain? Mais
pour une proscrite, il n'y a pas d'opinion ; je suis
la duchesse de Berry. » On trouve une démarche
à peu près semblable dans la vie de Charles-
Édouard, se dérobant à la poursuite des soldats
du duc de Cumberland, après la bataille de Culloden : Stuarts et Bourbons eurent la même confiance dans la loyauté d'un adversaire politique,
et, disons-le à l'honneur de la nature humaine,
cette confiance ne fut pas trompée. Le républicain
à qui MADAME confiait ainsi son secret et sa vie,
la reçut avec autant d'empressement que de respect, et, durant les quelques heures qu'elle demeura sous son toit, elle put se croire chez un

ami. Marie-Caroline repartit bientôt en se dirigeant vers le château de M. de Bonrecueil; elle y
arriva au milieu de la nuit dans une voiture à
quatre places que son guide s'était procurée, et
après avoir couru un assez grand danger à une
descente rapide, par suite de l'impétuosité d'un
cheval qu'il était devenu impossible de maîtriser.

Ce fut sous le toit hospitalier de M. de Bonrecueil, où elle resta quelques jours pour donner à
ses compagnons de voyage le temps de la rejoindre, que Marie-Caroline déclara la résolution
qu'elle avait prise de se rendre en Vendée. « Si je
« sortais de France sans aller dans la Vendée,
« dit-elle, ces braves populations qui ont donné
« tant de preuves de dévouement à ma famille ne
« me le pardonneraient pas, et je mériterais, plus
« que mes parents, les reproches qui leur ont été
« faits tant de fois. J'ai promis aux Vendéens, il
« y a quatre ans, de venir au milieu d'eux en cas
« de malheur; je suis en France, je n'en sortirai
« pas sans tenir ma promesse. » Les personnes
qui assistaient à cette réunion ne cachèrent point
à la duchesse de Berry les dangers de l'entreprise. « Dieu et saint Anne (1) m'aideront, ré-

(1) Saint Anne d'Auray, à la chapelle de laquelle les Vendéens
vont en pèlerinage.

pondit-elle ; j'ai passé une bonne nuit, je suis reposée, et je veux partir ce soir. »

Alors commença le voyage hardi qui jeta un ridicule ineffaçable sur cette police, dont les yeux clignotants ne voient que dans les ténèbres et semblent incapables d'apercevoir ceux qui se montrent au grand jour. MADAME entreprit de traverser la France dans une calèche, avec des chevaux de poste, accompagnée de trois amis dévoués, MM. de Mesnard, de Lorges et de Villeneuve. Un passeport que ce dernier avait pris pour lui et sa femme servit à la princesse, qui se sépara du reste de ses amis, qui la suivaient depuis Massa ; elle leur laissait ce mot pour adieu : « Messieurs, en Vendée ! »

On courut jour et nuit, et l'on traversa Nîmes, Montpellier, Narbonne et Carcassonne ; c'était le même itinéraire qu'avait suivi, quatre ans auparavant, la duchesse de Berry, lorsqu'elle visitait les provinces méridionales, au milieu du concours empressé des populations qui saluaient sa présence de leurs acclamations. A Toulouse, la princesse fut reconnue par un royaliste qui faisait partie d'un groupe assez nombreux de curieux qui entourèrent la voiture au moment où elle relaya. Ce royaliste suivit M. de Lorges dans un magasin de modes, où celui-ci était entré pour acheter à

Madame un chapeau qui lui couvrît un peu plus
la figure; il le reconnut à l'éclat des lumières,
malgré son déguisement, et lui demanda où allait
la duchesse. — « En Vendée. — Mais la Vendée
est pleine de troupes. — Parlez à Madame. » Au
moment où la voiture partait, le royaliste toulou-
sain monta sur le siège avec M. de Lorges. Une
fois sorti de la ville, il se pencha vers la princesse, fort étonnée de le voir, et insista de la
manière la plus vive pour qu'elle acceptât un asyle
chez lui, à Toulouse, au lieu d'aller se jeter dans
la Vendée, qui était pleine de soldats. — « La Ven-
« dée est pleine de soldats! interrompit Marie-
« Caroline; eh bien! tant mieux. Je connais
« beaucoup de ceux qui étaient dans la garde,
« ils me connaissent aussi, ils ne tireront pas
« sur moi. Je suis venue en France pour pré-
« server le pays de la honte d'une invasion étran-
« gère; les Vendéens ont ma promesse, je la
« tiendrai. Maintenant que je suis en France, j'ai
« brûlé mes vaisseaux, et l'on aura de la peine
« à m'en faire sortir. »

Moissac, Agen, sur la route de Bordeaux, puis
Bergerac, Sainte-Foy, Libourne et Blaye, à partir de l'endroit où elle quitta cette route, tel fut
l'itinéraire de Marie-Caroline, qui traversa la Saintonge de château en château, en excitant l'enthou-

siasme de ses partisans, et en échappant au danger à force de le braver. Arrivée au château de M. de Dampière, situé à Plassac, en Saintonge, à trente lieues de marche des provinces de l'Ouest, Marie-Caroline, prenant-le titre de régente, envoya trois billets aux principaux chefs pour les avertir de sa présence.

Voici le premier : « Malgré l'échec que nous « venons d'éprouver, je suis loin de regarder « notre cause comme perdue. J'ai toujours la « même confiance dans notre bon droit. Mon « intention est qu'on plaide incessamment ; j'en-« gage donc mes avocats à se tenir prêts à plaider « au premier jour. » Le second billet appelait un autre chef auprès de Marie-Caroline, le troisième demandait pour elle un asyle où elle pût attendre le jour où le mouvement éclaterait.

Elle écrivait à la même époque à M. de Charette les lignes suivantes : *Je pense que vous êtes très-in-quiet, ayant dû apprendre mon accident. J'ai été endommagée, contusionnée, mais non brisée. Cela ne m'empêchera pas de faire route. Bientôt, je l'espère, je serai au milieu de vous. Préparez toutes choses* (1).

Marie-Caroline apprit du chef vendéen qu'elle avait mandé auprès d'elle et qui accourut à sa voix,

(1) Journal militaire d'un chef de l'Ouest.

que le maréchal de Bourmont n'avait point encore paru dans l'Ouest. Ainsi, l'âme de l'expédition était absente. La duchesse de Berry, quoique vivement contrariée de ce contre-temps, crut, d'après les renseignements que lui avait donnés le chef vendéen qu'elle avait appelé, et la correspondance de plusieurs capitaines de paroisses, que l'échec de Marseille ne serait pas un obstacle insurmontable à une levée générale; et comme tous les rapports lui annonçaient que les troupes étaient dispersées en petits cantonnements, elle pensa qu'il fallait saisir cette occasion favorable qu'on ne retrouverait plus; il était indiqué que, par un mouvement rapide, on pourrait enlever tous ces cantonnements et les rallier ou les désarmer. Elle donna donc l'ordre de la prise d'armes pour le 24 mai.

Des proclamations qui indiquaient les vues du gouvernement de Marie-Caroline étaient en même temps distribuées; le passage suivant, emprunté au plus étendu et au plus complet de ces documents politiques, indiquera suffisamment quelles étaient ces vues. « Il est temps de replacer sur « leurs antiques bases ces sages libertés dont vous « avez hérité de vos pères. Réformer les abus de « la centralisation, reconstituer les communes « qui durent leur premier affranchissement à

« Louis-le-Gros, rétablir, avec les modifications
« que le temps a rendues nécessaires, des assem-
« blées provinciales, plus aptes à juger des besoins
« des localités, diminuer ou supprimer les impôts
« les plus vexatoires, accorder à l'enseignement
« toute la liberté compatible avec l'ordre et les
« bonnes mœurs ; faire respecter, dans la religion
« catholique, la religion de l'État, tout en main-
« tenant scrupuleusement la liberté de conscience ;
« consacrer de nouveau les bases fondamentales
« de notre ancien droit public, le libre vote de
« l'impôt et le concours de la nation aux actes
« législatifs ; c'est le but que se propose le gou-
« vernement de notre jeune roi, et pour lequel
« nous rechercherons les lumières de tous les
« hommes éclairés et consciencieux. »

Précédée de ces manifestes, Marie-Caroline
quitta, dans la nuit du 15 au 16 mai, le château
de Plassac, et partit dans la voiture du marquis
et de la marquise de Dampière, qui l'accompagnaient ainsi que le comte de Mesnard, et le comte
de Lorge qui était assis sur le siège. Elle traversa
en courant la poste la plus grande partie de la
Vendée, occupée cependant par de nombreux détachements qui stationnaient sur la route : on ne
demanda à MADAME son passeport qu'à Bourbon-
Vendée ; elle montra celui de la comtesse Alban

de Villeneuve-Bargemont et passa sans difficulté.
Ce fut au château de la Preuille, appartenant au
colonel de Nacquart, et situé sur la route de Nantes
à Bourbon, à un tiers de lieue à peu près dans les
terres, entre Montaigu et Aigrefeuille, qu'elle
trouva le baron de Charette. MADAME devait arriver de nuit ; on ne l'attendait plus, quand le fouet
des postillons annonça sa voiture. M. de Nacquart,
chef de la division de Montaigu, avait à sa table
plusieurs de ses officiers ; il courut au perron avec
sa fille pour recevoir MADAME ; mais, dans sa préoccupation, il la fit entrer dans la salle à manger
où elle fut reconnue par tous les convives : l'inconvénient n'était pas grave, car on était en Vendée. La princesse voulut même que son hôte allât
dire à tous ces Vendéens qu'elle n'avait pas d'incognito pour eux, et qu'elle serait allée leur dire
elle-même la joie qu'elle éprouvait de se trouver
au milieu de ses amis, si l'on n'avait pas pensé
qu'elle devait prendre quelques précautions à
cause des gens de service. Au bout d'une heure,
la voiture qui avait amené MADAME repartait pour
Nantes, en emportant à sa place Madame de Nacquart, revêtue de ses habits ; M. Guibourg avait
remplacé M. de Mesnard, qui demeurait aussi à la
Preuille.

14

III

MARIE-CAROLINE EN VENDÉE.

Marie-Caroline allait s'engager dans l'intérieur des terres; elle allait prouver qu'elle trouvait, comme M. Thiers, qu'il n'y a rien d'indigne à chouaner dans les bois de la Bretagne, dans les marais et les bruyères de la Vendée; que la vie de partisans, avec ses fatigues, ses dangers, de tous les instants, ses nuits sans sommeil, ses jours sans sécurité, n'avait rien qui fût au-dessus de son courage et de sa résolution. Elle quitta ses habits de femme, revêtit le costume d'un demi-paysan, se donna à elle-même le nom de Petit-Pierre, et se montra prête à partager les périls de ses amis.

Ne croyez-vous pas lire la chronique de Boscobel sur le roi Charles II? « Aussitôt on coupa les « cheveux du roi, ou lui noircit les mains, on

« mit ses habits en terre; il en prit un de paysan
« en échange. On mena le roi dans le bois, et il
« se trouva seul dans un lieu inconnu. »

La première course de Marie-Caroline fut heureuse; elle arriva sans accident au Mortier, résidence de M. Emmanuel Guignard, qui lui avait
servi de guide; sa seconde course faillit être la
dernière. Le Mortier, situé sur la route de La
Rochelle à Nantes, étant trop en vue, il fut décidé
que Marie-Caroline se rendrait à Bellecourt, situé dans la commune de Montbert. La prudence
ne permettait de faire ces courses que de nuit; la
nuit était fort noire, et il fallait passer une petite
rivière qu'on nomme dans le pays *Le Moine,* et
qui n'est pas navigable. On ne pouvait la traverser que sur les ruines d'un petit pont de pierre,
dont les piliers seuls étaient demeurés debout.
Comme presque tous les cours d'eau du Bocage,
celui-ci est fort encaissé, et dans cet endroit les
approches de l'ancienne chaussée sont hérissés
de ronces et d'épines. Marie-Caroline, conduite
par le Normand, ancien soldat vendéen, et soutenue par le baron de Charette, arriva jusqu'à la
première pierre. Le baron de Charette, un pied
sur cette pierre et l'autre sur la seconde, enleva la princesse avec l'aide du guide, et c'est ainsi
qu'elle sauta de pilier en pilier. On était aux

deux tiers de ce périlleux passage, quand le pied du guide vint à glisser ; il entraîna Marie-Caroline, qui tomba la tête la première dans l'eau et disparut. Le baron de Charette, qui avait été renversé de l'autre côté, s'élança à la nage dans la direction où l'on entendait l'eau s'agiter, et fut assez heureux pour saisir un des pieds de la princesse, et, aidé de M. Guignard et du guide, il la ramena au bord. Le premier mot de Marie-Caroline en revenant à elle, fut celui-ci : « Les chouans en « ont bien vu d'autre, n'est-ce pas ? Aujourd'hui « je vois l'eau; demain, il faut l'espérer, ce sera « le feu (1). »

Il n'y a rien de nouveau sous le soleil, et il y a surtout longtemps qu'il a éclairé tous les genres de malheur. Ici, l'histoire de Marie-Caroline en Vendée coudoie encore celle de Charles II en Ecosse, et la chronique écossaise, réveillée par la chronique vendéenne, reprend d'elle-même la parole. « C'était Pendrill, paysan catholique et métayer de la ferme (des *White Ladies*) des Dames-Blanches, qui s'était chargé de conduire le roi. La nuit était si noire qu'à deux pas de Richard, il ne pouvait l'apercevoir; il le suivait guidé par le bruit de son haut-de-chausse qui était de cuir. »

(1) *Journal d'un chef militaire.*

C'est ainsi que MADAME, prouvant qu'il y a dans le cœur d'une princesse de la maison de Bourbon autant de courage que dans celui d'un Stuart, fit l'apprentissage de la vie qu'elle allait mener en Vendée. Elle trouva à Bellecourt des serviteurs dévoués, MM. Le Romain, de Monti de Rezé et Prévost de Saint-Marc ; leur émotion fut grande, et l'étonnement des deux derniers, qui ignoraient la présence de MADAME dans la Vendée, fut aussi grand que leur émotion. On prépara à la hâte un lit à la princesse fatiguée de sa course et de sa chute ; c'était celui où, dix-sept ans auparavant, le brave et chevaleresque comte de Suzannet fut transporté mourant après l'affaire de la Roche-Servière.

Pour se rendre compte des marches et des contre-marches qu'on faisait faire à Marie-Caroline dans les communes qui avoisinent Nantes, il importe de ne pas oublier que la princesse était, à toutes les heures du jour et de la nuit, en péril, et qu'au premier avis, à la moindre alerte, il fallait se hâter de lui chercher un nouvel asile pour dérouter l'autorité, dont l'attention pouvait avoir été éveillée par un indice. Voilà comment s'expliquent les allées et les venues de MADAME. Aujourd'hui à Bellecourt ; le lendemain, pendant que le fidèle Corniet, ce Pendrill vendéen, déroute la gendarmerie, elle frappera, au milieu de la nuit, à la porte du Vendéen Déniaud, ancien soldat de Charette, fermier de la Chaimare, dans la paroisse de Géneston. A ce seul mot : « Ce sont des chouans, » la porte s'ouvre, l'hôte se lève, il veut faire lever ses enfants pour donner leurs lits. Marie-Caroline refuse et ne veut accepter qu'un peu de paille dans l'étable, malgré les instances du Vendéen, qui lui disait en serrant ses mains délicates dans des poignets de fer : « Mon petit Monsieur, vous êtes chez moi, il faut m'obéir, il faut accepter mon lit. » Au bruit de cette contestation amicale, des têtes s'avancèrent entre les rideaux mal joints, et l'on voyait sur ces figures à demi éveillées, la curiosité et l'inquiétude se peindre à la lueur vacillante que jetait un feu de racines qui commençait à s'éteindre. Mais ce mot : « Ce sont des chouans, » suffisait à tous, et le lendemain, quand la princesse, qui avait passé la nuit dans l'étable, mangea avec appetit des œufs durs, du pain noir, et une gamelle de soupe aux choux verts, nourriture particulière au pays, que l'on servit, faute de table, sur une barrique, les enfants venaient jouer avec elle comme avec un ami. Cette scène d'intérieur d'une chaumière vendéenne, se retrouvait dans toutes les chaumières à la porte desquelles frappait MADAME.

Rarement savait-on qui elle était ; on ne demandait pas même à le savoir, on la recevait comme
un chouan : chouan, dans le Bocage, veut dire proscrit. Nous lisons dans les relations de la tentative
que fit le prince Édouard en Écosse, « qu'après la
bataille de Culloden, il trouva un asyle dans la tribu de Morar, qui lui était affectionnée ; » la tribu
de Morar, pour Marie-Caroline, ce fut toute la
Vendée.

La duchesse de Berry apprit à la Chaimare, par
M. Le Romain, l'arrivée du maréchal de Bourmont
à Angers ; il y était entré le 17, et le lendemain il
devait être à Nantes. Aussitôt Marie-Caroline lui
manda de se rendre auprès d'elle. Elle-même
quitta la Chaimare pour se diriger vers la Lau-
vardière, métairie appartenant aux La Roberie.
M. Hyacinthe de La Roberie lui servit de guide,
et, dans la nuit du 18 au 19, la princesse, après
avoir traversé les endroits les plus marécageux,
tantôt appuyée sur M. de La Roberie, tantôt portée
par lui, arriva dans cette résidence, qu'elle quitta
bientôt pour se rendre au Meslier, chez M. de
La Roche-Saint André, après être demeurée
vingt-quatre heures au Magasin, chez M. et Madame Goizel, près de Saint-Étienne-de-Corcoué.
Elle avait traversé des localités occupées par des

cantonnements militaires, en échappant à des périls sans cesse renaissants.

Le Meslier était une petite maison isolée, située à une heure de la commune de Légé, à laquelle il se rattache, et à la même distance de la Roche-Servière et de Luc, et, par conséquent, en dehors des routes frayées. Comme son propriétaire ne l'habitait qu'à l'époque des vendanges, les cantonnements militaires de ces trois villages n'étendaient point leur surveillance sur cette masure perdue dans les terres. Deux étages en tout, au premier une chambre à alcôve et deux greniers, la même distribution au rez-de-chaussée, habité par deux paysans, Charlot et Ploquin, et une fille de basse-cour, Rosette ; pour monter au premier étage, un escalier non couvert, construit en dehors de la maison, et donnant sur une cour fermée ; de l'autre côté un jardin non clos de murs, plus loin une vigne : voilà le Meslier.

Ce fut dans cette petite masure, devenue sa royale résidence, que Marie-Caroline éprouva une des plus grandes douleurs qu'elle eût encore ressenties. Pour expliquer l'obstacle contre lequel MADAME vint se heurter, à la veille de la prise d'armes (on était arrivé au 22 mai), il est nécessaire de prendre les choses d'un peu plus haut.

Depuis que la princesse s'était arrêtée à la pensée d'entrer en France par le côté du Midi, l'insurrection de l'Ouest n'avait été traitée que comme une question subsidiaire; naturellement, le signal devait partir de Marseille, où se trouvait Marie-Caroline. C'est donc dans ces termes que le baron de Charette avait dû présenter la question devant les chefs vendéens, réunis au nombre de douze à la Fetelière; et la dépêche de Massa, qu'il leur communiqua, indiquait trois cas qui motiveraient une prise d'armes en Vendée : un succès à Marseille, la proclamation de la république à Paris, ou une guerre d'invasion, à l'annonce de laquelle il faudrait se hâter d'arborer le drapeau blanc dans l'Ouest, pour l'opposer à une coalition disposée à entamer le royaume de Louis XIV. Comme le succès du mouvement de Marseille paraissait infaillible, on n'avait pas hésité à présenter ainsi la question; et, présentée dans ces termes, elle avait été unanimement résolue dans le même sens, et la prise d'armes avait été arrêtée.

Il advenait un fait en dehors de ces prévisions; l'insurrection du Midi avait échoué, et Marie-Caroline était dans la Vendée. Il s'ensuivit qu'au lieu de rencontrer cette unanimité de résolution si nécessaire au succès de l'entreprise, elle rencontra chez plusieurs chefs une tendance à délibérer de nouveau sur une question qui leur paraissait nouvelle, puisqu'elle sortait des trois éventualités posées par les dépêches de Massa. En d'autres termes, on faisait en présence de MA-DAME ce qu'on aurait fait en son absence, si elle avait choisi pour point de débarquement le littoral de la Bretagne, au lieu de prendre celui du Midi ; on délibérait sur l'opportunité de la prise d'armes, et, tandis que les uns disaient que la présence de MADAME en Vendée ôtait toute incertitude et qu'il ne restait plus qu'à vaincre ou à mourir à sa voix, d'autres pensaient que cette opportunité n'existait pas. Ainsi, la délibération se mêlait à l'action et l'arrêtait.

C'était un coup terrible pour les espérances de Marie-Caroline. La Vendée unie était capable de grandes choses; la Vendée divisée perdait toute sa force, d'autant plus qu'on allait consumer un temps précieux en délibération, et que si la présence de la duchesse de Berry venait à être connue pendant tous ces pourparlers, la meilleure chance qu'on avait, celle de surprendre le Gouvernement avant qu'il fût sur ses gardes, s'évanouissait aussitôt. Marie-Caroline combattit avec beaucoup de vivacité les raisons qui lui furent données pour la décider à contre-mander la prise d'armes, soit dans une lettre où le marquis de Coislin, d'ailleurs

décidé à obéir à ses ordres, développait les considérations qui militaient en faveur de ce parti, soit
dans une conférence qu'elle eut au Meslier, chez
M. de la Roche-Saint-André, avec MM. de Goulaine, de Tingui et Benjamin de Goyer, qui re-
présentaient le troisième corps.

Ce qu'il y avait de pis dans la situation, c'est
qu'on pouvait alléguer des raisons plausibles pour
appuyer l'une et l'autre des opinions qui étaient
en présence, ce qui faisait qu'aucun des deux
partis n'entraînait l'autre. Or, mieux eût valu pour
Marie-Caroline que la Vendée eût été tout entière
contre le mouvement, ou tout entière pour le mouvement : dans le premier cas, elle n'aurait plus
eu qu'à songer à sa sûreté personnelle ; dans le
second, elle aurait eu du moins toutes les chances
qu'elle pouvait avoir dans la périlleuse et difficile
partie qu'elle était venue jouer.

Les chefs contraires à la prise d'armes faisaient des observations vraies, quand ils disaient
qu'aucune des trois éventualités prévues dans la
dépêche de Massa, le succès à Marseille, la république à Paris ou l'invasion aux frontières, ne
s'était réalisée. Il était également exact que l'absence de ces trois éventualités rendait l'entreprise
de la duchesse de Berry plus hasardeuse, et qu'on
devait rencontrer moins de dispositions à un sou-

lèvement, que si l'on s'était trouvé dans les circonstances prévues et indiquées. Les partisans de
cette opinion n'avaient pas non plus beaucoup de
peine à montrer les difficultés ; elles étaient grandes, en effet. L'infériorité de la Vendée en face
d'un gouvernement qui disposait des ressources
de toute la France, la rareté des munitions qu'on
avait été obligé de se procurer avec des précautions
infinies, les défauts inévitables d'une organisation
ébauchée clandestinement devant un pouvoir qui
pouvait agir au grand jour, une armée de cinquante mille hommes dans l'Ouest qui pouvait
être grossie, le refroidissement qu'avait dû jeter
dans les esprits l'échec de Marseille, les conséquences d'une levée de boucliers inutile, le prestige moral et militaire de la Vendée anéanti, et, si
la guerre générale sortait de la question hollando-
belge, comme cela paraissait indiqué, nulle force
dans l'Ouest qui pût se lever et se présenter, le
drapeau blanc à la main, derrière Marie-Caroline, pour arrêter la coalition victorieuse et lui
fermer le chemin de la France ; voilà en substance les motifs qu'on faisait valoir pour décider
la duchesse de Berry à abandonner son projet.

Mais si ces raisons avaient de la valeur, les
chefs de l'Ouest qui demandaient que la prise
d'armes eût lieu, apportaient à l'appui de leur

opinion des motifs puissants qui étaient de nature à produire une plus vive impression sur Marie-Caroline. Il n'y avait pas lieu à délibérer sous
les armes; la mère de Henri V une fois dans
l'Ouest, c'était à elle de commander comme régente, et il ne restait plus qu'une chose à faire,
obéir. D'ailleurs on calomniait le pays quand on le
représentait comme n'étant pas prêt à se lever ; les
chances de succès étaient grandes, si tout le monde
faisait son devoir : il suffisait de ne pas paralyser
l'élan des paysans, qui n'aurait pas besoin d'être
excité. Les cinquante mille hommes dont on parlait n'appartenaient qu'à demi au pouvoir. On
avait de nombreuses intelligences; qu'on obtînt
un succès, et on aurait pour soi un grand nombre de ces soldats : or, l'éparpillement des forces
militaires dans l'Ouest rendait ce succès non-seulement possible, mais facile. En se levant avec rapidité, on désarmerait ou l'on rallierait au drapeau blanc tous ces cantonnements dispersés ; au
lieu d'un péril insurmontable, il y avait donc là
des armes, des munitions, des soldats. En outre,
c'était mal raisonner que de représenter la Vendée comme devant se trouver isolée devant toutes
les forces du Gouvernement. La prise d'armes des
provinces de l'Ouest deviendrait le signal d'une
insurrection dans le Midi ; les lettres que MADAME

recevait des villes méridionales ne permettaient
pas d'en douter ; l'échauffourée de Marseille n'a-
vait pas détruit l'organisation royaliste, et les partisans de Henri V dans ces provinces étaient impatients de prendre leur revanche. Il n'y avait donc
qu'une chose de changée : c'est la Vendée qui allait donner le signal au lieu de le recevoir. Quant
à la guerre étrangère, si on l'attendait, on serait
encore accusé d'avoir spéculé sur les malheurs et
les revers de la France. Il serait plus généreux et
plus habile de la prévenir et de l'empêcher. Enfin,
si des obstacles, des difficultés, des périls, devaient
se présenter devant les royalistes, le Gouvernement qu'ils attaquaient n'était-il donc pas aussi
dans une position difficile? Il y avait dans l'air
des signes qui annonçaient un mouvement républicain à Paris ; il était indiqué que, dans l'état
où étaient les esprits, un mouvement royaliste
dans l'Ouest ferait éclater le mouvement républicain qu'on prévoyait dans la capitale, tout aussi
certainement qu'un mouvement républicain à
Paris amènerait un soulèvement dans l'Ouest. Il
fallait donc se hâter et profiter de l'imprévoyance
du pouvoir, qui n'était pas sur ses gardes, et saisir une occasion qu'on ne retrouverait plus. Quant
à l'anéantissement du prestige militaire et moral
de la Vendée, qu'on faisait appréhender comme

devant être le résultat naturel d'un échec, quelle idée aurait-on de la Vendée, quelle idée aurait-elle d'elle-même, si on venait à savoir que Marie-Caroline de France, fidèle à la promesse qu'elle avait faite en 1828, était venue à travers tant d'obstacles et de périls, se jeter dans les provinces de l'Ouest, sans trouver personne qui s'armât pour sa cause, et que la Vendée, oublieuse des serments de 1828, avait manqué à une princesse de la maison de Bourbon qui ne lui manquait pas?

Ces considérations l'emportèrent dans l'esprit de Marie-Caroline sur les considérations opposées. Elle écrivait, dans sa réponse au marquis de Coislin, à la date du 18 mai : « Je regarderais ma « cause à jamais perdue si j'étais obligée de fuir « de ce pays, et j'y serais naturellement amenée « si une prise d'armes n'avait lieu immédiate- « ment. Je n'aurais donc d'autre ressource que « d'aller gémir loin de la France pour avoir trop « compté sur les promesses de ceux envers les- « quels j'ai tout bravé pour tenir les miennes. »

A cette lettre était annexé l'ordre de prendre les armes, daté de la Saintonge, 15 mai 1832 : « D'après les rapports qui m'ont été adressés sur « les provinces de l'Ouest et du Midi, mes inten- « tions sont qu'on prenne les armes le 24 de ce

« mois. J'ai fait partout connaître mes intentions
« à cet égard, et les transmets aujourd'hui à mes
« provinces de l'Ouest. »

Dans la conférence qui eut lieu au Meslier,
le 18 mai, car les chefs opposés au mouvement
croyaient être trop sûrs de l'impossibilité du succès pour céder aux injonctions de MADAME, elle
répondit avec une force et une vivacité remarquables à leurs objections. M. le baron de Charette a publié le récit qui lui fut fait de cette conférence par Marie-Caroline elle-même. Voici ce
récit :

« Ils sont venus au nombre de quatre, me dit
« S. A. R., me représenter le pays sous des cou-
« leurs bien sombres ; à les entendre, je l'aurais
« vu en voie de républicanisme. Je n'en ai rien
« cru, et j'ai parlé des dispositions si différentes,
« des ressources en armes, en munitions, dont
« on m'avait entretenue peu de jours avant que
« je quittasse Massa. J'ai cité les personnes qui
« m'avaient écrit ; j'en avais mille à citer. Ma mé-
« moire ne s'étant pas trouvée en défaut, ils ont
« abandonné ce thème, et ils m'ont dit : *M. de*
« *Charette est le seul qui désire la guerre civile ; la*
« *Vendée et la Bretagne la repoussent.* J'ai répondu
« qu'ils étaient dans l'erreur, que les généraux
« en chef de la rive gauche et de la rive droite

« faisaient leur devoir, que je venais de recevoir
« une lettre de M. de la Roche-Macé, qu'il lève-
« rait sa division comme un régiment; que cette
« division avait une très-grande importance à
« cause de ses rapports avec Nantes, dont un des
« faubourgs se trouvait sous son commandement,
« et où il comptait bon nombre de partisans.
« Alors M. de Goulaine prit la parole et me donna
« l'assurance que plusieurs officiers généraux
« avaient pris l'engagement de ne pas communi-
« quer l'ordre, qu'il était personnellement con-
« vaincu que le général en chef de la rive gauche,
« comte Charles d'Autichamp, ne donnerait pas
« l'ordre du soulèvement. Je demandai sur-le-
« champ à ces messieurs s'ils pourraient l'affir-
« mer. Ils me répondirent tous qu'ils en étaient
« sûrs; que M. d'Autichamp comprenait trop bien
« les intérêts de son pays pour qu'il en fût autre-
« ment. J'avais pris soin, ajoute toujours MADAME,
« de les laisser s'engager. Alors, tirant de ma po-
« che l'ordre du soulèvement qui vous était
« adressé par M. d'Autichamp, je le lus à haute
« voix, après quoi ils purent se convaincre par
« eux-mêmes de l'authenticité de l'ordre. »

« Un démenti si formel donné à leurs asser-
« tions, les découragea un instant; cependant ils
« persistèrent à dire que la Vendée ne se lèverait

15

« pas. M. de Goulaine ajouta que quelques chefs
« de division étaient réunis à La Grange dans le
« but de protester contre tout mouvement armé.
« Alors, je leur dis qu'il était trop tard pour don-
« ner un contre-ordre ; que ce serait vouloir
« porter le coup le plus funeste à l'intérêt de la
« cause ; qu'il était de toute impossibilité de faire
« parvenir à temps, sur toute la surface de l'Ouest,
« l'avis de surseoir ; que cet avis trouverait en
« armes les divisions qui étaient le plus éloignées ;
« que ce serait les sacrifier. »

Marie-Caroline persistait donc dans la résolution de faire prendre les armes aux royalistes de
l'Ouest, et une considération puissante venait la
confirmer dans cette décision. C'était la crainte
qu'un contre-ordre arrivant trop tard aux divisions éloignées, elles se levassent seules et fussent
écrasées. Mais on ne peut dissimuler que la duchesse de Berry se trouvait déçue dans l'Ouest
comme dans le Midi. Au lieu de rencontrer l'unanimité de 1828, elle rencontrait la division.
On discutait ses ordres au lieu de les suivre ;
cinq chefs de division déclaraient qu'ils n'ordonne-
raient point la prise d'armes, quoiqu'elle en eût
donné le signal. Il n'y avait donc plus d'unité dans
la direction, d'ensemble dans les démarches, de
certitude dans une autorité contestée. Outre les

périls qu'on avait en face de soi, l'anarchie se répandait dans les rangs. Sans doute on mettait en
avant des motifs graves, des raisons respectables,
on alléguait des périls réels ; mais Marie-Caroline n'avait-elle pas eu aussi des périls à courir
pour venir du Midi se jeter dans l'Ouest, et ces
périls l'avaient-ils arrêtée ? Où étaient les promesses de 1828 ? Il y avait eu un rendez-vous pris
entre MADAME et la Vendée. MADAME se trouvait
au rendez-vous ; la Vendée y manquerait-elle ?
La princesse eût compris l'hésitation si elle avait
été encore à Edimbourg ou à Massa ; mais, par
sa présence dans l'Ouest, l'action avait commencé ; comment délibérait-on lorsqu'il fallait agir ?

C'était là le fond des sentiments qui se re-
muaient dans le cœur de Marie-Caroline. Malgré
ces obstacles nouveaux et imprévus, elle ne se
désespéra pas cependant. Après tout, ceux qui
lui faisaient ces objections étaient dévoués à sa
cause. Par quelle considération étaient-ils arrêtés ?
Par la conviction que le succès était impossible.
Que fallait-il pour rallier la Vendée entière à son
drapeau ? un succès. Elle trouverait donc tout dans
le succès : l'unité de son parti, l'ascendant de son
autorité, et l'accession d'une grande partie des
forces militaires répandues dans l'Ouest à son
drapeau. Or, même avec les moyens d'action qui

lui restaient, un succès était possible. Il fallait
donc se hâter de réussir. Quelqu'un l'a dit avec
une brièveté spirituelle et pleine de sens : rien
ne réussit comme le succès.

. La prise d'armes demeura donc marquée au
24 mai ; mais, entre le 18 et le 24, des évènements intervinrent qui portèrent un dernier coup
aux chances déjà si amoindries de l'entreprise de
la duchessê de Berry. La première condition du
succès dans de semblables tentatives, c'est de
trouver les forces du parti sur lequel on s'appuie
compactes et unies ; car il y a une illusion d'op-
tique presque inévitable dans l'exil, qui fait qu'on
s'exagère déjà un peu ses moyens d'action, et qu'on
atténue ceux du gouvernement que l'on veut
attaquer. La duchesse de Berry, en venant en
France, y avait apporté la confiance qu'elle y entrait comme le chef du parti royaliste, et que tout
le monde la suivrait ; cette confiance, qui venait
de rencontrer un si grave mécompte au sein de
la Vendée même, devait achever de se dissiper au
contact des faits, et MADAME allait se heurter
contre un obstacle qu'elle n'avait pas fait entrer
dans ses calculs, le défaut complet d'unité du parti
royaliste, obstacle qui, ajouté aux difficultés inhé-
rentes à son entreprise, la rendait non plus seulement ardue et périlleuse, mais impossible.

On a vu, au commencement de ce livre, qu'au
moment du départ de la branche aînée, les royalistes se trouvèrent divisés à peu près en trois classes : ceux qui, accablés par la catastrophe de
Juillet, n'avaient pour le principe monarchique
que des regrets sans espérances, et qui se consa-
craient au culte du passé et à une sorte de dévotion
purement contemplative pour ce qui n'était plus,
jointe à un éloignement prononcé pour la révolution, sentiments sincères mais sans action
dans la politique; ceux qui étaient décidés à en
appeler à leur épée de l'arrêt que Charles X leur
paraissait avoir trop facilement accepté à Rambouillet, et sur la route de Rambouillet à Cherbourg; ceux enfin qui pensaient que la restauration
de la branche aînée était une question d'assemblée
générale, et que la tribune et la presse étaient les
moyens véritables de préparer cette restauration.
Marie-Caroline se trouvait en présence de ces trois
nuances, en mettant le pied sur le sol français.
Les royalistes qui n'avaient que des souvenirs
sans espérances, ne pouvaient lui être d'un grand
secours; retirés de la scène, ils contemplaient
l'action sans s'y mêler. Les royalistes de l'action
armée venaient de se diviser sur la question d'opportunité, lorsqu'elle avait ordonné la prise d'armes, ce qui avait mis la discorde et la confusion

dans le noyau même sur lequel elle comptait le plus. Restaient les royalistes qui croyaient les moyens moraux plus puissants que les moyens matériels ; ceux-là venant aussi à la traverse des projets de Marie-Caroline, allaient achever de ruiner ses espérances.

C'était là un écueil presque inévitable de la situation. Quand on est entré dans une voie, c'est qu'on la croit bonne ; on est donc disposé à entraîner le mouvement général dans sa sphère, et à arrêter tout mouvement qui diffère de celui qu'on a adopté, et par conséquent lui crée des obstacles. Or, il est impossible de le nier, l'entreprise armée de Marie-Caroline dans l'Ouest devenait un obstacle sérieux à la ligue de ceux qui voulaient faire prévaloir les principes royalistes en suivant une voie pacifique et légale, et en employant seulement la tribune et la presse. Parmi ces personnes, dont quelques unes appartenaient aux deux Chambres, il y en avait aussi qui étaient effrayées des difficultés qu'offrirait le lendemain d'une restauration, et qui pensaient que le travail des idées n'était pas assez avancé pour qu'on pût tenter quelque chose dans les faits. Dans l'état d'éparpillement où étaient les esprits, après une épreuve si courte qu'elle n'avait pu suffire ni à l'éducation du parti royaliste ni à celle de la

France, comment gouverner quand on n'était d'accord sur rien, et que les préventions d'une grande portion du pays contre les royalistes étaient entières? Ne se retrouverait-on pas dans la fausse position où la Restauration avait péri? N'aurait-on pas devant soi la fatalité des mêmes fautes? Que deviendrait la royauté rentrée aux Tuileries par un retour à l'île d'Elbe, quand le pays serait revenu de sa surprise?

Ces considérations étaient graves; mais pour la duchesse de Berry, engagée dans son entreprise, elles venaient bien tard. C'était plus encore le tort de la situation que celui des hommes; il eût été nécessaire qu'avant que l'expédition de 1832 fût tentée, il y eût eu une grande et solennelle délibération dans le parti qui empêchât un commencement d'exécution si l'entreprise était jugée impraticable ou plus nuisible qu'utile; et l'on ne pouvait, d'un autre côté, sans folie, songer à provoquer une délibération de ce genre dans le parti royaliste, car c'eût été livrer le secret de l'expédition. La délibération qui n'avait pas précédé l'action, coïncidait donc avec elle et allait l'entraver.

Cette nuance importante de l'opinion royaliste opposée à l'action armée, envoya en effet M. Ber-

ryer en Vendée, avec la mission de décider la
duchesse de Berry à quitter les provinces de l'Ouest.
A peine la princesse sortait-elle de la conférence
pénible qu'elle avait eue au Meslier avec plusieurs
des chefs militaires de la Vendée, qu'elle eut à
soutenir une lutte plus difficile, car elle se trouva
en face du plus grand orateur de nos assemblées
délibérantes. Mais, avant même d'arriver au Meslier, le parti qui envoyait M. Berryer dans l'Ouest
avait porté le dernier coup aux chances que conservait l'entreprise à main armée de Marie-Caroline. M. Berryer, qui ne put la rencontrer que le
22 mai, avait trouvé à Nantes le maréchal de
Bourmont, qui, après avoir surmonté les plus
grandes difficultés, était enfin parvenu à pénétrer
dans la Vendée : il lui avait exposé sa mission,
l'espérance fondée qu'il avait de déterminer MA-
DAME à renoncer à ses projets, et, en insistant
sur les conséquences irréparables qui résulteraient
de la prise d'armes, dont MADAME ne pourrait plus
révoquer l'ordre quand bien même elle sortirait
convaincue de la conférence qui allait avoir lieu,
il obtint du maréchal de Bourmont un contre-
ordre qui fut signé le 22 mai à midi, et dont voici
la teneur : « Retardez de quelques jours l'exécu-
« tion des ordres que vous avez reçus pour le 24

« de ce mois, et que rien d'ostensible ne soit fait
« avant de nouveaux avis; mais continuez à vous
« préparer. »

Rien de plus naturel que le désir exprimé par
M. Berryer, que la prise d'armes fût suspendue
jusqu'au moment où il aurait exposé à MADAME
les graves objections que des hommes éminents
du parti royaliste avaient contre son entreprise;
rien de plus facile à comprendre que la déférence
de M. de Bourmont à ce désir, car il croyait mettre seulement la duchesse de Berry à portée d'ap-
précier ces objections, et de prendre un parti définitif en connaissance de cause. Cependant,
comme on le verra, ce contre-ordre décidait tout.
C'est là la fatalité des situations, où tout dépend
d'un instant, et où l'on ne peut réussir que par
surprise. La fuite de l'à-propos est irréparable, et
l'on perd souvent tout avec un moment perdu.

Ce fut une scène remplie d'un intérêt peu commun et pleine de vives et dramatiques émotions,
que celle qui se passa au Meslier, quand M. Berryer s'y présenta. Il était parti de Paris le 20 mai
et était arrivé à Nantes le 22; aussitôt après avoir
vu le maréchal de Bourmont, et l'avoir décidé à
expédier le contre-ordre, il monta dans un cabriolet rustique, et se mit en route, sans savoir le nom
du lieu où il allait, certain seulement que le guide

silencieux dont le cheval trottait à une certaine distance en avant de sa voiture, le conduisait vers la
duchesse de Berry. La marche fut longue, et par
trois fois M. Berryer changea de guide. Parti en
voiture, il dut cheminer à pied, puis monter à
cheval, et chaque fois montrer ses papiers et déclarer son nom. Le dernier de ces guides était un
chef vendéen. On cheminait avec précaution, en
se gardant militairement, et les deux voyageurs
étaient précédés et suivis par deux éclaireurs à
cheval qui, se tenant à cent pas de distance, empê-
chaient qu'ils pussent être surpris, ni en tête ni
en queue.

De temps à autre, on entendait un cri perçant
qui avait quelque rapport avec celui des oiseaux
de nuit; alors un cri parfaitement semblable, mais
dont le son arrivait aux voyageurs plus faible, parce qu'il était plus éloigné, semblait répondre, et
lorsqu'ils tournaient les yeux, ils apercevaient à
la lucarne de quelqu'une des chaumières qui bor-
daient la route, une tête immobile; c'était celle
d'un paysan qui, après avoir répondu à la question de leurs guides, les regardait passer. C'est
ainsi que la police royaliste était organisée dans
l'Ouest, police plus clairvoyante et mieux avisée
que celle du milieu, et dont le dévouement faisait
seul les frais. Quand c'étaient des amis qui pas-

saient, on les avertissait, par ce cri particulier, que
la route était libre; si elle ne l'était pas, le silence
devenait un avertissement muet. C'est ainsi que
M. Berryer et ses guides, prévenus à temps, arrê-
tèrent leurs chevaux dans le chemin creux et
couvert d'ombrage où ils cheminaient, et attendi-
rent en silence, tandis qu'une patrouille dont les
baïonnettes s'apercevaient encore à la tombée du
jour, passait sur le talus qui dominait ce chemin.
Étaient-ce des soldats? les paysans sortaient par
une porte de derrière, couraient avertir, par des
chemins de traverse, les rassemblements de la
présence des troupes; de sorte qu'un quart d'heure
avant leur arrivée tout avait disparu.

Il était plus de dix heures et demie quand
M. Berryer arriva au Meslier, dans la métairie de
M. La Roche-Saint-André. Quatre jours seulement s'étaient écoulés depuis la conférence que la
duchesse de Berry avait eue avec M. de Goulaine
et ses amis.

Elle était couchée et endormie. M. Berryer eut
à déclarer son nom à une vieille femme qui lui
ouvrit la porte; elle était accompagnée d'un jeune
et robuste gars, armé d'un bâton : c'était la garnison de la place qu'occupait la régente de
France. Dix minutes après son arrivée dans la
métairie, M. Berryer, qui était resté à se chauffer

dans une salle basse éclairée par une chandelle
de résine, fut introduit. MADAME était couchée sur
un lit de bois blanc grossièrement équarri; sa
tête était couverte d'une de ces coiffes que portent
les femmes du pays; sur elle un tartan écossais
à carreaux verts et rouges; pour tout meuble, une
table couverte de papiers, sur ces papiers deux
paires de pistolets, sur une chaise un costume de
paysan et une perruque brune, déguisement ordinaire de la princesse.

La conversation s'engagea aussitôt. M. Berryer
mit sous les yeux de Marie-Caroline la note du
comité de Paris; elle se résumait dans une double
prière adressée à la princesse : quitter la France,
donner l'ordre aux chefs vendéens de remettre
l'épée dans le fourreau. Cette pièce ne portait
point de signatures. La lecture qu'en fit Marie
Caroline produisit sur elle une douloureuse impression, et, après quelques paroles où la vivacité
de cette impression se refléta : « Monsieur, dit-
« elle à M. Berryer, retournez à ceux qui vous
« ont envoyé, et dites-leur que la régente de
« France ne peut faire droit à une demande qui
« n'a reçu aucune signature. » Le silence que
garda M. Berryer lui ayant donné le temps de
se remettre, elle reprit la parole en énumérant
les motifs qui l'avaient décidée à tenter son entre-

prise, en invoquant les lettres de tant de royalistes
influents qui l'avaient appelée; elle parla des intelligences qu'elle avait nouées, des chances de
succès qui lui restaient encore, puis elle ajouta :
« Mes amis de Paris ne peuvent connaître l'état de
« ce pays ; ils ne le savent que par des personnes
« opposées au mouvement. Croyez-moi, Monsieur
« Berryer, ce n'est pas à cent lieues que l'on peut
« juger de l'opportunité d'un soulèvement. Les
« choses se fussent mieux passées dans les premiè-
« res guerres, si Paris n'eût pas voulu donner
« une direction aux provinces de l'Ouest. Voyez-
« vous, Monsieur Berryer, l'exemple du duc de
« Bourbon est toujours devant mes yeux. Si, en
« 1815, il n'eût consulté que son grand cœur et
« celui de la majeure partie de ses amis; si, en
« un mot, il se fût mis à la tête de la Vendée, au
« lieu de prêter l'oreille à cette politique men-
« teuse dont on entoure sans cesse les princes,
« bien des malheurs eussent été évités, de funes-
« tes divisions ne se fussent pas mises parmi les
« chefs, et la France n'eût pas vu une seconde
« invasion. Savez-vous ce qu'il en coûterait à
« cette France, si les alliés y rentraient une troi-
« sième fois? Son partage sans doute. A cette pen-
« sée, tout mon sang de Française et de mère se
« révolte, et je vous donne ma parole que jamais

« mon fils ne règnera, s'il devait acheter le trône
« de France par la cession d'une province, d'une
« forteresse, d'une maison, d'une chaumière
« comme celle où la régente de France vous re-
« çoit en ce moment (1). »

La conférence se prolongea pendant la plus
grande partie de la nuit; c'était comme un duel
dans lequel aucun des deux adversaires ne laissait échapper le plus petit de ses avantages : les
témoins demeuraient silencieux et ne prenaient
aucune part à la conférence; mais la duchesse de
Berry suffisait à tout. Quand M. Berryer avait
fait ressortir toutes les raisons qui devaient la décider à partir, elle déduisait avec la plus grande
force les raisons qui l'encourageaient à demeurer
en Vendée, et parmi ces raisons, il y en avait une
qui paraissait exercer une grande influence sur
son esprit, c'était le souvenir des reproches adressés aux princes de sa maison. Le duc de Bourbon
n'arrivant dans les Cent-Jours que pour partir, et,
à l'époque de la première révolution, Monsieur le
comte d'Artois, retenu à l'Ile-Dieu, lui revenaient
sans cesse à l'esprit; elle était pénétrée de la pensée
qu'elle avait la revanche de la maison de Bourbon
à prendre. En outre, elle avait le sentiment du

(1) Ces paroles ont été conservées par le baron de Charette, qui
assistait à la conférence.

préjugé défavorable sous le coup duquel le parti royaliste était resté depuis Rambouillet, et quelque chose lui disait, répétait-elle, qu'il fallait que les épées fussent tirées, afin qu'on vît que le sang de Henri IV ne s'était pas refroidi dans les veines de ses descendants, et que les royalistes étaient des hommes de cœur. Du reste, elle exposait avec une grande netteté les éléments de succès qui lui restaient, même après le contre-ordre qui avait dû nuire à sa cause, et se montrait décidée à en appeler à Dieu et à l'épée de ses amis.

M. Berryer revint une dernière fois à la charge, et la princesse, épuisée plutôt que vaincue, finit par admettre l'idée de quitter la Vendée, mais sans s'engager cependant d'une manière formelle, car lorsque M. Berryer la quitta, il dit : « Si « MADAME se décide à partir, je lui offre toujours « mes services ; je serai à Nantes jusqu'à tel jour, « et jusqu'à tel autre à La Rochelle. » Il était quatre heures du matin, il y avait cinq heures que la conférence durait. MADAME dit à M. de Mesnard : « Je vais ruminer tout cela, dormir, « si je puis, et demain je serai décidée. » M. Berryer, frappé des ressources d'intelligence et de caractère que la duchesse de Berry avait déployées dans cette nuit où de si grands intérêts avaient été discutés, disait au baron de Charette avec lequel il

avait quitté le Meslier pour se rendre au château
de la Grange, chez le marquis de Goulaine : « Il y
a dans la tête et le cœur de cette princesse de quoi
faire vingt rois. »

Le lendemain, en effet, Marie-Caroline était
décidée, et le meunier Sorin, qui la devait conduire au Magasin chez M. Goizel, si elle se rési-
gnait à partir, portait le 23 mai à M. de Charette
une lettre qui lui annonçait ainsi la résolution de
Madame : « Mon cher Charette, je reste parmi
« vous, j'écris à Berryer ma détermination ; l'au-
« tre lettre est pour le maréchal, je lui donne
« l'ordre de se rendre immédiatement auprès de
« moi. Je reste, attendu que ma présence a com-
« promis un grand nombre de mes fidèles servi-
« teurs ; il y aurait lâcheté à moi de les aban-
« donner. D'ailleurs, j'espère que malgré ce mal-
« heureux contre-ordre, Dieu nous donnera la
« victoire. »

Le sort en était donc jeté, on allait prendre les
armes. Le maréchal de Bourmont, conduit par
M. de Puysieux, arriva au Meslier dans la soirée
du 23 mai ; le baron de Charette y vint de son
côté ; on arrêta que le soulèvement aurait lieu
dans la nuit du 3 au 4 juin, et des ordres furent
expédiés à toutes les divisions. Mais dans cet intervalle du 24 mai au 4 juin, les conséquences du

contre-ordre se produisirent ; plusieurs divisions auxquelles il n'était point parvenu en temps utile dans la Bretagne, le Maine et le Poitou, se levèrent le 24 mai, et furent écrasées. M. de Courson de la Belle-Issue, le comte de Pontfarcy, MM. de Tilly, Bouteloup, de Bordigné et Gaulier, virent ainsi leurs corps dissous ; c'étaient autant d'auxiliaires qui allaient manquer à la prise d'armes générale du 4 juin. Dans le haut Poitou, il y eut un commencement de soulèvement aussitôt réprimé. Des arrestations eurent lieu dans le troisième corps ; mais ce n'était encore que le prélude de désastres plus irréparables.

Tant d'allées et venues avaient donné l'éveil à l'autorité. Le 26 mai, surlendemain du jour indiqué primitivement par la duchesse pour la prise d'armes, le général Dermoncourt écrivait au lieutenant-colonel Panis que : « Le dissémination des troupes faisant l'objet de la convoitise des royalistes, il fallait avoir les yeux tournés vers les cantonnements. » A la date du 27 mai, trois jours après le 24, le maréchal Soult écrivait au commandant militaire du département des Deux-Sèvres : « Je compte que le général Solignac « aura ordonné la réunion des détachements assez « faibles pour que leur morcellement les exposât « aux attaques des bandes qui se sont renfor-

« cées. » Dans cette même journée du 27 mai,
trois jours après celui où l'insurrection aurait
éclaté si le contre-ordre n'avait pas été expédié,
Cathelineau était assassiné par suite d'une visite
domiciliaire, faite au château de la Chaperonière.
Le fils du saint de l'Anjou était avec le marquis
de Civrac et M. Maurisset dans une cachette ; il
entendit le lieutenant Reigner ordonner à ses soldats de fusiller le fermier Guenhut, qui avait refusé de livrer ses hôtes ; alors Cathelineau, ne
pouvant voir de sang-froid la mort de ce noble
paysan qui demeurait inébranlable et muet, leva
la trappe, et se présentant le premier : « Ne tirez
pas, dit-il, nous sommes sans armes. » Le lieutenant Reigner, pour toute réponse, saisit le fusil
d'un de ses soldats, ajusta Cathelineau et l'étendit
raide mort. M. de Civrac et Maurisset furent couverts de son sang. La mort de Cathelineau était
une perte irréparable dans l'Anjou, où l'influence
de son nom, de sa vertu et de son courage était
immense. Enfin, le 28 mai, quatre jours après
le 24, le général Dermoncourt partait de Nantes,
dans la soirée, à la tête d'un détachement, chargé
d'un mandat d'amener contre le sous-intendant
militaire de Laubépin et le lieutenant-colonel son
frère, qui résidaient à la Chaslière. Trois grenadiers qui étaient entrés dans le cellier du château,

en rapportèrent trois bouteilles remplies de papiers. C'était le plan de campagne des royalistes de l'Ouest, de Paris et du Midi, la correspondance de MADAME avec les principaux chefs de l'insurrection, sans parler de plusieurs ordres imprimés qui marquaient la prise d'armes pour la nuit du 3 au 4 juin. La visite domiciliaire qu'on fit, le 30 mai, au château de Carheil, appartenant au marquis de Coislin, amena des découvertes qui confirmèrent et complétèrent celles qu'on avait faites à la Chaslière.

Ainsi, tous les évènements qui devaient détruire les dernières changes de Marie-Caroline en Vendée, eurent lieu du 24 au 30 mai, c'est-à-dire pendant le délai qui résulta du contre-ordre. La Bretagne, le Poitou, le Maine, ne l'ayant pas reçu à temps, firent sur plusieurs points leur mouvement, et se trouvèrent mis hors de combat avant le jour marqué. L'ordre de concentrer les cantonnements, la découverte du plan des insurgés, et de l'organisation vendéenne, la certitude de la présence de la duchesse de Berry dans l'Ouest, là connaissance exacte du jour où le soulèvement éclaterait, la mort de Cathelineau, la compression des soulèvements partiels du Maine, de l'Anjou et de la Bretagne, toutes ces complications qui modifièrent d'une manière si grave la situation de

Madame et celle des royalistes, intervinrent posté-
rieurement au jour où l'on devait d'abord prendre
les armes. Le Gouvernement avait dès lors, outre
la supériorité numérique, tous les avantages de
son côté. Au lieu d'être surpris, il allait surprendre ; au lieu d'être attaqué, c'était lui qui
attaquerait ; il connaissait tous les détails de l'organisation vendéenne et royaliste, et la présence
de la duchesse ; il possédait le secret du complot
comme s'il y était entré, et agissait à coup sûr,
car il savait le jour et l'heure où l'on se lèverait.
Pour comble de malheur, Marie-Caroline ne devait apprendre que le 2 juin au soir que tous ses
secrets étaient dans les mains du Gouvernement,
qui, après les visites domiciliaires de la Chaslière
et de Carheil, avait observé le plus profond silence, et avait attendu presqu'au 2 juin pour
opérer la concentration des cantonnements. Marie-Caroline eut un instant la pensée d'envoyer
un nouveau contre-ordre, mais il n'était plus
temps, sur le plus grand nombre de points il
serait arrivé trop tard, et ceux qui ne l'auraient pas
reçu auraient eu le droit de se regarder comme
sacrifiés. Elle crut qu'il ne restait plus qu'à braver
ensemble les périls de la situation que l'on avait
acceptée, et, s'abandonnant à la volonté du ciel,
avec la confiance qu'au moins elle pourrait mou-

rir sur cette terre de Vendée, où l'espoir de rétablir
la fortune de son fils l'avait amenée, elle déclara
formellement au baron de Charette que, s'il parvenait à rassembler quinze cents hommes sur un
point quelconque, sans l'en avertir pour qu'elle
vînt se mettre à leur tête, elle ne le lui pardon-
nerait de sa vie.

Dès qu'on avait été à la veille de la prise
d'armes, c'est-à-dire le 31 mai, la duchesse de
Berry avait quitté le Meslier sans espoir de
retour, et pour se rapprocher du centre des premières opérations. On vient de le voir, elle voulait, si les rassemblements étaient assez nombreux,
se mettre à leur tête et courir les mêmes chances
que ses amis. Elle était accompagnée de Mademoiselle Eulalie de Kersabiec, qui, depuis deux
jours, était venue la rejoindre au Meslier. Marie-
Caroline, portant comme on l'a dit le déguisement
d'un demi-paysan, s'était donné le nom de Petit-
Pierre; elle donna à Mademoiselle Eulalie de
Kersabiec, revêtue d'un costume analogue, le
nom de Petit-Paul. Il était onze heures du soir
quand la caravane, que dirigeait le baron de
Charette, quitta le Meslier. MADAME était à cheval
en croupe derrière le Vendéen Simaillot, Mademoiselle de Kersabiec derrière M. de Mesnard.
Quand on fut au moment de s'engager dans la

forêt de la Roche-Servière, le cheval de M. Mesnard et de Mademoiselle de Kersabiec, conduit
par son maître le meunier Sorin, prit la tête de
la petite caravane ; à quelque distance, le cheval de
MADAME, guidé par le baron de Charette : un domestique du Meslier, nommé Charlot, formait
l'arrière-garde. En avant et en arrière, des éclaireurs devaient avertir, par un signal convenu, de
l'approche du danger.

La nuit était devenue si profonde, qu'on ne
voyait pas à un pas devant soi. Le cheval de Marie-Caroline s'écarta insensiblement du sentier
que suivait l'autre cheval, et se trouva devant un
de ces ruisseaux si communs dans le Bocage.
Avant que Simaillot eût le temps de l'arrêter, il
prit son élan pour franchir l'obstacle ; mais, avec
son double fardeau, il ne put arriver à l'autre
bord. Le bruit de la chute d'un corps dans l'eau
retentissant au milieu du silence de la forêt, remplit d'effroi la petite caravane. On apprit bientôt
par Marie-Caroline, qui, ébranlée sans être effrayée, flattait de la main sa monture, que le
cheval ne s'était point abattu dans cette espèce de
saut périlleux. Cependant, comme on faisait une
halte de quelques instants, MADAME descendit de
cheval pour voir, disait-elle en souriant, si elle ne
s'était rien cassé. A peine sortait-on de la forêt de

la Roche-Servière, que le cheval de Mademoiselle
de Kersabiec eut aussi un accident; il s'abattit, et,
en se relevant, il atteignit la jeune Vendéenne d'un
coup de pied dans la poitrine. La marche se
trouva ralentie, car le cheval s'était donné un
effort, et Petit-Paul fut contraint de continuer la
route à pied. En même temps, M. de Choulot, que
la duchesse de Berry avait envoyé dans les Cours du
Nord, et qui la poursuivait depuis longtemps de
métairie en métairie, étant parvenu, par un singulier hasard, à rejoindre la petite caravane, leur
faisait perdre encore un peu de temps. C'était un
étrange spectacle que cette audience diplomatique
donnée au milieu des ténèbres de la nuit, à quelques pas des grands arbres de la forêt de la Roche-Servière. L'ambassadeur marchait en rendant
compte de sa mission à la princesse, qui l'écoutait
en poursuivant sa route, car il était nécessaire de
se hâter. Par un malentendu, on était parti un peu
plus tard qu'on ne l'aurait dû, et MM. de La Roberie, qui attendaient MADAME au moulin Guérin
pour la conduire à Louvardière, pouvaient s'être
éloignés en ne la voyant pas venir le jour indiqué.

C'était en effet ce qui était arrivé. Quand on
donna le signal convenu, personne ne répondit. La
situation était critique, car le canton où l'on se
trouvait était sillonné par des détachements de

troupes de ligne. Après une courte délibération,
on se réfugia au Magasin, qui appartenait au beau-
frère de M. de La Roberie, et le baron de Charette
envoya un exprès à ce dernier pour l'avertir du
lieu où se trouvait MADAME, et le prier d'envoyer
deux de ses filles au Magasin, afin que la princesse, accompagnée de l'une et portant les vête-
ments de l'autre, pût se rendre, à l'aide de ce
déguisement, soit à Louvardière, soit à Mouchetière, résidence de la famille de La Roberie. C'est en
effet ce qui eut lieu. Avant la tombée du jour, MA-
DAME et Mademoiselle Pauline de la Roberie, montées sur le même cheval, passèrent sans accident au
milieu de plusieurs détachements; il y eut même
un officier qui, croyant reconnaître Mademoiselle
Luce de la Roberie, salua MADAME. A peine com-
mençait-elle à prendre un peu de repos dans cette
maison hospitalière où ses compagnons étaient par-
venus à se rendre à la faveur de la nuit, qu'on dut
la quitter. Il était deux heures du matin; une patrouille avait rôdé autour de la maison; on remarquait, disaient les émissaires, un mouvement
inusité dans les cantonnements; c'était là à peu
près l'histoire de toutes les journées et de toutes les
nuits de MADAME, depuis qu'elle était dans l'Ouest.
Il fallut partir, en laissant Mademoiselle de Kersabiec en proie à une fièvre brûlante. Une heure plus

tard, on était chez M. de La Haye, au moulin Étienne. Marie-Caroline y trouva MM. Le Romain et Prévost, et fit venir M. de Coëtus, qui, bien qu'opposé au mouvement, au succès duquel il ne croyait pas, dit simplement à Marie-Caroline : « Je vous suivrai, » parole fidèlement tenue.

Le moulin Étienne, où les chefs du mouvement venaient concerter leurs dernières mesures, était sans doute un séjour dangereux pour la princesse; mais une garde invisible veillait aux alentours; c'étaient la fidélité et la vigilance vendéennes. Il avait suffi de dire: « Veillez à la sûreté du moulin Étienne; » ce n'étaient point quelques hommes, c'était tout un pays qui veillait. « Le 29 septembre, dit Voltaire, en racontant la touchante histoire des malheurs du prince Édouard, le prince arriva par des chemins détournés et au travers de mille périls nouveaux au lieu où il était attendu; ce qui est étrange, et ce qui prouve bien que les cœurs étaient à lui, c'est que les Anglais ne furent avertis, ni du débarquement, ni du séjour, ni du départ des vaisseaux que la France envoyait pour le sauver. »

Ce fut à ce moulin Étienne que Marie-Caroline apprit la ruine à peu près complète de son entreprise, car ce fut là qu'elle sut les découvertes que le pouvoir avait faites au château de la Chaslière.

Sa douleur fut profonde, elle s'écria : « C'est le
dernier coup porté à mes espérances ; mon fils ne
saura jamais toutes les angoisses et les larmes de
sa mère. » Quelle que fût sa douleur, elle ne pouvait plus rien changer, on l'a vu, à ce qui avait été
décidé. On était dans la nuit du 2 juin, les contre-
ordres ne seraient point arrivés à temps. Ce fut la
mort dans l'ame qu'elle quitta le lendemain le moulin Étienne, pour aller s'établir dans une petite
métairie isolée et située très-avant dans les terres,
qu'on appelait dans le pays la *Brosse,* et qui était
occupée par les trois frères Jeanneau, comme
fermiers de madame Rédoi de Nantes, à qui la
métairie appartenait. On attendit encore la soirée
pour partir ; il y aurait eu trop peu de sûreté à
voyager le jour. A dix heures, Marie-Caroline se
mit en marche avec MM. de Charette, Hyacinthe de La Roberie, de Mesnard, Le Romain, de
Rezé et de la Chevasnerie. M. de La Roberie père
attendait avec un bateau la princesse, sur les bords
de la Boulogne ; il lui fit traverser cette petite rivière, sur l'autre bord de laquelle devaient se
trouver des guides qui n'arrivèrent point à l'heure
fixée. Marie-Caroline, épuisée par tant de fatigues,
et par des inquiétudes plus cruelles encore, qu'elle
était obligée de cacher à ses amis pour ne pas leur
ôter le courage dont ils allaient avoir tant de be-

soin, s'étendit un moment sur la mousse à l'ombre d'un chêne séculaire qui la couvrait de ses gigantesques rameaux, et, la tête appuyée sur une valise, elle sembla sommeiller ; la lune qui brillait en ce moment au ciel, éclairait de ses pâles rayons ce mélancolique tableau, et se reflétait sur les mâles figures des Vendéens qui, prêts à tirer l'épée, entouraient respectueusement cette princesse, comme autrefois les Highlanders, leur prince Édouard, en songeant à la bataille du lendemain, ou mieux encore comme l'intrépide colonel Carlisle, quand il contemplait le roi Charles II, qui, épuisé de fatigue, s'abandonnait à un invincible sommeil sur le chêne de Boscobel, pendant que son ami veillait sur lui.

C'était l'heure où, deux années seulement auparavant, commençaient ces splendides et poétiques soirées dont MADAME était la reine ; ce jour-là même, dans bien des salons à Paris, des femmes tranquillement assises, étalaient les prestiges de leur beauté et les magnificences de leurs parures. Et, pendant ce temps-là, il y avait une femme dans un coin de la Vendée, qui, passant les rivières à gué, supportant le froid des nuits, dormant sur la terre nue, bravait les périls, les fatigues et la souffrance ; et pourtant cette femme était née pour être reine.

Quand Marie-Caroline rouvrit les yeux, elle
remarqua la préoccupation de ses amis; et, voulant les empêcher de lire dans sa pensée, et les
arracher au cours de leurs propres idées, elle dit,
en affectant une gaieté qui était loin de son cœur,
après avoir jeté un rapide coup d'œil sur ses compagnons armés et déguisés : « Convenons, messieurs, que nous ressemblons plutôt à une bande
de voleurs qu'à d'honnêtes gens. » On se remit
aussitôt en marche, et bientôt on arriva au lieu
où Marie-Caroline devait attendre les nouvelles
du premier rassemblement. Là, MM. de Charette,
Le Romain et de Rezé la quittèrent et se dirigèrent
en toute hâte vers Montbert, où ils avaient donné
rendez-vous à leurs amis. On était alors dans la
journée du 3 juin, et c'était dans la nuit que devait commencer le mouvement. Les derniers mots
de Marie-Caroline en se séparant de M. de Charette et de ses amis, furent ceux-ci : Courage et
espoir !

Le courage ne devait pas manquer ; mais tout
espoir avait disparu. La bataille était perdue avant
que d'être livrée. Ces quinze cents hommes que Marie-Caroline demandait pour se montrer sur le
champ de bataille, on ne put les réunir nulle part ; à
mesure que les royalistes se montrèrent sur un
point, ils furent cernés par des forces supérieures. On

combattit pour l'ancien renom vendéen, plutôt que
pour la victoire. Que pouvaient quelques centaines
d'hommes réunis en Anjou avec MM. Louis de
Bourmont et de la Beraudière, un peu plus loin
avec MM. du Doré et de la Vincendière; en Bretagne, avec M. de La Roche-Macé, et dans le Bocage;
à Montbert, avec M. de Charette, ou à Maisdeu,
avec M. de Puysieux; à Machecoul, avec MM. de
Cornulier et de La Roberie; et cette cavalerie de
huit hommes conduite par M. le comte de Lorge,
contre les forces considérables dont le Gouvernement disposait? Combattre courageusement,
comme l'on combat en France sous tous les drapeaux : c'est ce qu'on fit au Chêne, à la Pénissière,
en Anjou, en Bretagne, partout; les Kersabiec,
les Bourmont, les Rezé, les La Roberie, les Coëtus,
les Mesnard, les Puysieux, les Cornulier, les Prévost, les de La Haye, maintinrent le vieux renom
du courage vendéen, et les paysans soutinrent
l'égalité des Français devant le péril. Mourir pour
défendre son drapeau, c'est ce que firent d'Hanache, brave officier de la garde, qui portait le drapeau de la compagnie nantaise; Bonrecueil, qui
avait suivi MADAME depuis le Midi; Trégomain,
venu des Landes de la Bretagne avec son frère; Bascher, l'ancien officier; Graimeau, Thalé de Saint-
Philbert, Guillebaut, paysan de Saint-Lermine.

Parmi les victimes de ces douloureuses journées, il faut compter une jeune fille. La nuit du
4 au 5 juin était à peine écoulée, lorsque des cris
de désespoir vinrent frapper l'oreille de M. de
Charette ; c'était M. de La Roberie qui demandait en
pleurant vengeance. Sa fille, mademoiselle Céline
de la Roberie, âgée de seize ans, au moment où
elle se précipitait pour écarter de la poitrine de
son frère, jeune enfant de dix ans, le fusil d'un
des soldats qui venaient d'envahir la Mouchetière,
résidence de sa famille, avait reçu presque à bout
portant un coup de feu qui l'abattit morte aux
pieds de l'enfant qu'elle avait voulu sauver : triste
résultat des luttes civiles, qui mêlent presque toujours des crimes aux combats, et qui permettent
aux natures violentes et atroces de déshonorer
leurs armes en les trempant dans le sang des femmes et des enfants.

Après avoir soutenu plus ou moins l'effort d'adversaires auxquels il n'était pas possible de résister, il fallut licencier tous les corps qu'on était
parvenu à lever. M. de La Roche-Macé sur la rive
droite de la Loire, M. Louis de Bourmont en
Anjou, comme M. de Charette après le combat du
Chêne dans le Bocage, demeurèrent bientôt convaincus que c'était le seul parti à prendre. Toutes
les communications des diverses bandes étaient

coupées ; après quelques engagements plus ou moins brillants, quelques faits d'armes où éclata le courage français, on se trouvait accablé par des forces supérieures, et obligé de s'éparpiller pour ne pas être cerné. Soutenir des duels heureux dans une bataille perdue d'avance, voilà tout ce qu'on pouvait faire, et c'est aussi tout ce qu'on fit : les royalistes ne triomphèrent pas, le triomphe était impossible, mais on ne demanda plus s'ils savaient mourir.

Le fait d'armes de la Pénissière fut un de ces merveilleux duels. Le combat de Mazagran, si célèbre et si justement célèbre dans ces derniers temps, est, comme fait militaire, au-dessous. Personne ne contestera la raison que nous allons en donner : les assiégés du blockaus de Mazagran n'avaient devant eux que des Arabes ; les quarante-deux Vendéens qui, sous le commandement de M. de Girardin, défendirent contre plus de mille hommes, pendant neuf heures, la Pénissière, avec un incendie sur la tête et un autre sous les pieds, et qi, au lieu de se rendre, sortirent les armes à la main, et percèrent la ligne des assiégeants, avaient devant eux les meilleurs soldats de l'Europe, des soldats français, vingt fois plus nombreux que la faible garnison. Il y eut un moment solennel et touchant dans cette rude bataille, ce fut celui où le sol enflammé manquant sous les pieds des assiégés, et la toiture enflammée menaçant de s'écrouler sur leurs têtes, on résolut, dans un conseil qui n'interrompit point le combat, d'évacuer la place. Huit hommes se dévouèrent pour continuer la fusillade pendant la sortie ; l'un des deux chefs, c'étaient les deux frères, se dévoua avec eux, et embrassa son frère, qu'il ne devait plus revoir. Alors trente Vendéens, le clairon en tête, sortirent en bon ordre, traversèrent au pas de course la ligne des assiégeants, et franchirent la haie, tandis que la fusillade des huit qui s'étaient dévoués protégeait leur retraite. Une grêle de balles salua leur sortie, deux tombèrent morts ; le chef, blessé mortellement, alla expirer auprès de la haie ; le clairon reçut trois balles, et ne cessa ni de sonner la charge, ni de marcher. Un moment après, les progrès de l'incendie forcèrent les huit hommes qui étaient demeurés dans le bâtiment assiégé, à se réfugier dans une espèce d'enfoncement formé par un retrait de mur. Ils venaient de s'y entasser, quand le plancher tomba avec un fracas épouvantable ; d'immenses jets de flammes s'élevèrent en tournoyant vers le ciel, et la fusillade qui venait de l'intérieur ayant cessé, les assiégeants crurent que les assiégés étaient demeurés ensevelis sous les décombres enflammés.

Ils saluèrent donc par un grand cri le dernier
soupir de la Pénissière, et s'éloignèrent du champ
de bataille, où un grand nombre des leurs avaient
péri.

Bientôt après, le silence régnait dans ces lieux,
un instant auparavant retentissant du bruit de la
mousqueterie et des clameurs des combattants, et
la Pénissière brûlait et fumait au sein de la nuit
obscure, comme un flambeau oublié. Seulement,
qui aurait attaché les regards sur la métairie, à la
lueur rougeâtre de l'incendie, aurait vu huit hommes qui, se laissant glisser le long des murailles,
arrivaient à terre, se dirigeaient d'un pas rapide
et avec précaution vers la haie que la petite garnison avait franchie, et disparaissaient bientôt comme
des ombres. C'étaient les huit Vendéens qui, pré-
servés contre la chute des solives enflammées par le
retrait du mur, sortaient de la fournaise où on
les croyait engloutis, en rendant grâce à Dieu qui
leur avait conservé la vie.

Pendant tous ces engagements, la duchesse de
Berry, l'âme navrée de la perte de ses meilleurs
défenseurs, était demeurée à la Brosse, où M. de
Charette l'avait laissée, la veille du combat du
Chêne, en lui promettant de lui envoyer un ex-
près pour l'avertir, s'il parvenait à réunir quinze

17

cents combattants. Après avoir licencié sa petite
troupe, le chef vendéen courut à la Brosse ; voici,
selon son propre témoignage, la première parole
que lui adressa la princesse : « Robert Bruce ne
monta sur le trône d'Écosse qu'après avoir été
vaincu sept fois ; j'aurai autant de constance que
lui (1). » MADAME avait auprès d'elle Mademoiselle Eulalie de Kersabiec, MM. de Mesnard,
de Brissac, de la Chevasnerie; et, au moment où
M. de Charette arriva, elle aidait Mademoiselle
Eulalie de Kersabiec à panser M. Bruneau de la
Souchais, blessé au combat du Chêne. A peine
M. de Charette entrait-il à la Brosse, qu'on eut
une alerte; c'était une patrouille qui passait. Il
fallut quitter à la hâte la maison, et aller se blottir
dans un fossé profond où l'on avait de l'eau jusqu'à mi-jambe. Une haie d'épines qui s'arrondis-
sait au-dessus, abritait les royalistes et la princesse,
inquiète surtout du blessé qui tremblait la fièvre.

Comme on était exposé à chaque instant à des
alertes semblables, la duchesse de Berry voulut
demeurer jusqu'au soir dans son humide retraite.

Ce fut dans ce fossé qu'on délibéra sur une
question grave : dans quel asyle se retirerait

_____

(1) *Journal militaire d'un chef de l'Ouest.*

MADAME ? Sa présence dans le Bocage n'avait plus
d'objet immédiat depuis que l'issue des affaires
du Chêne, Maisdon, la Caraterie, Riaillié, la
Pénissière, avait rendu, du moins pour le moment, toute prise d'armes impossible. La vie de
partisan qu'elle menait depuis un mois, ses courses à la fois fatigantes et périlleuses à travers un
pays entrecoupé de cours d'eau, dans des champs
séparés par des haies, dans des chemins défon-
cés par les bœufs, et où les patrouilles n'osaient
s'aventurer parce que les hommes y enfonçaient
jusqu'aux genoux et les chevaux jusqu'aux jar-
rets ; tout cela n'avait plus de but. En errant
ainsi de commune en commune, elle exposait
ceux qui la conduisaient, ceux qui la recevaient,
et elle s'exposait elle-même à une arrestation presque certaine; car le Gouvernement avait couvert
la Vendée de colonnes qui parcouraient le pays en
tous sens, et, après les journées de juin à Paris,
il s'était investi d'une dictature qui ajoutait tous les
moyens extra-légaux aux ressources légales dont
il disposait déjà. Marie-Caroline termina la délibération en déclarant qu'elle entrerait à Nantes(1),

(1) Nantes n'étant pas en général favorable à l'opinion royaliste,
on pensait que la présence de la duchesse de Berry dans cette ville
ne serait pas soupçonnée parce qu'elle n'était pas probable.

et elle rendit inutile toute discussion sur la manière dont elle exécuterait ce projet, en ajoutant
qu'elle était décidée à y entrer seule avec Mademoiselle de Kersabiec, sous des habits de paysanne.

Lorsque la nuit fut venue, on se rendit au
Tréjet, maison appartenant à madame Vassal, et
située dans le village de la Haute-Menantie, paroisse de Saint-Martin. Tous les amis de la princesse la quittèrent alors pour ne pas attirer l'attention. Le Tréjet est à trois lieues de Nantes ;
le lendemain, Marie-Caroline en partit à la pointe
du jour, avec Mademoiselle de Kersabiec et deux
femmes de campagne, Mariette Doré et Françoise
Pouvreau. Lorsqu'elle eut marché pendant quelque
temps, elle commença à souffrir de vives douleurs
aux pieds : on n'avait pu lui donner, à la ferme du
Tréjet, que des souliers beaucoup trop grands et
en cuir très-dur ; cette chaussure grossière enta-
mait ses pieds délicats, habitués à la soie et au
velours. Marie-Caroline eut bientôt pris son parti;
elle s'assit sur le bord du chemin, se déchaussa;
et comme la blancheur de ses pieds aurait pu la
trahir, elle prit soin, comme elle l'a souvent raconté depuis, « de les promener pendant quelque
« temps dans l'eau de fumier, » pour leur donner
ce qu'on pourrait appeler la couleur locale.

L'instant critique de l'entreprise de Madame
devait être le passage du pont Pirmil. Ce point
était sévèrement gardé, et la surveillance de la
police y était encore plus active que partout ailleurs. Cependant, il n'y avait pas d'autre issue
pour entrer dans la ville que ce pont, qui, re-
liant les deux rives entre elles, sert de communication entre Nantes et la Vendée. Mariette Doré
se présenta la première ; elle fut fouillée, et on
lui demanda d'où elle était. Madame se présenta
aussitôt après ; un commis de la douane voulut savoir si son panier contenait quelque objet de
contrebande, la princesse répondit : « Nenni,
Monsieur, » et tendit son panier. La vivacité de
son mouvement fit remonter sa manche ; on vit la
blancheur de son bras, qui pouvait éveiller les
soupçons. Mademoiselle de Kersabiec éprouva un
de ces moments d'angoisses qui durent un siècle.
Ce fut un éclair, la princesse rejoignait déjà en
courant Mariette Doré, et Mademoiselle de Kersabiec et Françoise Pouvreau les suivant de près,
entraient un moment après dans la ville de Nantes.
Alors les deux paysannes vendéennes quittèrent
la princesse et allèrent s'agenouiller dans une
église, pour prier Dieu de la protéger jusqu'au
bout dans sa course périlleuse.

A quelque distance, en passant le pont de la Madeleine avec mademoiselle de Kersabiec, Marie-Caroline rencontra un détachement de troupe de ligne, commandé par un officier qu'elle crut reconnaître, et par qui elle crut avoir été reconnue. Elle continua sans appréhension sa route : femme, princesse et proscrite, ce n'était pas un officier français qui pouvait la livrer. Un peu plus loin, nouvelle alerte. Tandis que la princesse marchait rapidement, elle sentit une main s'appuyer sur son épaule; elle se retourna avec quelque émotion : c'était une femme de la campagne qui, portant un panier sur sa tête, la priait de l'aider à le poser par terre. La princesse, avec l'aide de mademoiselle de Kersabiec, lui rendit ce bon office, et la pauvre femme, pour les récompenser, leur donna à chacune une pomme que la duchesse de Berry, tout en marchant, mangeait avec appétit.

Huit heures sonnaient à l'horloge du Bouffai, lorsque Marie-Caroline traversa cette place. Un assez grand concours de personnes qui se pressaient le long d'une muraille, lui fit tourner les yeux de ce côté; alors elle lut ces trois mots en grosses lettres : ÉTAT DE SIÈGE. La duchesse de Berry parcourut rapidement cet acte, qui mettait hors la loi qua-

tre départements de l'Ouest, et qui donnait son propre signalement, en promettant une riche récompense à celui qui la livrerait. Peu de minutes
après, Marie-Caroline, après avoir échappé à tous
les dangers, entrait dans un lieu sûr où madame
de Charette et mademoiselle Stylite de Kersabiec
l'attendaient.

IV

LA DUCHESSE DE BERRY A NANTES.

Après être demeurée trois jours dans la maison
où elle avait été reçue à son arrivée à Nantes, la
duchesse de Berry alla s'établir chez les demoi-
selles Duguigny, amies de la famille Kersabiec, et
profondément dévouées à la même cause. Leur
maison, d'une exposition agréable et qui domine
les jardins du château, le cours de la Loire, et,
au-delà, les plaines qu'elle arrose, était située rue
Haute-du-Château, n° 3. La princesse s'installa
dans une mansarde, au troisième; là se trouvait
une cachette qui remontait aux mauvais jours de
la première révolution; elle était pratiquée derrière la cheminée établie dans un angle, et on y
pénétrait par la plaque qui s'ouvrait au moyen
d'un ressort.

La vie de Madame la duchesse de Berry se
trouva tout-à-coup complètement changée. A une
fatigante activité succéda une immobilité complète et plus fatigante encore. Combien de fois
ne regretta-t-elle pas ces courses continuelles qui,
en épuisant son corps, endormaient au moins les
insomnies de sa pensée? Devenue captive du soin
qu'on prenait de sa liberté, craignant non-seulement de se compromettre, mais de compromettre
avec elle les personnes qui lui donnaient l'hospitalité, présente par l'imagination partout à la fois,
en Vendée, dans le Midi, en Europe, et renfer-
mée dans une chambre de quelques pieds carrés,
Marie-Caroline éprouvait des tortures morales intolérables. « Ah! mon fils ne saura jamais ce qu'il
« me coûte, répétait-elle souvent; les dangers
« que j'ai courus ne sont rien. Je voudrais encore
« être dans les forêts de la Vendée, plutôt que de
« faire ce métier. Ah! mon Henri, ma chère
« Louise, que font-ils maintenant? Pensent-ils à
« moi? »

Le travail auquel la princesse se livrait était
immense, et la correspondance qu'elle entretenait avec toutes les parties de la France, l'obligeait à avoir sans cesse la plume à la main. Souvent les courriers devaient emporter vingt ou trente
lettres; Marie-Caroline travaillait alors du matin

au soir, et, comme elle se servait d'encre blanche, ce travail lui était très-pénible; elle avait jusqu'à vingt-quatre chiffres différents qu'elle employait avec la même facilité; en outre, pour ne pas compromettre ses correspondants en gardant leur écriture, elle transcrivait presque toutes les dépêches importantes qu'elle recevait. Le nombre de lettres qu'elle écrivit dans la petite mansarde de la rue du Château, ne s'éleva pas à moins de neuf cents. Mais ce qui nuisait plus encore à sa santé que ce travail opiniâtre et cette immobilité forcée, c'était l'inquiétude si vive et si poignante que lui causait le sort de ses amis. Dans le Midi, dans l'Ouest, à Paris, les cours d'assises et les conseils de guerre achevaient la victoire du Gouvernement de Juillet. Marie-Caroline aurait donné sa vie pour sauver celle des royalistes qui s'étaient montrés si peu ménagers de la leur, quand il s'était agi de répondre à son appel. Le deuil des familles compromises pour elle lui pesait comme un remords, et elle avait jusque sous ses yeux le spectacle de ce deuil.

Le chef de la famille de Kersabiec, arrêté après la prise d'armes, allait passer devant un conseil de guerre, et le général Solignac n'avait point caché aux filles de l'accusé que le pouvoir l'avait choisi comme un des chefs de l'insurrection, pour faire un exemple en sa personne. On crut, dans la famille de Kersabiec, qu'une lettre de MADAME à sa tante, la reine des Français, pourrait faire obtenir à M. de Kersabiec et à ses compagnons d'infortune, au moins une juridiction moins rigoureuse. Quand Marie-Caroline sut qu'elle pouvait faire quelque chose pour une famille qui avait tant fait pour elle, voici la lettre qu'elle écrivit :

« Quelles que soient les conséquences qui peuvent résulter pour moi de la position dans laquelle je me suis mise, en remplissant mes devoirs de mère, je ne vous parlerai jamais de mon intérêt, Madame. Mais des braves se sont compromis pour la cause de mon fils ; je ne saurais me refuser à tenter pour les sauver ce qui peut honorablement se faire.

« Je prie donc ma tante, son bon cœur et sa religion me sont connus, d'employer tout son crédit pour intéresser en leur faveur. Le porteur de cette lettre donnera des détails sur leur situation ; il dira, entre autres, que les juges qu'on leur donne sont des hommes contre lesquels ils se sont battus.

« Malgré la différence actuelle de nos situations, un volcan est aussi sous vos pas, Madame, vous le savez. J'ai connu vos terreurs bien naturelles, à une époque où j'étais en sûreté, et je n'y ai pas été insensible. Dieu seul connaît ce qu'il nous destine, et peut-être un jour me saurez-vous gré d'avoir pris confiance dans votre bonté, et de vous avoir fourni l'occasion d'en faire usage envers mes amis malheureux. Croyez à ma reconnaissance.

« Je vous souhaite le bonheur, Madame : car j'ai trop bonne opinion de vous pour croire qu'il soit possible que vous soyez heureuse dans votre situation. »

Ce fut M. de la Chevasnerie qui porta cette lettre, espoir d'une famille si cruellement éprouvée. Cet espoir était mal fondé. Quand M. de la Chevasnerie arriva à Saint-Cloud, et demanda à être reçu par la reine des Français, en annonçant qu'il avait une lettre de madame la duchesse de Berry à lui remettre, il y eut comme une panique dans l'antichambre, et les dames d'honneur et les aides-de-camp eurent peur de son courage.

Après quelques pourparlers, Marie-Amélie refusa de recevoir le messager et de lire la lettre; il est vrai que M. de Montalivet, qui était venu communiquer cette résolution à M. de la Chevasnerie, la lut pour elle, car la lettre était ouverte, et celui qui l'apportait consentit volontiers à ce que le ministre en prît connaissance. Après quoi, le messager de MADAME se retirant, sans paraître s'apercevoir de l'étonnement qu'excitait son audacieuse tranquillité, pria, avec un imperturbable sang-froid, M. de Montalivet de prendre son adresse, et lui dit qu'il attendrait la réponse de la reine des Français pendant quatre jours. Son attente fut vaine, la réponse ne vint pas; le bon cœur et la religion de la reine des Français ne crurent pas devoir s'exercer envers les amis malheureux de sa nièce.

Il peut sembler, au premier abord, étonnant que madame la duchesse de Berry, après les revers essuyés par ses amis, n'ait pas pris la résolution de quitter l'Ouest; on lui en offrit les moyens, et un vaisseau croisa longtemps en vue de la côte. Ce fut la princesse qui refusa de partir. « Je ne « mettrai pas ma tête à couvert, répondit-elle, « quand celle de mes amis est sous la main du « bourreau. D'ailleurs, j'ai renoué ma corres- « pondance sur plusieurs points de la France; « j'ai écrit aux souverains de l'Europe; j'ai mandé « auprès de moi des hommes considérables « du parti royaliste, je ne peux m'éloigner sans « connaître préalablement l'opinion de ceux que « j'ai consultés. »

La première idée de la princesse, c'est qu'elle avait compromis trop d'intérêts pour les aban- donner; la seconde, c'est qu'elle pouvait encore avoir une grande mission à remplir, en raison de la situation extérieure qui s'aggravait de jour en jour.

C'est en appelant l'attention de ses amis sur cette situation si grave à cette époque, que la duchesse de Berry motiva, avec leur approbation, la prolongation de son séjour en France, deux mois après son entrée à Nantes, c'est-à-dire au mois d'août. Plus le temps marchait, plus les affaires extérieures se compliquaient, et la ténacité du roi Guillaume semblait devoir mettre prochainement le feu à l'Europe. Marie-Caroline voyait ainsi apparaître la possibilité d'une guerre d'invasion contre la France; car il semblait difficile qu'une armée française allât assiéger Anvers, en passant pour ainsi dire à une portée de canon de l'armée prussienne, sans qu'il y eût une collision que les traités de 1815 devaient bientôt changer en conflagration générale. Dans cette lutte, la France, demeurée seule contre toute l'Europe, pouvait éprouver des revers; n'était-ce pas le cas de rester dans les provinces de l'Ouest pour lui ménager une dernière ressource, et de se tenir prête à rallier la France royaliste autour du drapeau blanc, pour marcher à la frontière et arrêter l'ennemi vainqueur? C'était là, du moins, la pensée; c'était là le plan de la duchesse de Berry; et ce fut le véritable motif de son opiniâtreté à ne point quitter la France. C'était surtout pour prévenir une guerre d'invasion qu'elle était venue ; le mauvais succès de la prise d'armes l'obligeait à se réduire à l'arrêter.

Ajoutons qu'il était arrivé à la princesse ce qui arrive à tous ceux qui sont depuis longtemps dans une situation périlleuse : elle s'était habituée à vivre avec le danger ; et, après avoir si longtemps échappé à toutes les recherches, elle croyait qu'elle ne pouvait être découverte, parce que, pendant plusieurs mois, elle ne l'avait pas été.

Le Gouvernement, remarquant qu'il n'y avait plus d'allées et de venues dans les campagnes, et sachant, par ses envoyés au-dehors, que la duchesse de Berry n'avait paru sur aucun point de l'Europe, avait fini par en conclure qu'elle était à Nantes, et plus de deux mille visites domiciliaires pratiquées en quelques mois dans cette ville, disaient assez haut l'importance qu'il attachait à la capture de Marie-Caroline. On n'avait rien ménagé : vers le mois d'octobre, la police avait fait, avant le lever du soleil, une descente dans le couvent de la Visitation, dont Madame de la Ferronnays était la supérieure, et tandis que cinq cents hommes de troupes de ligne cernaient militairement le couvent, les religieuses, à qui on avait à peine laissé le temps de se lever, avaient été réunies

dans un parloir, et les agents de l'autorité tenant le
registre matricule à la main, avaient vérifié l'exactitude des signalements; en outre on avait levé jusqu'aux parquets et sondé jusqu'aux murailles pour
trouver la duchesse de Berry. Mais les précautions les
plus minutieuses, prises par les amis de la princesse,
avaient dérouté jusque-là la police. Mesdemoiselles
Duguigny avaient même eu soin de ne pas augmenter leur ordinaire, de peur que ce fait ne fût remarqué par les marchands de la ville. Peu de personnes
savaient le secret de la retraite de la duchesse, et
ces personnes étaient de celles que la police ne
peut deviner, attendu que les aboutissants lui
manquent ; la police est toute-puissante contre
les scélérats, et elle se dirige avec une dextérité
merveilleuse dans les lieux bas et ténébreux hantés
par les criminels, parce qu'elle n'a pas besoin de
beaucoup chercher pour trouver, parmi eux, des
pilotes qui connaissent ces côtes mal famées; mais,
comme ces oiseaux de la nuit qu'éblouit la lumière du jour, elle ne va plus qu'à tâtons quand
elle se trouve en face d'un parti d'hommes de
cœur, parce qu'il n'y a là personne qui puisse la
conduire.

Le Gouvernement de Juillet cherchait depuis
longtemps en vain le traître qui devait le mettre
sur la trace de cette noble proie. La Vendée est

une terre sainte et pure, la félonie et la déloyauté,
ces plantes vénéneuses, ne sauraient s'acclimater
sur ce sol, où l'on aime comme l'on hait à cœur
ouvert. Tant que le secret de la princesse ne dé-
pendit que des habitants du pays, il fut impéné-
trable. Prêtres et laïques, paysans, bourgeois et
nobles, l'avaient reçue tour-à-tour sous leur toit
hospitalier, sans songer au péril qu'ils couraient
en lui offrant un asyle ; et les plus indigents n'avaient
pas été tentés par la riche récompense qu'il était
facile de gagner en la livrant aux agents du pouvoir.
Quelque haut qu'on élève le tarif, le sang d'un
Bourbon demeure sans prix dans la contrée
où tant de gens ont versé leur sang pour
les Bourbons : il n'y a pas, d'ailleurs, de Gouvernement assez riche pour payer une lâcheté en
Vendée, et, quand on a besoin d'y machiner une
trahison, il faut amener le traître avec soi.

C'est ce qu'on fit. Par un malheur attaché aux
entreprises aventureuses comme celle que tentait
Madame la duchesse de Berry en débarquant en
France, il se trouve toujours, à côté des hommes
véritablement dévoués, des hommes d'intrigues
pour spéculer sur les tentatives dont le succès
promet de leur ouvrir des voies à la fortune, et
qui deviennent, à leurs yeux, des espèces de lote
ries où ils prennent un numéro, sans conviction

18

et sans affection politiques, et seulement parce
que ce numéro peut gagner.

Tels avaient été les motifs qui avaient guidé un
des visiteurs que l'on a vu s'arrêter à Massa; il
s'appelait Simon Deutz. Converti du judaïsme
au catholicisme, sa conversion n'avait pas été
sincère, de même que son retour du catholicisme
au judaïsme, qui eut lieu plus tard, semble n'a-
voir été qu'un faux semblant. Il n'y a pas de religion qui consacre la félonie et la lâcheté, et
ceux qui ont toutes les religions selon les circonstances, n'en ont aucune. A l'idée de la riche récompense promise à celui qui livrerait MADAME,
le vice originel de la race judaïque, cette cupidité
que les Juifs les plus honnêtes ont souvent avoué
n'avoir que difficilement vaincue, se remua au
fond du cœur de cet homme; il alla s'offrir.
D'abord mis en rapport avec M. de Montalivet,
puis avec M. Thiers, il fut agréé; on l'envoya
à Nantes en même temps qu'un nouveau préfet,
M. Duval, qui dut mettre à sa disposition tous les
moyens d'action qui lui seraient nécessaires.

Deutz, qui voyageait sous le nom de fantaisie de
baron de Gonzagues, se trouvait dans des conditions favorables pour accomplir son œuvre de
trahison; il avait montré de l'intelligence et du
zèle dans les missions qui lui avaient été confiées

par le pape, qui l'avait recommandé à Madame ; il
était le beau-frère d'un homme honorable ; les lettres dont la princesse l'avait chargé pour sa sœur
la reine Christine, avaient été fidèlement remises,
et, dans les réponses, on avait loué le dévouement
que Deutz faisait paraître pour la duchesse de Berry.
Cependant il éprouva beaucoup de difficultés à parvenir auprès de la princesse. Madame de La Ferronnays, à laquelle il s'adressa, se renferma dans une
réserve prudente. Chose triste à dire ! pour vaincre
cette défiance, le fourbe communiait presque tous
les jours dans la chapelle du couvent de la Visitation,
et renouvelait ainsi le crime de Judas, le patron
et le modèle de tous les traîtres, pour s'ouvrir
des voies vers une nouvelle trahison !

Ce qui augmentait les difficultés qu'éprouvait
Deutz pour arriver jusqu'à Madame, c'était le nom
de baron de Gonzagues qu'il avait pris, et sous
lequel elle ne le connaissait pas. Enfin, on lui demanda son portefeuille, qu'il livra avec quelque
hésitation. Trois jours après, M. Duguigny entrait
chez lui avec un billet qui lui commandait de
suivre le porteur, chargé de le conduire dans un
endroit où il recevrait les ordres de Madame.
Deutz fut ainsi conduit chez Mesdemoiselles Duguigny ; mais on le fit attendre une demi-heure,
et, quand la duchesse de Berry entra, il put croire,

d'après ses souliers poudreux, qu'elle venait de faire une longue course. Il lui rendit compte, avec beaucoup d'intelligence, des résultats de son voyage. Quand il eut exposé les résultats de sa mission, MADAME le pria de demeurer quelques instants, pendant qu'elle s'éloignerait. Il approuva hautement ses précautions, et, s'agenouillant devant la princesse, il baisa le bas de sa robe avec les démonstrations du plus vif attendrissement et du plus profond respect, et en versant même des larmes. Était-ce l'occasion de la livrer qu'il pleurait?

Cette occasion était en effet pour ce jour-là perdue, le coup avait manqué. Dans l'incertitude où était Deutz sur le lieu qu'habitait Marie-Caroline, qupouvait n'avoir été qu'en visite rue Haute-du-Château, c'eût été donner l'éveil que de requérir l'investissement de la maison. On différa donc, et le lendemain Deutz demandait une nouvelle audience, en alléguant que l'émotion où l'avait jeté la présence de MADAME, lui avait fait oublier une affaire de la plus haute importance, et de laquelle il ne pouvait pas traiter par écrit. Il y eut quelque hésitation de la part de la duchesse, non qu'elle se défiât de Deutz, elle croyait être sûre de lui, mais elle craignait qu'il ne fût suivi. Enfin, on lui indiqua un rendez-vous pour le 6 novembre, à cinq heures de l'après-midi.

Cette fois, les précautions qu'on avait prises à la première entrevue furent négligées, Deutz fut introduit en arrivant, et rien n'annonçait que la princesse vînt du dehors; il en conclut qu'elle habitait cette maison même. Pendant la conférence, une lettre arriva, elle était écrite à l'encre blanche, et quand M. de Mesnard eut fait revenir les caractères, la duchesse lut tout haut l'avis qui lui était donné, « de prendre toute sorte de précau- « tions, attendu que MADAME était trahie par une « personne en qui elle avait toute confiance. » — « Ne serait-ce point par vous, Deutz? » dit la princesse en souriant. Ce fut une occasion pour Deutz de parler avec chaleur de son dévouement; après quoi il sortit et alla la livrer. Il ne doutait plus que la maison de Mesdemoiselles Duguigny fût le séjour habituel de la princesse; car, en passant près de la salle à manger, dont la porte était ouverte, il avait compté sept couverts. Or, il savait que Mesdemoiselles Duguigny étaient ordinairement seules dans la maison; il était donc clair que MADAME allait se mettre à table.

Toutes les précautions étaient prises depuis le matin. En peu de temps, la maison fut investie par une colonne de douze cents hommes, qui s'établit militairement, de manière à fermer toutes les issues. Il était six heures du soir, et la nuit facilitait les approches. Cependant, comme il faisait clair de lune, M. Guibourg, en s'approchant de la fenêtre, vit reluire les baïonnettes ; il s'écria en se rejetant en arrière : « MADAME, sauvez-vous. » On monta rapidement l'escalier, et en un clin-d'œil on arriva à la cachette que l'on avait souvent essayée, et où l'on tenait par rang de taille ; M. de Mesnard entra le premier, madame la duchesse de Berry la dernière ; elle dit à mademoiselle Stylite de Kersabiec qui se défendait de passer avant elle : « Stylite, en bonne stratégie, quand on effectue une retraite, le général marche le dernier. » La porte de la cachette se refermait, quand les soldats ouvrirent la porte de la maison qui donne sur la rue.

Les commissaires de police étaient entrés le pistolet au poing, comme s'il s'agissait d'un assaut. Les recherches commencèrent avec une activité inouïe. Mesdemoiselles Duguigny, pleines de sang froid, se mirent à table, et ne fournirent aucun indice ; madame de Charette, qui s'était donnée pour une demoiselle de Kersabiec, fut reconduite avec mademoiselle Céleste de Kersabiec dans sa famille prétendue. Deux humbles Vendéennes, l'une Charlotte Moreau, femme de chambre de mesdemoiselles Duguigny, l'autre Marie Bossy, leur cuisinière, furent arrêtées et conduites à la caserne de gendarmerie ; on employa tout, les menaces, les promesses, la vue de grosses sommes en or étalées sous leurs yeux, pour les faire parler ; ce fut en vain. Le Gouvernement de Juillet se trouva trop pauvre, avec tous ses trésors, pour acheter l'honneur de deux servantes vendéennes.

Le préfet, M. Maurice Duval, qui conduisait cette campagne de police, ne comptant plus que sur l'activité et la sévérité de ses recherches, résolut alors d'arriver coûte que coûte à son but. La visite domiciliaire se changea en démolition. On leva les parquets, on sonda les murailles à coups de marteau et de hache ; les maçons et les sapeurs envahirent les maisons voisines pour y faire les mêmes recherches, et il arriva un moment où l'on frappa avec une telle force le mur contigu à la cachette, que des morceaux de plâtre tombèrent sur les captifs. Ils entendaient le fracas des marteaux, et les malédictions que proféraient les soldats et les ouvriers, fatigués de ces longues et inutiles recherches. — « Nous allons être mis en pièces, dit tristement madame la duchesse de Berry ; ah ! mes pauvres enfants ! » Puis, s'adressant à ses compagnons : « C'est cependant pour moi que vous vous trouvez dans cette affreuse position. »

La position était affreuse en effet. La nuit était tout-à-fait venue ; un givre froid et glacial tombait, à travers le toit, sur la tête de la duchesse et

sur ses compagnons, en proie à une inquiétude
mortelle. On avait fait plusieurs fois du feu dans
la cheminée; alors la plaque devenait brûlante, et
une chaleur intolérable succédant à un froid
excessif, il avait fallu déranger une ardoise pour
ne pas étouffer, et chacun approchait successivement sa bouche de cette ouverture, pour échanger
une haleine de feu contre l'air extérieur.

Debout depuis plusieurs heures, les captifs entendaient les propos de ceux qui les cherchaient;
les uns parlaient de démolir la maison, d'autres
de l'incendier, les plus raisonnables de l'occuper
militairement, personne de la quitter. « Nous
attendrons, répétèrent plus d'une fois les officiers,
que les vivres soient épuisés, s'ils en ont. » On eut
cependant un moment d'espoir, quand l'autorité
fit retirer les travailleurs fatigués pour leur donner un peu de repos. Mais toutes les pièces demeurèrent occupées par des soldats. Il était sept
heures du matin, et il y avait treize heures à peu
près que Madame et ses compagnons étaient enfermés. Comme elle n'avait pas laissé échapper une
une seule plainte, personne ne se plaignait. M. de
Mesnard, pour qui sa grande taille était un supplice de plus, dit alors à ses compagnons : « Je
sens mes jambes défaillir; si je me trouvais mal ;
je ferais du bruit en tombant. Tâchez de vous

arranger pour me laisser asseoir. Alors on se mettra sur moi comme on pourra. » C'est ce qui eut
lieu.

Trois heures s'écoulèrent encore, et cette agonie
avait duré seize heures, quand arriva l'incident qui
contraignit les captifs à y mettre un terme. Les deux
gendarmes postés dans la mansarde, éprouvèrent
les atteintes du froid, et allumèrent un grand
feu pour se chauffer. La plaque devint rouge, et
la robe de la duchesse de Berry prit feu par deux
fois ; elle éteignit les flammes avec ses mains, au
prix de deux brûlures dont elle devait longtemps
conserver la trace. Mais le feu s'étant ralenti pendant le sommeil des gendarmes, ceux-ci, en se
réveillant, y jetèrent une grande quantité de
tourbe et des brasses de journaux qui étaient
sous une table. Ce nouveau genre de combustible
produisit une fumée épaisse qui, pénétrant bientôt dans la cachette, menaça d'asphyxie ceux qui
y étaient enfermés. Ce ne fut que lorsqu'un plus
long séjour dans cette fournaise enfumée devint
impossible, que Marie-Caroline, après avoir entendu les observations de ses amis, accueillit la
proposition de se rendre : c'était une étrange délibération que celle-là, tenue dans une atmosphère de
feu par des captifs qui, depuis seize heures, n'a-
vaient ni bu ni mangé. La plaque, ordinairement

facile à ouvrir, ayant été dilatée par le feu, ne cédait plus à la pression ; il fallut que M. Guibourg l'ébranlât à coups de pied. Les gendarmes entendirent le bruit et demandèrent : « Qui est là ? » Mademoiselle de Kersabiec répondit : « Nous allons ouvrir ; nous nous rendons ; ôtez le feu. » Au même instant, un nouveau coup de pied abattit la plaque. Les gendarmes s'étaient hâtés d'ôter le feu et de s'élancer au secours de ceux qui les appelaient. « Le premier objet qui s'offrit à leur vue, dit le général Dermoncourt, fut une femme défaillante, se traînant péniblement sur un foyer mal éteint. Un d'eux, qui avait vu MADAME à Dieppe, affable pour tous, chérie de tous, entourée de tant d'hommages, la reconnut dans ce misérable état et s'écria : *Quoi ! c'est vous, Madame la Duchesse ?* Vivement touchée du son de cette voix amie, la duchesse lui répondit en se relevant : « Vous êtes Français et militaire ; je me fie à votre honneur. » Il était alors neuf heures du matin ; il y avait seize heures que durait cette longue agonie.

Aussitôt sortie, MADAME demanda le général Dermoncourt, et, dès qu'il entra, elle alla vivement à lui et lui dit : « Général, je me rends à vous, et me remets à votre loyauté. » Le général, comme tous ceux qui portaient l'épée, traita MA-

DAME avec autant de courtoisie que de respect, et lui répondit : « MADAME, V. A. R. est sous la sauvegarde de l'honneur français. » La princesse était pâle, ses cheveux en désordre et coupés comme ceux d'un homme, se hérissaient à demi sur sa tête nue; sa simple robe de couleur brune était sillonnée de plusieurs brûlures. En s'asséyant sur la chaise vers laquelle la conduisit M. Dermoncourt : « Je n'ai rien à me reprocher, « dit-elle d'une voix brève et accentuée, j'ai « rempli les devoirs d'une mère, pour recon- « quérir l'héritage d'un fils. » Quand le comte d'Erlon entra, il témoigna à MADAME le même respect et les mêmes égards que le général Dermoncourt lui avait témoignés; mais M. Maurice Duval, préfet de la Loire-Inférieure, en agit tout autrement : il avait, en entrant, le chapeau sur la tête, et c'est à peine s'il le souleva en y portant la main; puis, ayant attentivement considéré MADAME : « Ah! oui, dit-il, c'est bien elle! » Et il sortit. La duchesse de Berry demanda avec assez de vivacité quel était cet homme. Lorsqu'on lui eut nommé le préfet, elle voulut savoir s'il avait servi sous la Restauration. On l'assura du contraire. — « Tant mieux, reprit-elle alors, j'en suis bien aise pour la Restauration. »

Bientôt on annonça à la duchesse qu'il fallait

quitter la maison où elle venait d'être prise, pour se rendre au château de Nantes. Elle accepta le bras du général Dermoncourt pour descendre l'escalier, et lui dit, en passant devant la mansarde et en montrant du doigt la cachette dont la porte était restée ouverte : « Ah! général, si vous ne « m'aviez pas fait une guerre à la saint Laurent, « ce qui, par parenthèse, est au-dessous de la gé- « nérosité militaire, vous ne me tiendriez pas « sous votre bras, à l'heure qu'il est. » Il fallut marcher à pied entre les soldats qui faisaient la haie à partir de la maison de Mesdemoiselles Du-guigny jusqu'au château ; heureusement le trajet était court, et l'on arriva au bout de quelques ins-tants. Toute la population de Nantes, accourue au bruit de l'évènement, se pressait derrière la double haie que formaient les soldats, et contemplait ce spectacle avec les sentiments les plus divers. Ce fut au château seulement que MADAME, qui n'avait pas mangé depuis trente-six heures, prit pour la pre-mière fois quelques aliments. Dans une position aussi triste, elle n'avait point songé à elle-même, toutes ses paroles avaient été pour ses compagnons d'infortune, dont elle avait demandé à ne pas être séparée.

CAPTIVITÉ DE LA DUCHESSE DE BERRY.

Le séjour de la duchesse de Berry au château de Nantes ne se prolongea point longtemps. Le château de Blaye avait été désigné comme le lieu où devait être enfermée la prisonnière. Le 9 novembre 1832, elle s'embarquait à bord de la *Capricieuse*, à quatre heures du matin, et, après avoir été retenue deux jours en rade par les vents contraires, elle fit voile le 11. Le voyage dura huit jours : la mer était mauvaise, l'équipage inexpérimenté, et le navire, qui était un petit brick de guerre, résistait avec quelque difficulté à la violence de la mer ; le capitaine, M. Leblanc, ne cacha point son inquiétude. Mais ce fut surtout lorsqu'on arriva en vue de la rivière de Bordeaux, que

cette inquiétude augmenta. Le vent étant tout-à-
fait contraire, il fallut descendre dans le canot de
la *Capricieuse* pour rejoindre le bateau à vapeur
le *Bordelais*, qui, ne comprenant pas le signal que
lui fit le capitaine Leblanc, exécuta une fausse
manœuvre, ce qui augmenta la distance que le
canot avait à parcourir. Cependant le temps se
gâtait : la mer devenait houleuse, et, un grain
survenant, de grosses vagues commençaient à
rouler sur la frêle embarcation à bord de laquelle
étaient la duchesse de Berry, mademoiselle de Kersabiec, M. de Mesnard, M. de Chousserie, son
aide-de-camp, et le capitaine Leblanc.

L'anxiété du capitaine était visible ; il pressait
les rameurs, suivait tous les mouvements du gou-
vernail, et son agitation dénotait la gravité de la
situation. Mademoiselle de Kersabiec, peu fami-
liarisée avec les périls de la mer, ne put s'empêcher d'exprimer à haute voix ses craintes : « Pre-
nez donc exemple sur MADAME, » lui dit avec
quelque impatience M. Leblanc, en lui montrant
la princesse demeurée calme et silencieuse. La
côte de France devenait inhospitalière pour la
duchesse de Berry : le transbordement était pénible et périlleux, et elle eut presque autant de
difficultés à arriver à Blaye où l'attendait une prison, qu'à toucher la terre de Marseille, où elle

croyait voir se relever le trône de son fils. Quand
le canot fut arrivé auprès du *Bordelais*, les vagues étaient tellement agitées, que tantôt elles portaient la frêle embarcation jusqu'au niveau du
pont, tantôt elles la faisaient redescendre au bas
de l'échelle du bord. Le capitaine saisit le mouvement d'ascension pour jeter la duchesse de
Berry dans les bras des matelots du *Bordelais*, en
criant : « Sauvez la princesse. » Les autres passagers parvinrent aussi à passer sur le bateau à vapeur, et l'on cingla vers Blaye.

La nouvelle de l'arrestation de MADAME produisit une émotion profonde ; la prime offerte à
la trahison de celui qui la livra excita un dégoût
universel. Le courage qu'elle avait montré pendant cette agonie de seize heures endurée dans
la cachette de le rue Haute-du-Château, la dignité
et le sang-froid qui ne l'avaient point abandonnée
depuis son arrestation, ses paroles toutes françaises, son malheur si grand et sa résolution au niveau de son malheur, tout se trouvait réuni pour
remuer les cœurs et frapper profondément les intelligences.

De toute part les hommages lui vinrent. M. de
Chateaubriand lui écrivait, de Genève, la lettre suivante, qui ne précéda l'arrivée de cet homme illustre à Paris que de quelques jours.

« Vous me trouverez bien téméraire de venir
« vous importuner dans un pareil moment pour
« vous supplier de m'accorder une grâce, der-
« nière ambition de ma vie : je désirerais ardem-
« ment être choisi par vous au nombre de vos
« défenseurs. Je n'ai aucun titre personnel à la
« haute faveur que je sollicite auprès de vos gran-
« deurs nouvelles ; mais j'ose la demander en mé-
« moire d'un prince dont vous daignâtes me nom-
« mer l'historien ; je l'espère encore comme le
« prix du sang de ma famille. Mon frère eut la
« gloire de mourir avec son illustre aïeul, M. de
« Malesherbes, défenseur de Louis XVI, le même
« jour, à la même heure, pour la même cause et
« sur le même échafaud. »

M. Janvier, quoiqu'il n'appartînt pas aux opinions légitimistes, terminait ainsi une lettre dans
laquelle il réclamait le même honneur :

« Mon libéralisme s'incline d'admiration de-
« vant votre courage de femme et votre dévoue-
« ment de mère. Je n'exalterai pas seulement en
« vous le prestige des têtes couronnées, je glori-
« fierai ce qui est grand et saint au-dessus des
« misères de la politique : l'héroïsme du senti-
« ment et de la volonté. »

En même temps, Mesdemoiselles Duguigny demandaient, du fond de la prison où elles avaient

été conduites, à être admises une dernière fois
auprès de MADAME, pour la remercier de la grâce
qu'elle leur avait faite de choisir leur maison,
grâce qui les conduisait devant la cour d'assises;
et Charlotte Moreau, dans un post-scriptum touchant, suppliait qu'on lui accordât la même faveur, « si MADAME n'en trouvait pas indigne une
« pauvre femme de chambre qui l'avait servie de
« tout son cœur. »

Il est beau d'être aimée ainsi, et de tels dévoue-
ments, s'ils honorent ceux qui les éprouvent,
honorent aussi ceux qui les inspirent. Les indifférents et les adversaires de la branche aînée rendirent eux-mêmes justice à la duchesse de Berry.
Un décoré de Juillet écrivit à la *Quotidienne,* pour
féliciter la France de ce que Deutz n'était pas
Français. M. de Talleyrand, avec ce talent qu'il
avait de résumer les situations dans un mot, dit
tout haut : « La duchesse de Berry est toute la
poésie de l'époque. »

Ce mot disait les choses comme elles étaient.
La poésie, à cette époque, était à Blaye, elle était
dans les rudes et difficiles sentiers du Bocage, au
pied de la croix où l'on prie, au milieu des flammes du château de la Pénissière, et la glorieuse
milice de l'intelligence choisissait pour écrire ses
iliades, non la page brillante d'un programme de

19

fête, mais la triste feuille d'un écrou. Tandis que
Béranger se taisait, triste et découragé, et que M. Casimir Delavigne se renfermait lui-même dans
le silence, malgré ses liens avec la famille d'Orléans, les Lamartine, les Soumet, les Guiraud,
les Beauchêne, les Saint-Valery, partageaient les
respects de Chateaubriand pour les nouvelles grandeurs de MADAME; et M. Victor Hugo, dans une
de ses plus belles pièces, dévouait à une immor-
talité de honte le juif qui l'avait livrée. Toute
bouche qui chantait livrait ses chants aux brises
qui soufflaient vers Blaye. En même temps, de
nombreuses adresses étaient signées pour demander la délivrance de MADAME; de simples indi-
vidus, des familles, des communes entières, prenaient part à ce mouvement, et une nombreuse
députation de jeunes gens allait féliciter M. de
Chateaubriand, cité à comparaître en cour d'assises pour s'être écrié dans une de ses puissantes
brochures : « Madame, votre fils est mon roi. »
Ceux qui honoraient ainsi la duchesse de Berry,
n'avaient pas même la consolation de penser que
leurs hommages parviendraient sous ses yeux; les
portes inflexibles de Blaye ne laissaient passer ni
témoignages de sympathie, ni louanges, et le Gouvernement avait fait une solitude autour de la
prisonnière. Plus l'émotion était générale, plus

on remarqua la conduite de la famille d'Orléans,
qui, le jour même où l'on apprit à Paris la nouvelle de l'arrestation de MADAME, assista en loge
à l'Opéra, à une représentation extraordinaire.
On trouva généralement que c'était là une grande
et difficile victoire remportée sur les sentiments de
famille, que les positions politiques ne dominent
pas toujours à ce point, et cela fit honneur à l'im-
passibilité du Palais-Royal.

Il y a deux époques bien distinctes dans la vie
de Madame la duchesse de Berry à Blaye, celle
qui s'écoula pendant que M. de Chousserie demeura gouverneur du château, celle qui s'écoula
pendant le gouvernement de M. Bugeaud. Le premier, tout en se conformant aux ordres rigoureux
qu'il recevait de Paris, adoucit, autant qu'il put,
par ses égards, la position si malheureuse de la
princesse. C'était sans doute pour MADAME un supplice bien cruel, que de voir la France à travers
les barreaux d'une fenêtre grillée et d'avoir l'œil
sur le sol de la patrie, les pieds attachés au plancher d'une prison, et cet exil intérieur qui avait
vue sur la France, redoublait ses douleurs. Sans
doute aussi l'immobilité à laquelle elle se trouvait
de nouveau condamnée, pesait à son activité. Les
natures vives et les hardis caractères ont besoin
d'un air libre et d'un vaste horizon; et quand

Marie-Thérèse mit son cœur de mère et son génie
de reine dans la balance de l'Europe, il lui fallait
une nation à sauver, les ennemis de son pays à
vaincre, et la fidèle Hongrie à conduire ; il fallait
à son oreille le cri de ses fidèles et loyaux pala-
tins : *Mourons pour notre roi Marie-Thérèse.* Mais,
sauf les angoisses inséparables de sa captivité, MA-
DAME trouvait dans les égards de M. de Chousserie et dans l'empressement de ses propres amis,
tous les adoucissements qu'elle pouvait espérer.

La garde-robe de la duchesse, en entrant à
Blaye, tenait tout entière dans un mouchoir ;
peu de jours après son arrivée, elle reçut de Paris
une caisse contenant un trousseau complet. Elle
accusa un instant une proche parente qu'elle avait
dans cette ville, d'avoir eu pour elle cette attention, et elle hésitait à se servir des objets que
contenait la caisse, lorsqu'elle apprit, avec beaucoup de bonheur, que c'était la princesse de Beauffremont, qu'elle avait toujours aimée, qui s'était
réunie à plusieurs autres femmes royalistes pour
lui faire cet envoi. La princesse fit aussi parvenir
à MADAME le portrait de son fils, afin qu'elle eût
devant les yeux l'image de celui pour qui elle
souffrait.

La prisonnière habitait une maison située dans
l'enceinte de la citadelle, qui est une espèce de

ville, et qui a vue sur la Gironde. Deux chambres
à coucher séparées par un salon et un petite salle
à manger, composaient l'appartement occupé par
la princesse et Mademoiselle de Kersabiec; M. de
Mesnard était dans un autre corps-de-logis. Pendant le jour, la circulation demeurait libre pour
les prisonniers, tant dans la maison que dans le
jardin situé derrière la maison. Un peu avant le
coucher du soleil, on fermait la porte du salon
qui donnait sur le corridor, et MADAME se trouvait ainsi verrouillée dans son appartement avec
Mademoiselle de Kersabiec. M. de Chousserie,
malgré des ordres réitérés, avait refusé de placer
ni soldats ni gendarmes à l'intérieur; la princesse
n'était donc qu'extérieurement gardée; et, n'a-
vaient été les barreaux de fer qui garnissaient
ses croisées, elle eût pu oublier, pour quelques
instants, qu'elle était prisonnière. Ces instants du-
rèrent peu, il est vrai, et les précautions minutieuses, et les rigoureuses consignes qu'on recevait de Paris, vinrent bientôt lui rappeler sa triste
situation. Un jour arrivait l'ordre d'éventrer jusqu'aux volailles, afin de vérifier si elles ne contenaient pas une correspondance factieuse; le lendemain, c'était l'ordre d'ajouter des grillages aux
barreaux de fer qui garnissaient déjà les croisées
de la prison, et de placer des grilles jusque sur

le haut des cheminées; le télégraphe, jouant de nouveau, enjoignait d'élever une palissade de douze pieds de haut autour de la maison où était enfermée la princesse. Pendant la nuit, une ceinture de sentinelles était placée entre la palissade et la maison, une autre rangée de sentinelles veillait en dehors de la palissade, et les consignes étaient si sévères, que la princesse n'ayant pas obtempéré assez vite à l'ordre qu'on lui donnait un soir de fermer sa croisée, le factionnaire cria : « Je vais tirer. » MADAME ouvrit la fenêtre plus grande encore et s'y présenta, et le soldat, violant la consigne militaire pour obéir à celle de l'honneur et de l'humanité, ne tira point sur elle. La duchesse de Berry aimait à se promener sur les remparts, du haut desquels elle pouvait, à l'aide d'une longue vue, distinguer les habitants de Blaye et de Bordeaux, qui se rendaient dans une prairie située au bas du glacis, et d'où l'on pouvait apercevoir la prisonnière. C'est ainsi que MADAME avait reconnu une de ses premières femmes de chambre, Madame de Wathaire, venue de Paris pour offrir ses services à la princesse captive, mais qui n'avait pu obtenir accès dans la citadelle. Le télégraphe transmit aux autorités de Blaye l'ordre d'interdire à la population l'entrée de la prairie, toutes les fois que MADAME se trouvait sur les remparts ; mais la princesse aima mieux renoncer à sa promenade favorite, que de priver les habitants de Blaye et de Bordeaux de la leur.

Ce sont là de ces piqûres qui, rappelant sans cesse aux captifs leur captivité, sont douloureusement ressenties par leur cœur déjà ulcéré. Mais des épreuves plus cruelles étaient réservées à la princesse. Quand elle sut que, sur toute la surface de la France, ses amis, compromis par sa venue, comparaissaient devant les cours d'assises, lorsqu'elle vit la justice pénétrer dans les murs mêmes de Blaye, pour venir s'emparer, sous ses yeux, de ses compagnons d'infortune, et lui enlever mademoiselle de Kersabiec, que réclamaient les assises de Nantes, et M. de Mesnard, revendiqué par les assises de Montbrison, alors sa patience commença à s'épuiser, elle demanda hautement des juges; et dans une lettre écrite au maréchal Soult, alors président du conseil, elle disait : « Vous devez vous en souve- « nir, monsieur le Maréchal, lorsque vous fûtes rap- « pelé à la Cour, après en avoir été exilé en 1815, « et qu'on vous eut rendu votre rang et vos grades, « vous vous présentâtes chez mon malheureux « mari, le plus franc des hommes, qui vous dit : « *Monsieur le maréchal, je suis bien aise de vous voir* « *ici. Si j'eusse été maître, vous y seriez depuis* « *longtemps, ou vous seriez fusillé.* Vous répondî-

« tes : *Monseigneur a raison. Aussi n'ai-je pas cessé*
« *de demander des juges.* Monsieur le maréchal,
« c'est aussi ce que je sollicite. »

Ce n'était point là l'affaire du Gouvernement.
Lorsque, dans la séance du 6 janvier 1833,
M. Sapey présenta son rapport sur les nombreuses pétitions pour la mise en liberté de la prisonnière, la discussion s'ouvrit naturellement sur la
conduite que devait tenir le pouvoir à l'égard de
la duchesse de Berry, et le ministère repoussa vivement l'idée de lui faire son procès. M. Thiers
dit, en propres termes, que : « Pour conduire la
« duchesse de Berry devant des juges, il faudrait
« au moins soixante à quatre-vingt mille hommes
« échelonnés sur la route, » et M. de Broglie, am-
plifiant encore cette thèse, et faisant monter avec
lui la peur à la tribune, dit à la chambre émue :
« Voyez-vous accourir, de toutes les extrémités de
« la France, les ennemis du Gouvernement? Ce
« n'est ni par cents, ni par mille qu'il faudra les
« compter, c'est par centaines de mille. Avez vous
« vu, lors du jugement des ministres, Paris tout
« entier sous les armes? Et bien vous n'avez rien
« vu. Vous avez vu les désordres de Lyon; vous
« n'avez rien vu. Vous avez vu les scènes du mois
« de juin, vous n'avez rien vu. »

On n'accorda donc pas à madame la duchesse

de Berry les juges qu'elle demandait; sa captivité
se prolongea et devint plus étroite, jusqu'à ce que
le Gouvernement eût trouvé un autre dénouement
pour y mettre un terme. M. de Brissac et madame
la comtesse d'Hautefort étaient venus remplacer
à Blaye, auprès de MADAME, M. de Mesnard et mademoiselle de Kersabiec, chargés par la princesse
d'avertir M. Hennequin que, si on lui donnait les
juges qu'elle réclamait, elle comptait sur l'illustre avocat pour la défendre. Le courage de Marie-
Caroline, si ferme devant le péril, devait finir par
succomber devant la captivité; elle ne trouvait de
consolation que dans la prière. Il y avait un psaume
qu'elle répétait chaque matin avec une grande dévotion; c'était le psaume 139me, qui commence
ainsi : « Arrachez-moi, Seigneur, au pouvoir du
méchant, délivrez-moi de l'homme inique; » et
qui finit par ces mots : « Je sais que le Seigneur
prendra en main la cause de l'opprimé. » Ce qui
la jetait dans le désespoir, c'était de ne pas voir de
terme à cette captivité forcée qui, venant s'ajouter
à la captivité volontaire qu'elle s'était imposée
dans la maison de mesdemoiselles Duguigny, la
tenait depuis tant de mois dans une immobilité
contraire à sa nature. Les journées de Blaye étaient
longues et pesantes. L'ame de MADAME, ployée par
la captivité, tombait dans la mélancolie : « C'est

« pourtant, disait-elle un jour, une triste situation
« que celle d'une femme qui possédait de tout et
« qui n'a plus rien, d'une mère qui voit élever un
« mur d'airain entre elle et ses enfants. Je suis pro-
« bablement la seule personne détenue qui réclame
« inutilement la protection des lois dans un pays
« civilisé. Si pour moi, comme pour les autres,
« la justice suivait son cours, je saurais de quel
« tribunal je ressors, le délit dont on m'accuse,
« je connaîtrais le sort qui m'est réservé. Tout
« cela doit occuper un prisonnier, lui causer des
« terreurs quand il est criminel, lui donner de
« l'espérance alors qu'il n'a rien à se reprocher.
« Mais pour moi, rien de tout cela n'existe. Une
« prison bien close, et nulle issue pour en sortir!
« Je ne m'entendrai point accuser, mais aussi
« personne n'entendra ma justification, et Dieu
« seul connaît le terme de ma captivité. Dieu sait
« aussi mon innocence, et cette conviction suffit
« à mon repos. Sa toute-puissance voit déjà le
« jour où je serai soulagée, et cela met mon ame
« plus en paix que ne l'est certainement celle de
« mes oppresseurs. »

Des vexations de toute sorte et un espionage in-
cessant, vinrent encore irriter son impatience. Il
semblait qu'on se fît une étude de la réduire au
désespoir, et le nouveau gouverneur de la citadelle

de Blaye, M. Bugeaud, qu'on avait envoyé pour
remplir une mission spéciale, plutôt au niveau
d'un grand dévouement dynastique, qu'à la hauteur d'un sentiment élevé de l'honneur militaire,
donnait toute licence aux hommes de police que
M. de Chousserie avait retenus dans de justes
bornes.

C'est que le Gouvernement, qui avait appris par
ces derniers qu'il avait plu à Madame la duchesse
de Berry, pendant qu'elle était au-dehors, de modifier gravement, non sa position politique, mais
sa situation privée, car les mariages morganati-
ques n'ont aucune influence sur la position offi-
cielle des princes, le Gouvernement avait résolu
d'abuser de cette découverte et de contraindre la
duchesse de Berry à déclarer publiquement un
mariage secret. Que des obsessions et des persé-
cutions de tous genres aient été employées pour
obtenir ce résultat, c'est ce dont il n'est pas permis de douter, car il existe des lettres où la prisonnière déclare que « des vexations, l'ordre
positif de la laisser seule avec des espions, l'ont
contrainte à faire une déclaration qui la fait mourir. » N'est-ce pas Marie-Stuart disant dans le
château de Lochleven, pendant qu'une main de
fer s'appuyait sur son bras : « Mylord, je signe-
rai ces actes avec la liberté qu'on me laisse ici. »

La duchesse de Berry signa donc la déclaration du 22 février 1833, et le Gouvernement, au lieu de la réserver seulement comme une arme contre la princesse, si elle tentait quelque chose de nouveau, ce qui était la plus grande concession qu'on pût faire à la politique, arracha cette pièce au secret des archives domestiques, pour la faire insérer publiquement au *Moniteur*.

La moralité de ce procédé fut appréciée par toutes les opinions avec la même sévérité, et l'honneur français protesta par la voix de tous les partis contre cet oubli des liens du sang et contre cette publicité étrange donnée aux circonstances les plus intimes de la vie privée. Madame la duchesse de Berry ne résista qu'avec peine à ce coup qu'elle n'avait pas attendu. Toute sa correspondance à cette époque peint les angoisses d'un cœur brisé. — « Si je reste ici j'en mourrai. — Ah ! que je voudrais être hors d'ici, — j'étouffe. » Telles sont les exclamations de douleur qui échappent à chaque instant à son désespoir. Chaque fois que son affliction devenait trop vive, ses compagnons de captivité ramenaient sa pensée sur Henri de France et sur MADEMOISELLE. « Que font-ils à « présent ? disait-elle un matin. Quoique libres, « ils sont aussi malheureux que moi. Je ne crains « rien, parce que mes enfants sont en sûreté. La

« Providence les marqua de son sceau, elle ne les
« abandonnera pas. » Puis, sa douleur repre-
nant le dessus, elle écrivait : « Mon ame a pu
« s'élever jusqu'à désirer la gloire, et je me suis
« senti le courage de tout faire pour en acquérir;
« mais ce sentiment ne m'a été inspiré que par
« mon amour pour mes enfants et pour la France
« que j'aimais malgré tous les malheurs que j'y ai
« éprouvés, que j'aime encore et à laquelle je sou-
« haite tout le bonheur auquel j'aurais tant voulu
« contribuer. Que veut-on désormais que je fasse?
« j'ai tout entrepris et je n'ai réussi à rien. J'en
« suis la victime et j'ai à gémir aussi sur le sort de
« ceux qui se sont attachés à ma mauvaise fortune.
« Je suis née malheureuse ; peut-être que mon fils
« et la France auront plus de chances de bonheur
« quand je ne ferai plus que des vœux. Cette lon-
« gue détention, l'isolement, le malheur ont brisé
« mon cœur. Je crois même que je n'aurai plus
« le courage que vous avez admiré quelquefois. »

C'est en ces termes touchants que s'exhalaient
les tristesses mortelles de la prisonnière de Blaye.
Sa captivité se prolongea pendant quelques mois
encore ; elle ne recouvra la liberté que le 8 juin
1833. On l'avait détenue sans jugement ; ce fut
sans jugement aussi qu'on ouvrit les portes de sa
prison ; et quand un membre de la Chambre in-

terpella le ministère sur cette violation des lois,
M. Thiers se leva, et après avoir déclaré que
« l'arrestation, la détention, la mise en liberté,
tout avait été illégal, » il invoqua la doctrine de
la nécessité ; un ordre du jour lui donna raison.

Pendant que le nom de MADAME retentissait ainsi
encore une fois au milieu des orages parlemen-
taires, le vaisseau qui emportait Marie-Caroline
vers Palerme, où s'étaient écoulées les premières
années de sa vie, s'éloignait déjà des rivages de
France. Le 7 juin elle écrivait ses adieux à la
France : « Je remercie les Français, disait-elle
« dans cette pièce, des nombreux témoignages
« qu'ils m'ont donnés, mon cœur n'en perdra
« jamais le souvenir. Je prie tous ceux qu'on a
« persécutés à cause de mon fils ou de moi,
« ceux qui m'avaient offert des conseils dont on
« m'a privée malgré ma triste situation, et ceux
« qui ont réclamé au nom de la France et du
« mien contre la séquestration et les souffrances
« morales qui étouffaient jusqu'à mes plaintes,
« de recevoir l'assurance que je n'oublierai jamais
« leur affection ni les peines qu'ils ont endurées.
« Quel que soit l'avenir que la Providence réserve
« à mon fils, aimer la France, consacrer à ré-
« parer ses malheurs ses soins et sa vie, désirer
« qu'elle soit heureuse s'il n'était pas chargé

« lui-même de faire son bonheur, tels seront,
« dans tous les temps, ses sentiments et ses vœux,
« tels seront toujours aussi les miens. »

Le 8 juin 1833, MADAME s'embarquait sur le bateau à vapeur le *Bordelais*, et elle trouvait à bord le marquis et la marquise de Dampière avec leur fille, le marquis de Barbançois, le vicomte de Mesnard, le comte Louis de Calvimont, et quelques autres personnes dont M. Bugeaud avait autorisé l'admission, et qui conduisirent la princesse jusqu'à l'*Agathe*. Des barques montées par des royalistes bordelais entourèrent le bateau à vapeur et le suivirent quelque temps. Au moment où l'on allait accoster l'*Agathe*, quelqu'un dit à la princesse qu'elle devait quitter avec plaisir des lieux où elle avait tant souffert. Elle répondit : « La citadelle, « oui! mais la France, non. »

M. le prince et madame la princesse de Beauffremont, M. le comte de Mesnard pour l'accompagner, M. l'abbé Sabbatier comme aumonier, M. Mesniel comme médecin, madame Hansler et mademoiselle Lebeschu pour le service, étaient les seules personnes qui eussent été autorisées à s'embarquer sur l'*Agathe* avec MADAME. Il faut nommer à part M. Bugeaud, qui s'était donné l'étrange mission de reconduire sa prisonnière jusqu'à Palerme, fantaisie qui lui réussit peu, car

tout l'équipage, officiers comme matelots, ne prirent pas beaucoup de peine pour cacher les sentiments que sa conduite inspirait. Quant à la princesse, qui renaissait à la vie en renaissant à la liberté, elle tira une vengeance bien indulgente des torts de M. Bugeaud envers elle : un jour que le gouverneur de Blaye, sans avoir l'air de s'adresser à la princesse, développait le plan d'un voyage qu'il avait l'intention de faire en Sicile, il s'interrompit tout-à-coup, en faisant observer qu'on racontait de terribles choses sur le peu de sûreté des routes. Cette observation était présentée sous la forme d'une question. Personne n'y répondait; ce que voyant madame la duchesse de Berry, qui travaillait avec madame la princesse de Beauffremont sur l'arrière, elle releva sa tête baissée sur un ouvrage en tapisserie, et, du ton le plus sérieux :
« La police des routes est parfaitement faite en
« Sicile, répondit-elle; mais je ne conseillerai pas
« à quelqu'un qui se serait conduit de manière à
« craindre une vengeance particulière, de mettre
« le pied à Palerme. La vie d'un homme y tient
« à rien, et moyennant un ducat, on est sûr de
« ne plus entendre parler de celui dont on veut
« se débarrasser. » Le coup avait porté; le lendemain, un des officiers abordait la princesse en lui disant : « Ah! madame, qu'avez-vous fait, le gé-

néral Bugeaud a pris votre plaisanterie tellement
au sérieux, qu'il renonce au voyage de Sicile. »
Bientôt après, on était en vue de Palerme, où
une réception royale attendait madame la duchesse
de Berry, que l'*Agathe* salua de vingt-trois coups
de canon, lorsqu'elle eut quitté son bord.

Ainsi se terminait l'entreprise commencée par
MADAME en 1832. Pour la juger au point de vue
des principes, il faut se rappeler ce que disait
M. Thiers des princes qui ne craignent point de
chouaner et de coucher sur la dure, comme Cha-
relte, ou qui sortent, comme Gustave Wasa, des
mines de la Dalécarlie pour aller régner. Pour la
juger au point de vue politique, il faut se rappeler
l'exposé de la situation de la France présenté par
M. de Salvandy. Pour la juger au point de vue militaire, il faut lire cette phrase du général Dermoncourt : « Si Marie-Louise lui eût ressemblé, nous
n'aurions pas eu les Cosaques à Paris. Si Marie-
Caroline avait pu seulement rassembler cinq ou six
mille hommes, et quarante jours plus tôt cela était
très-possible, ses amis et ses ennemis qui hési-
taient se fussent décidés, et peut-être ne dirait-on
pas aujourd'hui que son entreprise était une
folie. »

Ajoutons que, quand bien même Marie-Caroline eût réussi, la question n'eût pas été en-

20

core décidée. Une restauration n'est pas une
œuvre si facile, qu'elle puisse s'établir d'une manière solide par un coup de main. Il fallait savoir
si les circonstances qui avaient produit la révolution avaient tellement changé ; si le désen-
chantement était assez grand, le mécontentement
des intérêts assez vif, le discrédit des hommes et
des idées qui avaient triomphé, assez éclatant, et
les préventions soulevées contre les hommes et les
idées monarchiques, assez complétement détruites,
pour qu'il y eût place pour une restauration ; ce
qui est plus que douteux. Dans ces sortes de
situations, c'est peu de vaincre le péril de la
journée, si l'on n'est pas en position de résoudre
les problèmes du lendemain. Mais, de même
qu'un succès militaire de la duchesse de Berry
n'eût pas tranché la question politique, l'échec
qu'elle éprouva n'empêcha pas que son entreprise
eût un résultat moral. Les adversaires mêmes de
la princesse reconnurent que le sang héroïque
de Henri IV n'avait pu se refroidir en passant par
ses veines, et ils durent admettre que son entreprise, malgré son peu de succès, avait eu au moins
l'effet de faire taire ces accusations de pusillanimité
qui s'étaient élevées contre les royalistes, après le
triomphe si rapide de la révolution sur la monarchie. On put empêcher les combattants du Chêne

et de la Pénissière de vaincre, on ne put les empêcher de mourir ; or , c'est quelque chose, dans un pays, qu'une opinion pour laquelle on meurt. Disons-le, tout en déplorant la plus triste des guerres, la guerre civile, l'opinion royaliste, en sortant de cette épreuve toute couverte du sang de Cathelineau, de d'Hanache, Trégomain, Bonrecueil , Tascher , Bonnechose , n'entendit plus reproduire les insultes qui avaient suivi la défaite des trois jours.

LES BOURBONS EN ALLEMAGNE.

LES BOURBONS A PRAGUE.

1832—1834.

Au moment où l'on arrêtait MADAME, duchesse
de Berry, à Nantes, Henri de France, conduit par
le vieux roi Charles X, et MADEMOISELLE, conduite par M. le duc et madame la duchesse
d'Angoulême, étaient arrivés en Autriche (1).

Tous les souverains dont la famille exilée
avait traversé les États, s'étaient inclinés devant
cette auguste infortune, et les plus grands respects lui avaient été rendus. On peut jalouser
en Europe la primauté d'honneur de la maison de France; mais la présence de ces aînés de
la grande famille des rois fait taire ces sentiments, et ne laisse place qu'à un respectueux intérêt. La haute résignation du vieux monarque

(1) Madame la Dauphine arriva à Vienne le 8 octobre 1832.

et de son fils, les douloureuses émotions de Madame la dauphine, écrites sur sa noble figure, quand elle entra à Vienne dans ces mêmes appartements qu'elle avait habités trente-trois ans auparavant, lorsqu'au sortir du Temple elle était venue, deux fois orpheline, chercher un asyle auprès de la famille de sa mère; la grâce animée et touchante de MADEMOISELLE, la vivacité de Henri de Bourbon, son intelligence précoce et son goût pour les études militaires; tout conspirait à augmenter l'intérêt qui s'attache naturellement aux princes proscrits et malheureux. A ces cinquante années de vicissitudes qui ont promené la destinée des Bourbons d'épreuve en épreuve, ils ont gagné une grande et belle science, la science du malheur; nul ne porte plus haut l'adversité, et l'on dirait qu'ils se sont fait comme une nouvelle majesté de leurs infortunes.

Après quelques hésitations sur le lieu où la famille royale fixerait son séjour, le roi Charles X, qui avait eu un moment la pensée de louer le château d'Austerlitz, propriété du prince de Kaunitz, finit par accepter le château de Prague, que l'empereur s'était hâté de mettre à sa disposition, en attendant qu'il trouvât une résidence particulière. Le roi partit le premier pour Prague, et laissa à Vienne madame la Dauphine, qui, le jour de l'an-

niversaire du 16 octobre, pria pour sa mère, la
reine-martyre, dans la même tribune où Marie-
Antoinette, alors archiduchesse d'Autriche, avait
prié. Le 25 octobre 1832, le roi arrivait à Prague
et y trouvait le duc de Fitz-James, qui l'y avait précédé, et qui était venu lui apporter l'hommage
d'un pieux dévouement et de sa respectueuse tendresse qui remontait aux jours de la première émigration. Le 27, madame la Dauphine entrait dans
la même ville; ainsi, au mois de novembre 1832,
la famille royale toute entière était établie à Prague.

« C'est de la place du Hradshin, dit un des voyageurs de 1833 (1), qu'il faut contempler la ville de
Prague ; les dômes et les clochers des églises, la
vieille ville avec ses tourelles élancées, le pont et ses
trente-deux statues, les îles verdoyantes qui se bai-
gnent dans la Moldau, le Laurenzberg entouré de
remparts crénelés, tout cela forme un admirable
panorama. J'ai vu Naples, Édimbourg et Messine,
et je n'hésite point à dire que Prague est un
des lieux les plus pittoresques et les plus poétiques qu'il y ait au monde. » Prague, qui eut
deux fondateurs (car à la vieille ville, fondée en
759, Charles II ajouta la ville neuve en 1548), est

(1) Le vicomte de Nugent.

une cité grande encore dans le présent, après avoir
été plus grande dans l'histoire. Elle compte cent
vingt-cinq mille habitants. On y trouve de vastes
ressources pour l'étude, une université fameuse,
qui, quoiqu'un peu déchue de son ancienne splendeur, réunit beaucoup d'étudiants encore; des bi-
bliothèques, les belles galeries de tableaux des
palais Nostitz et Kinski, une école d'artillerie,
l'observatoire de Tycho-Brahé; sous les murailles
de la ville, les souvenirs des campements du grand
Fréderic et d'un mémorable siège soutenu par
les Français.

Ce n'est point par une vaine curiosité pour les
notions statistiques que nous rappelons ces détails;
c'est une opinion commune que les lieux où s'écou-
lent nos premières années, exercent sur notre caractère et sur notre intelligence une influence
réelle, et cette opinion ne manque pas de justesse
quand on ne l'exagère pas jusqu'à prêter à l'influence des lieux un caractère de fatalité impé-
rieuse. Il y a tant de vérité dans cette remarque
sur l'influence des lieux, qu'on voit souvent les
hommes les plus éminents s'éprendre d'une véritable tendresse pour la beauté muette et inani-
mée d'un paysage; et c'est ainsi qu'il y avait, non
loin de Cologne, un lac que l'empereur Char-
lemagne ne pouvait regarder sans pleurer. Il

n'est donc pas sans intérêt de faire connaître les lieux où s'écoulèrent, pour l'enfance de Henri de Bourbon, les premières années de l'exil.

Prague est une ville de luttes et de guerres; c'est là où commencèrent les terribles guerres des hussites, qui désolèrent, pendant dix-sept ans, la Bohême et la plus grande partie de l'Allemagne, à la suite de la mort de Jean Huss, brûlé en 1417, après le concile de Constance. Dans la guerre de trente ans, cette ville joua encore un grand rôle, et dans la guerre de succession (1742), notre Chevert s'y illustra en soutenant, pour les intérêts de l'empereur Charles III, notre allié, un siège demeuré célèbre dans les fastes de la guerre. Dans la guerre de sept ans, il y eut une bataille sous les murs de cette ville entre les Autrichiens et les Prussiens, qui la bombardèrent sans pouvoir la prendre. Prague est demeurée debout comme un vieux soldat couvert de nobles cicatrices; ses murailles si souvent assiégées portent la trace des boulets; la cathédrale elle-même, située dans une des vastes cours du palais, aussi vastes que des places publiques, a été endommagée par le dernier bombardement, et l'on montre les autels où les prêtres ont été atteints par les projectiles pendant qu'ils célébraient les saints mystères.

Une des merveilles de Prague, c'est le pont cé-

lèbre qui étend, comme de grands bras, ses seize
arches sur les eaux de la Moldau, et rapproche
deux rives éloignées l'une de l'autre de plus de
dix-sept cents pieds (1). C'est du haut de ce pont
que saint Jean Népomucène, le patron de la Bohême, fut précipité dans le fleuve et périt martyr
du secret de la confession, pour n'avoir pas voulu
révéler à l'empereur Wenceslas, qui avait des dou-
tes sur la fidélité de l'impératrice Jeanne, les aveux
que le saint prêtre n'avait reçus que sous le sceau
du sacrement. Une plaque de marbre indique la
place où le pied du serviteur de Dieu a, pour la
dernière fois, touché la terre, et chaque passant
se signe en arrivant à cet endroit consacré par la
dernière empreinte du martyr. Des deux côtés du
pont, théâtre de cet acte d'héroïsme chrétien, s'é-
lèvent deux rangées de statues : c'est le calvaire
avec le Christ, ce sont des groupes d'anges et d'ar-
changes, ce sont de saints évêques et des religieux,
Népomucène en tête, qui étendent leurs mains sur
le front des passants, et semblent appeler sur eux
les bénédictions d'en haut, comme pour indiquer
que là où un homme souffre pour la cause de la vérité
et de la justice, le ciel descend tout entier. Au calvaire du pont de Prague se rattache un souvenir :

(1) Nous empruntons une partie de ces détails au *Voyage à Prague et à Léoben* de M. le vicomte Walsh.

dans une émotion populaire, les Juifs, qui étaient nombreux à Prague, arrachèrent la croix et la jetèrent dans le fleuve. A la suite de cette profanation, ils furent bannis de la ville, et n'y rentrèrent, de longues années après, que sous la condition de faire sculpter une nouvelle croix par un habile artiste, et de remplacer la couronne d'épine et les clous de fer par une couronne d'or et des clous de même métal. Il semblait qu'on forçât ainsi les Juifs à immoler l'or, leur idole, au vrai Dieu.

On montre aussi à Prague deux vieilles tours historiques : Daleborka ou la tour blanche, Mitrulka ou la tour noire. La première était la prison réservée aux grands personnages ; ceux qui entraient dans la seconde laissaient l'espoir à la porte, car ils étaient condamnés à y mourir de faim. Cependant un prisonnier échappa à la loi commune. Au bout de deux mois, il vivait encore, nourri par l'ingénieuse tendresse de sa femme, devenue un archer assez habile pour envoyer, chaque nuit, plusieurs flèches, auxquelles étaient attachées autant de bouchées de nourriture, droit à l'étroite lucarne indiquée par la lampe que le prisonnier faisait briller à l'entrée de cette ouverture. Ainsi des instruments de mort lui apportaient la vie ! Le plus beau livre écrit de la main de l'homme, puisque l'Évangile ne l'est pas, l'*Imitation,* ne l'a

pas dit en vain : « Rien n'est impossible à l'amour.»
Il traverse les espaces, il soulève les montagnes,
il change les pierres en aliments, il est plus fort
que la mort.

Les Bourbons exilés occupèrent à Prague le
royal palais du Hradschin, qui fut restauré et fini
par Marie-Thérèse, sur un dessin de Barrosty.
Ainsi, à Prague, Madame la Dauphine était, pour
ainsi dire, chez son illustre aïeule, la grande
Marie-Thérèse. Pendant l'été, la famille royale habitait Buschtirhad, triste et solitaire résidence située dans un pays morne et desolé (1), à cinq heures
à peu près de Prague. Le noble palais du Hradschin
est le géant des résidences royales ; on n'y compte
pas moins de quatre cents appartements; il est assis
sur les hauteurs de la ville comme un roi sur un
trône, et domine Prague tout entier, qui s'étend
par étages, semblables à autant de degrés qui conduisent au Hradschin.

Il n'y avait pas un an encore que la famille
royale était établie dans cette résidence, et quelques mois à peine que Madame la duchesse de
Berry avait recouvré sa liberté, lorsque la solitude

(1) Le vicomte Sosthènes de La Rochefoucauld, aujourd'hui duc
de Doudeauville, a donné, dans une brochure publiée à son retour de Prague, une description remarquable de cette contrée ha-
bitée en grande partie par des mineurs.

de Hradschin fut tout-à-coup peuplée par une nombreuse affluence de Français, accourus pour saluer
le petit-fils de Louis XIV, le jour où il entrait dans
sa treizième année. Il ne servirait à rien de chercher à obscurcir des choses si claires : il y avait
dans cette sollicitude une pensée politique. La
majorité des rois de France était fixée, par les anciennes lois de la monarchie, à leur treizième année, et il serait inutile de nier que ce fut le souvenir de cette loi qui décida plusieurs centaines de
Français à venir à la fois, à cinq cents lieues de
leur pays, visiter l'exil de la branche aînée des
Bourbons. Nul doute que, dans cette manifestation, il n'y eût quelque chose d'hostile à la dynastie nouvelle; mais ce sont de ces hostilités inévitables qu'on ne peut prévenir sans sortir des termes
de la loi, parce qu'ici la pensée politique agit
à l'abri d'un droit commun et général. Il y a, pour
un gouvernement, deux positions : une position
de violence et d'arbitraire dans laquelle il empê-
che tout ce qui lui déplaît; mais cette position
n'est pas sûre, parce qu'elle amène des représail-
les, et d'ailleurs on n'est pas toujours maître de
la prendre; une position déterminée par des rè-
gles tracées d'avance, et dans laquelle le gouvernement est obligé de tolérer les attaques qui ne sortent point des termes d'une espèce de gymnastique

légale, et les hostilités qui prennent une forme régulière, position moins agréable, mais cependant plus sûre. C'était celle qui, par la force des choses, était imposée au nouveau pouvoir.

Il fit ce qu'il put dans ces limites pour entraver la manifestation qui allait avoir lieu; il sortit même des limites qui lui étaient tracées, pour susciter des tracasseries de tout genre aux voyageurs ; il obtint du Gouvernement autrichien qu'un assez grand nombre d'entre eux fussent ramenés aux frontières. Ainsi à Francfort, à Munich, les chargés d'affaires du Palais-Royal refusèrent les visas nécessaires; à Pilsen et à Wall-München, il y en eut aussi de retenus, comme aussi à Mayence et à Égra. Mais le Gouvernement de Juillet ne fit rien au-delà ; s'il diminua le nombre des voyageurs, il ne put empêcher le voyage: c'était un acte de malveillance, un fait désagréable pour le pouvoir, mais après tout ce n'était pas une conspiration, et il aurait fallu découvrir les caractères d'une conspiration pour motiver les rigueurs de la loi. Dans plusieurs provinces, les royalistes s'étaient réunis pour choisir quelques uns d'entre eux, chargés de faire, au nom de tous, un voyage que tous ne pouvaient pas faire à cause de sa longueur et des grandes dépenses qu'il entraînait. Partout où l'on put saisir la trace d'une délibéra-

tion, on verbalisa, on fit des visites domiciliaires,
et l'on cita les délinquants à comparaître en justice. C'est ainsi qu'en Anjou MM. Auguste Myon-
net, négociant, Burolleau, avocat, Alfred Hébert,
Henri de Maquillé et Louis de Quatrebarbes, qui
avaient réuni les suffrages et qui s'étaient adjoint
M. Pineault, vieux débris des anciennes guerres
de l'Ouest et compagnon d'armes de Charette et
de Henri de La Rochejaquelein, décoré de neuf
blessures, ne purent parvenir que jusqu'à Stras-
bourg, où on les arrêta comme conspirateurs ; ce
qui donna le moyen de les traîner, à travers tous
les degrés de juridiction et les lenteurs de la procédure, jusqu'à ce qu'on ne fût plus en temps
utile pour arriver à Prague.

En Allemagne, les voyageurs devaient encore
éprouver quelques désagréments, résultats de la
complication des positions et plus encore des mal-
entendus qu'il était assez difficile d'éviter. C'était,
en général, la portion la plus vive et la plus en-
thousiaste de l'opinion royaliste, qui avait fait le
voyage de Prague, conçu à la chaleur des émotions que les évènements de 1832 avaient laissées
dans les ames. Dans cette brillante jeunesse, les
têtes étaient ardentes, et l'on appréhendait quelque coup d'éclat de leur part, à la manière des
cavaliers, leurs prédécesseurs en fidélité, mais

21

aussi, du moins on le croyait, en vivacité politique.
Il faut indiquer d'une manière nette et précise la
cause de ces craintes. Le roi Charles X et son fils
Louis-Antoine avaient abdiqué à Rambouillet,
sans esprit de retour, et ils ne songeaient point à
retirer cette abdication ; seulement voulaient-ils,
d'abord pour maintenir l'irresponsabilité morale
de Henri de France, ensuite pour rendre les rapports de l'exil avec les cabinets plus aisés, conserver, sur la terre étrangère, un titre qui leur semblait inséparable de celui de chefs de la famille de
Bourbon. C'était une royauté de l'exil qui renon-
çait d'avance à toutes les chances que pouvait contenir l'avenir, et qui abandonnait volontiers ces
chances à l'enfant royal couronné de toutes les
espérances comme de toutes les tendresses de son
aïeul et de son oncle. Soit que cette position n'eût
pas été assez clairement expliquée, soit qu'elle
n'eût pas été assez bien comprise, on craignait à
Prague que les jeunes Français venus pour saluer
Henri de France, le jour où il entrait dans sa
treizième année, n'entreprissent de changer, par
leurs démonstrations, ces arrangements particuliers de l'exil. De leur côté, un assez grand nombre de ces jeunes hommes dont plusieurs avaient
pris une part active aux évènements de 1832, —il
y avait parmi les visiteurs de Prague des Vendéens

dont les blessures n'étaient pas fermées, et jusqu'à
huit coutumaces qui avaient dérobé par la fuite
leurs têtes à un arrêt de mort, — un assez grand
nombre voyaient avec une certaine défiance la manière dont étaient distribués les rôles politiques
dans l'exil, et supposaient, aux arrangements qu'on
avait pris, de tout autres motifs que les motifs réels.
Il leur semblait qu'on voulait revenir sur des faits
accomplis et que les tombes, ouvertes naguère dans
le Bocage, rendaient plus incontestables encore, car
on ne pouvait plus changer le cri qu'on avait placé
sur les lèvres des combattants du Chêne et de la Pénissière, et il y avait, en faveur du nom répété alors
par toutes les bouches, quelque chose d'irrévocable
comme la mort. Au fond de ces craintes mutuelles,
il y avait, on le voit, un malentendu; ce malentendu
suffit pour jeter, dans les premiers instants, de la
froideur entre quelques uns des serviteurs les plus
éminents de l'exil et les jeunes Français qui étaient
venus de si loin pour saluer Henri de France le
jour où il entrait dans sa treizième année. Quelques
uns des voyageurs trouvèrent même moins de
facilités dans leurs voyage, qu'ils n'en auraient
trouvées sans cette circonstance.

Cependant le voyage de Prague triompha de
toutes ces difficultés et de tous ces obstacles. Ils
avaient tant d'élan et tant de vivacité française,

les jeunes pèlerins qui traversaient, de toute la vitesse de leurs chevaux de poste, Francfort, Mayence, Carlsbad, en se dirigeant vers la capitale de la Bohême! Ce n'était point pour eux que le mot *impossible,* rayé de notre dictionnaire, pouvait redevenir français. Ils allaient, ils allaient, échappant, la plupart par la rapidité de leur course, aux obstacles semés sur leur route, échauffant la froideur germanique par leur chaleur française, communiquant quelques étincelles de la flamme de leur enthousiasme aux indifférents eux-mêmes. Vifs, spirituels, généreux, ils parlaient si bien de leur amour pour celui qu'ils allaient chercher au fond de la Bohême; ils étaient si intéressants, quand ils racontaient les derniers évènements de la Vendée, au milieu desquels bon nombre d'entre eux avaient joué un rôle attesté par des blessures reçues par-devant, et il y avait quelque chose de si poétique et de si chevaleresque d'ailleurs dans ce sentiment de fidélité qui amenait de si loin un si grand nombre des représentants des premières familles de France aux pieds de l'exil et du malheur! C'était la poésie qui passait, la poésie si rare dans cette époque de prosaïsme et de calcul; et l'Allemagne, qui aime les poètes, se mettait partout aux fenêtres pour voir passer cette poésie. Bien souvent on interrogeait les voyageurs sur celui qu'ils allaient

voir, et sur cette Vendée qu'ils venaient de quitter,
et, à leurs récits, l'enthousiasme, ce sentiment électrique, rejaillissait de leur cœur dans le cœur de
ceux qui les écoutaient. Plus d'une fois même,
on vit l'hôtesse commander à ses filles, blon-
des et douces créatures aux yeux bleus, d'apporter elles-mêmes, sur la nappe bien blanche, une
bouteille de vin du Rhin prise dans le caveau réservé, avec quelques uns de ces gâteaux que les Allemands appellent *farinage*, afin de porter la santé
si chère aux jeunes voyageurs, et souvent les fronts
se découvraient au bruit de ce nom si court et qui
contient tant de choses : la Vendée (1)! C'est là
la destinée des nations qui agissent, au milieu des
nations immobiles, et particulièrement la destinée de la France au milieu de l'Europe : elle four-
nit un aliment aux sentiments et aux idées; car
elle est comme la scène du vaste théâtre des choses humaines : c'est donc vers elle que se tournent
les cœurs pour sentir, les yeux pour voir, et les
oreilles pour écouter.

Dire les émotions de ces jeunes hommes quand
ils approchèrent du vieux roi Charles X, rendu
plus vénérable par son malheur, de Madame la
Dauphine qui, du haut de tous les souvenirs de

(1) Voir le *Voyage à Prague et à Léoben* par M. le vicomte
Walsh.

sa vie si exercée par l'adversité et si remplie de vertu, leur apparaissait comme une sainte, est chose difficile. Ceux qui avaient eu le bonheur d'être reçus en audience particulière par le vieux monarque, racontaient à leurs compagnons leur bonheur et aussi leurs émotions douloureuses ; car ils avaient remarqué que la tête de Charles X, naguère encore si droite, s'était penchée sous le poids de trois années d'exil. Et puis, la comparaison de la simplicité, presque du dénuement du château de Buschtirhad, avec les magnificences des Tuileries, les ronces et les épines qui croissaient sur les avenues de cette demeure, comme l'oubli et l'ingratitude sous le pas des bannis, le silence profond, la morne solitude qui environnaient cette résidence, et l'aspect désolé d'un paysage qui attristait encore la pensée, déjà grave et solennelle, de ceux qui allaient visiter ces majestés tombées, il y avait dans cet ensemble quelque chose qui serrait le cœur.

On sortait de chez le vieux roi ému et pensif, comme lorsqu'on vient de visiter une noble et grande ruine ; mais on se sentait renaître à la vie et à l'espoir auprès de MADEMOISELLE, dont madame la duchesse de Gontaut continuait avec un grand succès l'éducation. Elle était si charmante et si vive, la petite princesse, comme l'appelaient les pèlerins de Prague; elle avait l'esprit et le cœur si ouverts, la parole si française, ses quatorze ans rayonnaient de tant de grâces et de tant d'intelligence, elle savait si bien faire les honneurs de l'exil, si bien parler de sa mère dont elle redisait le courage, de son frère qu'elle aimait d'une amitié si tendre et dont elle exprimait les sentiments avec tant de chaleur et d'à-propos, elle était si déterminée à plaire à tous ces Français venus de si loin, qu'elle plaisait à tous. Elle savait d'un mot calmer un mécontentement prêt à naître, fermer une de ces blessures de cœur qui font tant de mal, car le dévouement et la fidélité ont leurs susceptibilités comme tous les amours; elle avait le secret de ces riens charmants qui sont sans prix pour ceux qui ont gardé, au fond de leur ame, le vieil amour des Français pour les princes de la maison de Bourbon, comme on garde un trésor héréditaire; de ces prévenances qui partent du cœur et qui vont au cœur. C'était son goûter, gaiement partagé avec un des voyageurs qui, attendant depuis longtemps son tour d'audience à Buschtirhad, n'avait pas mangé depuis le matin (1); c'était sa promenade contremandée quand elle avait chez elle quelques Français, ou l'ordre donné d'arrêter sa

(1) Le vicomte Édouard Walsh.

voiture quand elle apercevait des Français sous cette longue avenue de pommiers, sorte d'avenue normande transplantée en Allemagne, et qui conduisait de Prague à Buschtirhad, et une demi-heure de familière causerie dans un des champs qui bordent la route ; c'étaient les noms de ceux qui avaient souffert pour la cause royaliste, répétés avec cet accent qui paie mieux les services que toutes les récompenses, parce qu'en France, dans ce pays de noble désintéressement, on aime mieux être apprécié que rémunéré, et que c'est avec une monnaie d'honneur, qui passe avant les métaux les plus précieux, que nos rois ont fait faire toutes ces grandes actions dont nos histoires sont remplies.

Lorsque les jeunes Français réunis à Prague, se rencontraient le soir à celle des hôtelleries de la ville qu'ils avaient décorée du nom de *Café de Paris*, ou au glacier le plus en vogue qu'ils appelaient Tortoni (1 , car il faut que les Français retrouvent partout la France, chacun avait quelque histoire à raconter de MADEMOISELLE, et le nom de Louise de France était doux à toutes les oreilles et à tous les

(1) On voyait là de braves officiers de la garde royale comme M. Louis Payra, et des royalistes de toutes les provinces, comme le marquis de Miramont, le comte de Vaublanc, le baron de Vivier, M. de Janville, de Triqueville, de Charnacé, etc, etc.

cœurs. Avec tant de grâces, un esprit si vif, elle
avait les vertus aumônières de sa race, et elle
mettait, dans l'exercice de ces vertus, quelque
chose du caractère prompt et prime-sautier qu'elle
tenait de sa mère.

« Savez-vous ce qui lui est arrivé, peu de temps
« avant notre arrivée, à notre charmante petite
« princesse? Dans une de ses promenades du ma-
« tin avec mademoiselle Le Vachon, elle rencontra
« un assez grand nombre de paysans qui entou-
« raient un brancard. — Qu'y a-t-il donc? — Une
« vieille et respectable femme, la centenaire de la
« contrée, qui vient de se casser la jambe. Ainsi
« disent ceux qui l'entourent, et leurs fronts se
« découvrent, et leurs rangs s'ouvrent pour lais-
« ser arriver le beau et royal printemps, venu du
« tant beau pays de France, vers la pauvre infirme
« chargée du poids de cent sept hivers. De con-
« solantes paroles murmurées en allemand par
« cet ange à demi penché, tombent, comme une
« douce rosée, sur le cœur de celle qui souffre, et
« puis Louise de France s'envole, légère comme les
« abeilles, en criant : « M. Bougon! M. Bougon! »
« Allez où Louise de France vous appelle, M. Bou-
« gon, fidèle serviteur, qui, depuis la nuit du 13
« février, êtes attaché à nos Bourbons par des liens
« indissolubles ; là où cette douce voix vous

« mande, il y a du bien à faire, et quand cette
« blanche main levée vous fait signe de loin ;
« c'est qu'il y a une douleur à soulager, une bles-
« sure à guérir. Pendant que M. Bougon court aus-
« si vite qu'il peut courir, Louise de France court
« aussi. Ce n'est pas tout que les soins d'un médecin,
« il faut un lit à la centenaire. MADEMOISELLE n'est
« pas embarrassée pour si peu ; elle court à son lit,
« en ôte un matelas, et, tout en courant, elle
« met de moitié dans sa bonne action son frère,
« qui apporte aussi son matelas pour que le lit
« soit complet. Ainsi faisait saint Martin, quand
« il partageait son manteau avec ce pauvre, sous
« les traits duquel Jésus-Christ lui-même s'était
« présenté à lui. Comme les voilà heureux les
« deux enfants ! Les voyez-vous tout rouges de fa-
« tigue, mais plus encore de bonheur, porter leur
« fardeau à la centenaire ? Et le vieux roi Charles X,
« qui d'une fenêtre du château voit tout ce remue-
« ménage, demande en souriant quelle nouvelle
« idée a passé par la tête de ses enfants ; et
« quand on lui a redit cette touchante aventure,
« deux larmes, mais des larmes bien douces,
« qui emportent avec elles toute l'amertume des
« larmes de l'exil, tombent de ses yeux, et le
« roi très-chrétien remercie Dieu, dans son âme,
« de ce que les vertus de saint Louis tiennent

« mieux au cœur de ses héritiers, que la cou-
« ronne de saint Louis sur leur tête ; il bénit
« Henri et Louise, et il croit bénir la France en
« souhaitant que l'avenir réalise les souhaits qu'il
« exprimait dans ses adieux à la garde royale, à
« la fin du triste voyage de Rambouillet. »

Tels étaient les récits que l'on faisait le soir, autour
du punch à la flamme pétillante, qui dardait ses
rayons en reflets bleuâtres, sur les nobles et vives
figures des jeunes Français, essuyant furtivement
une larme qui coulait à l'idée de celle qu'avait
versée le vieux roi. Puis, on racontait les histoires
qu'on avait entendu redire, ou les traits dont on
avait été témoin, et qui pouvaient faire espérer
que Henri, une fois homme, aurait les qualités
qu'on souhaitait le plus trouver en lui. Il n'aimait pas la flatterie; car un des jeunes voyageurs,
appelé à jouer au billard avec lui, commettant
des maladresses calculées, et s'arrangeant pour
perdre, Henri avait interrompu tout-à-coup la partie, en disant : « Je ne joue pas avec les flatteurs. »
Un jour, en voyant passer un régiment de hussards
à la suite des funérailles du prince de Lichtenstein,
gouverneur militaire de la Bohême, il s'était écrié :
« Regardez donc leur uniforme, comme il ressemble aux uniformes français ! Oh ! si c'étaient

des Français, je sauterais par la fenêtre pour aller plus vite à eux. »

Je vous laisse à penser si l'on ménageait, à la suite de ces récits, les toasts, et si le nom de Louise et de Henri de France étaient répétés par toutes les bouches, et retentissaient au fond de tous ces jeunes cœurs. L'émotion, l'attendrissement, le dévouement, l'amour, la joie, l'admiration, rendaient tous les orateurs éloquents, l'enthousiasme était inépuisable et coulait à pleins bords comme le punch; on eût dit voir un de ces joyeux banquets où les cavaliers buvaient, du temps de Cromwell, au jeune homme de l'autre côté de l'eau. C'étaient des exclamations, des cris interrompus, des frémissements; les paroles ne s'attendaient pas et jaillissaient ensemble au cliquetis des verres et au choc électrique des sentiments et des idées, et l'enthousiasme auquel chaque nouveau récit fournissait un aliment, se rallumait, comme le liquide enflammé qui jette de plus vifs rayons à mesure qu'on verse le rhum qui nourrit la flamme. Maintenant, pour compléter ce tableau, figurez-vous, en face de cette réunion vraiment française, quelques Allemands graves et silencieux, attardés auprès de leurs pots de bierre, et suivant méthodiquement du regard la fumée de leurs pipes, s'élevant lentement dans les airs. La bierre en face du punch, c'était bien l'Allemagne en face de la France!

Cette vive et brillante jeunesse qui se plaignait déjà de ce que l'inflexible ponctualité qui, distribuant toutes les heures de la journée de Henri de France entre les diverses études dont se composait le cours d'éducation qu'il suivait, ne lui laissait que de rares et de rapides moments à donner aux Français affamés de sa vue, et que sa cordiale vivacité et son intelligence ravissaient, eut bientôt une autre et plus difficile épreuve à subir. On venait à Prague pour faire une manifestation, et il était convenu que cette manifestation aurait lieu le 29 septembre, lorsque tout-à-coup, la surveille du jour fixé, le bruit se répandit que la duchesse de Berry, qui se rendait à Prague, étant tombée malade en route, Charles X allait partir avec M. le duc de Bordeaux et MADEMOISELLE, pour aller au-devant d'elle. Ici la défiance réciproque qu'avait fait naître, entre les visiteurs de Prague et quelques uns des plus fidèles serviteurs des Bourbons exilés, le malentendu dont nous avons parlé, devint plus vive. Les plus impatients crurent qu'on voulait éluder une parole donnée, et il y eut un moment d'irritation prononcée chez les uns, et de douleur profonde chez les autres. Mais, après quelques pourparlers, tout s'arrangea, et il fut convenu que M. le duc de Bordeaux, différant son départ, réunirait tous les Français dans la matinée du 27 septembre, au château de Buschtirhad, et que Madame la Dauphine, qui allait au devant de Madame la duchesse de Berry, n'emmènerait avec elle que Mademoiselle.

Le 27 septembre 1833, dès huit heures du matin, un grand nombre de voitures roulaient sous l'avenue de pommiers qui conduit de Prague à Buschtirhad. La route, ordinairement si triste, était vive et animée; il y avait des rencontres imprévues, car beaucoup de voyageurs, arrivés à l'instant même, se hâtaient de prendre la direction de Buschtirhad pour assister à la scène qui allait s'y passer. Parmi ces nouveaux venus, on citait le prince et la jeune et gracieuse princesse de Beauffremont, qui, se souvenant, à sa manière, que les Montmorency, ses aïeux, avaient toujours porté l'épée des Bourbons, avait demandé avec tant de noblesse à aller chercher dans sa prison la duchesse de Berry, qu'elle accompagnait naguère au milieu des splendeurs des Tuileries.

A onze heures, l'assemblée réunie à Buschtirhad se composait de plusieurs centaines de personnes, venues de tous les points de la France, de Cambray comme de Bayonne, de Dieppe comme de

Lyon, de la Bretagne comme du Languedoc, de
Paris comme de Marseille. Onze pairs de France,
cinq lieutenants généraux, trois maréchaux-de-
camp, quatre colonels, trente-huit officiers de
divers grades, en faisaient partie. On y remarquait
aussi un ancien député, un ancien préfet et les
deux sous-préfets de son département, un jeune
secrétaire-général, le directeur d'un journal de
Paris, trois directeurs de gazettes de province, trois
étudiants de l'école de droit de Paris, un étudiant de
l'école de Toulouse, un élève de l'école de Rennes,
un élève de l'école de médecine de Paris, trois
anciens élèves de l'école Polytechnique, un ouvrier de Bordeaux, un ouvrier de Paris, un curé de
campagne, un membre de l'académie des sciences
et trois artistes. Parmi les assistants, il y en avait
huit que l'on se montrait avec une vive sympathie;
nous voulons parler des huit condamnés à mort.

A midi, M. de Damas, gouverneur de M. le duc
de Bordeaux, fit prévenir les Français réunis chez
M. de La Villatte, que le prince allait les recevoir,
et, s'avançant à leur rencontre, il les introduisit
lui-même chez son royal élève. Le prince était
debout, vêtu d'une redingote de velours vert; une
fraise à la Henri IV accompagnait l'ovale de son
visage, dont on trouve la ressemblance fidèle dans
le portrait que dessina, à cette époque, Grévedon.

Ceux qui l'avaient vu à Holy-Rood, le trouvèrent
grandi, embelli et fortifié ; ceux qui ne l'avaient
pas vu depuis Rambouillet et Cherbourg, le reconnurent à peine, tant le climat d'Écosse avait exer-
cé une influence heureuse sur son développement
physique. Un front haut et remarquablement pur,
un nez légèrement aquilin, un regard doux et
brillant, un son de voix vibrant et sonore quand
il parla, voilà ce qui frappa dans son extérieur.
L'émotion était générale, et il était visible que
Henri la partageait : la rougeur qui colorait son
visage, l'éclat de ses regards, annonçaient assez
que le sang du noble enfant circulait plus prompte-
ment dans ses veines, et que son cœur battait plus
vite. Alors ces Français venus de si loin, formèrent
le demi-cercle autour du petit-fils de Henri IV, on
fit silence, et M. Edouard Walsh, qui avait été
chargé de porter la parole, s'exprima ainsi :

« Légitimistes français, vos jeunes compa-
« triotes, nous venons au jour de votre majorité,
« vous assurer de notre dévouement et vous pré-
« senter nos hommages.

« Daignez recevoir nos vœux, qui se confon-
« dent avec ceux que nous formons pour la
« France. Dans tout ce qui peut contribuer à son
« affranchissement et à son bonheur, vous ne
« sauriez être séparé d'elle. Appelé à relever sa

« destinée, sûr de toujours la comprendre, elle
« vous devra ce qu'elle a dû à un plus glorieux
« ancêtre, et vous serez, ainsi que vous l'avez
« promis vous-même, l'Henri IV second de la
« France (1). »

— Le jeune prince répondit :

« Je travaille de toutes mes forces à me rendre
« digne des devoirs importants que ma naissance
« m'impose et que vous venez de me rappeler;
« c'est, je crois, le plus sûr moyen de reconnaître
« les sentiments que vous venez de m'exprimer
« au nom de nos jeunes compatriotes. Je ne serai
« heureux que quand il me sera permis d'unir
« mes efforts aux vôtres et aux leurs pour l'af-
« franchissement de notre commune patrie.

« Soyez-en persuadés, messieurs, je sais ap-
« précier les motifs qui ont inspiré votre démar-
« che, et que vous venez de me rappeler; il me
« sera doux de conserver vos noms, et plus en-
« core de vous montrer un jour que je n'en ai pas
« perdu le souvenir. »

(1) Nous nous croyons, au point de vue légal, d'autant plus autorisé à reproduire ces pièces, que treize ans se sont écoulés depuis
que ces discours ont été prononcés, et qu'ils sont devenus purement et simplement des documents historiques, comme les proclamations de la duchesse de Berry, que nous avons également repro-
duites en retraçant la prise d'armes de 1832. En outre, comme l'a
très-bien dit un des amis les plus intelligents du gouvernement ac-

Aussitôt un cri qui indiquait le sens de la manifestation qui venait d'avoir lieu, ébranla la voûte du château de Buschtirhad. L'émotion était universelle et profonde. Ceux qui avaient quelques souvenirs de la patrie absente à présenter au jeune prince, s'avancèrent successivement en dehors du cercle. M. de Philibeaucourt lui offrit une médaille d'or frappée pour perpétuer le souvenir de cette journée, le vicomte de Nugent lui attacha, au nom des royalistes de Paris, une paire d'éperons d'or sur lesquels étaient gravés ces mots : *France! en avant! en avant!* Le vicomte Edouard Walsh présenta, au nom des royalistes de l'arrondissement de Dieppe, une belle statue en ivoire de Henri IV avec Sully à ses pieds, œuvre remarquable de M. Blard; M. de Mey une épée d'or et une aigrette; puis vinrent d'autres présents offerts au nom de plusieurs villes de France. Quand ces offrandes eurent été déposées devant le prince, il se mêla aux groupes

---

tuel, M. Janvier, député de Montauban et conseiller d'État, en défendant la *Gazette de France*, qui avait reproduit ces pièces en 1833 même : « Interdire la publication d'évènements réels, ce ne « serait pas seulement attenter à la liberté de la presse, mais à la « vérité de l'histoire. Où puisera-t-elle ses matériaux sur les révo- « lutions qui ont agité ces quarante dernières années? » Le verdict du jury consacra cette doctrine : il y a donc, en sa faveur, force de chose jugée; et, comme nous l'avons dit, elle est bien autrement incontestable treize ans après l'évènement.

qui s'étaient formés dans la salle, et l'on applau-
dit à quelques paroles naturelles et sans apprêt
qui exprimaient la reconnaissance du fils pour
ceux qui avaient souffert et exposé leur vie à la
voix de la mère. Bientôt après, on vint l'avertir que
M. de Chateaubriand, qui venait d'arriver à Buschtirhad, se présentait pour le voir; alors il dit aux
Français qui l'entouraient : « Au revoir, messieurs,
« voilà qu'il m'arrive quelqu'un que vous aimez
« tous, un ami de ma mère, M. de Chateaubriand;
« vous ne m'en voudrez pas de vous quitter pour
« courir à lui. » En achevant ces paroles, le royal
enfant, s'élançant rapidement vers l'escalier, se mit
à courir avec la vivacité de son âge au-devant de
l'illustre écrivain dont son grand-oncle Louis
XVIII avait dit : « Son livre m'a valu une armée. »
C'était un touchant et poétique spectacle que celui qu'offrait aux Français réunis dans les salons
du vieux château, M. de Chateaubriand inclinant
son front plein de pensées vers ce doux et riant visage d'enfant. Les Français qui avaient assisté à
cette scène, se retirèrent lentement, en emportant
les vives et douces émotions qu'elle avait laissées
dans leur cœur. Formés en groupes nombreux
et animés dans les avenues du château de Buschtirhad, dont les ronces et les épines disparaissaient, ce jour-là, sous les pas de ceux qui étaient

venus de si loin peupler la solitude et fouler les sentiers déserts et abandonnés de l'exil, ils se communiquaient encore leurs impressions, lorsque Henri, qui, après être resté quelques moments avec M. de Chateaubriand et le prince et la princesse de Beauffremont, était monté à cheval, passa devant eux. Un long vivat, répété par toutes les bouches de ces Français, le salua ; il répondit en découvrant son front : Vive la France ! C'était un adieu. Quelques minutes après, toutes les voitures roulaient sur la route de Prague. Le paysage du château de Buschtirhad, si animé un instant auparavant, avait retrouvé son caractère de tristesse et de désolation, et la solitude et le silence, ces tristes gardiens de l'exil, reprenaient leur empire un moment suspendu.

M. de Chateaubriand a raconté lui-même les impressions qu'il éprouva dans le voyage de Bohême. Qui oserait écrire après Chateaubriand, ou peindre après Raphaël ? « La dernière fois que je « vis les proscrits de Rambouillet, a-t-il dit, c'était « à Buschtirhad, en Bohême ; Charles X était cou- « ché, il avait la fièvre : on me fit entrer de nuit « dans sa chambre, une petite lampe brûlait sur la « cheminée ; je n'entendais, dans le silence des té- « nèbres, que le trente-cinquième successeur de « Hugues-Capet. Mon vieux roi ! votre sommeil

« était pénible ; le temps et l'adversité, lourds cau-
« chemards, étaient assis sur votre poitrine. Un
« jeune homme s'approcherait du lit d'une jeune
« fille avec moins d'amour que je ne me sentis
« de respect en marchant d'un pied furtif vers
« votre couche solitaire. Du moins je n'étais pas
« un mauvais songe comme celui qui vous ré-
« veilla pour aller voir expirer votre fils ; je vous
« adressais intérieurement ces paroles que je n'au-
« rais pu prononcer tout haut sans fondre en lar-
« mes : — Le ciel vous garde de tout mal à venir !
« Dormez en paix, ces nuits avoisinant votre der-
« nier sommeil ! Assez longtemps vos vigiles ont
« été celles de la douleur ; que ce lit de l'exil perde
« sa dureté, en attendant la visite de Dieu. Lui
« seul peut rendre légère à vos os la terre étran-
« gère. » — « Dans le refuge de Charles X, j'avais
« rencontré le frère et la sœur ; ils avaient l'air de
« deux petites gazelles cachées parmi des ruines.
« Pour trouver ces deux aimables enfants, le pèle-
« rin de la Terre-Sainte avait heurté avec son bâton
« et ses sandales poudreuses à la porte de l'étran-
« ger ; Blondel en vain chanta au pied de la tour
« d'Autriche ; il ne put rouvrir aux exilés les che-
« mins de la patrie. »

Ainsi chantait le poète, aussi fidèle, mais plus
illustre et plus éloquent que Blondel.

Le voyage de Prague était terminé. Les Français avaient hâte de retourner dans leur pays; cependant un grand nombre d'entre eux voulurent se réunir encore avant de se séparer. Plusieurs banquets eurent lieu : à l'hôtel des Bains, où cent quatre-vingts Français se retrouvèrent réunis ; à l'hôtel des Trois-Tilleuls, où l'on comptait jusqu'à deux cent trente-sept convives. On y invita les condamnés à mort, pour leur faire plus d'honneur; ils étaient, on l'a dit, au nombre de huit; plus de trente autres, parmi les convives, avaient passé par les prisons du nouveau pouvoir. Il y avait, autour de ces tables, des vieux soldats qui avaient suivi le vieux drapeau tricolore depuis Marengo jusqu'à la Moskowa, glorieux legs que la monarchie avait reçu de l'Empire, et qu'elle avait conservé; des hommes d'épée comme le brave Louis Payra, des magistrats, des propriétaires, des négociants, des artistes, des hommes de parti hardis et déterminés, comme MM. de Pigneroles, de Pontfarci, de Courson, de Girardin, Royer, de Grasse, Leroy, de Rezé, qui avaient sacrifié leur fortune et risqué leur tête; des grands noms noblement portés, comme ceux du prince de Beauffremont et du jeune duc de Rivière. Bientôt le vin de Bordeaux circula à plein verre, et des toasts furent proposés : aux Bourbons de la branche aînée par M. de Pigne-

roles, ancien député; à Henri de France, par
M. Le Coulteux de Canteleu; au roi Charles X,
par le duc de Rivière; à MADAME, par M. du
Fougeray; au Dauphin et à la Dauphine, par
MM. de la Bouillerie et Walsh; à MADEMOISELLE,
par le vicomte de Nugent; aux condamnés royalistes, par M. de La Villate; à l'armée française,
par M. de Bruc. Plus on avançait dans le repas,
plus les cœurs s'échauffaient, et les têtes s'échauffaient avec les cœurs. Chateaubriand et le génie,
la France et la gloire, La Villate et la fidélité,
avaient successivement été salués, et le vin de
Bordeaux coulait toujours. Un orchestre exécutait
l'air de Henri IV (1), et, debout, pleins d'enthousiasme, tous ces jeunes hommes heurtaient leurs
verres, confondaient leurs voix, saluaient de leurs
acclamations les noms des princes qui leur étaient
chers. Tout cela se faisait avec *cette furie française*
qu'on retrouve dans la salle d'un banquet comme

(1) C'est en vain qu'on cherchait à se faire illusion et à oublier
qu'on était sur la terre étrangère; ce triste souvenir revenait toujours. Pour entendre l'air national de *Vive Henri IV*, il avait
fallu que deux jeunes Français le chantassent à mi-voix à cet orchestre allemand, pendant le tumulte des toasts, de sorte que
l'orchestre épelait encore, en exécutant cet air, la leçon qu'il venait de recevoir quelques minutes auparavant. Nous tenons ce fait
de la bouche du vicomte Edouard Walsh, qui fut un des professeurs
de l'orchestre germanique.

sur un champ de bataille; on aimait, on chantait, on buvait, à cœur plein, à pleine voix, à
plein verre; on allait de table en table échanger
de chaleureux toasts, et l'on prolongeait à dessein
ces scènes émouvantes; le lendemain, on devait
partir!

Un certain nombre de Français demeurèrent cependant quelques jours encore à Prague, et y at-
tendirent le retour de la famille royale(1); un plus
petit nombre parvinrent jusqu'à Léoben, où MA-
DAME, duchesse de Berry, se trouvait réunie à
ses enfants et à sa famille. La police de Vienne refusait obstinément à tous les Français la permission de voyager sur cette route; mais il y avait des
obstinations bretonnes capables de tenir tête à toutes
les tenacités allemandes, et, si le caractère germa-

(1) Ce fut alors qu'une députation de Bordelais, composée d'hommes distingués appartenant à toutes les classes de la société, fut
introduite près du jeune prince. Madame la Dauphine, à qui cette
députation présenta d'abord ses hommages, la reçut avec cette
bienveillance marquée que le souvenir de Bordeaux excite toujours
dans son ame. Elle parla aux personnes dont elle était composée, de
Henri de France avec tendresse et sollicitude. « Avez-vous vu votre
« ancien duc ? » leur demanda-t-elle avec l'accent le plus affectueux. Le duc de Bordeaux répondit au discours du chef de la députation; voici le début de cette réponse : « Dites à vos fidèles
« compatriotes que de loin comme de près, mes premiers vœux
« seront pour ma patrie; dites-leur que le nom de la ville que j'ai
« reçu en naissant, ne cessera jamais d'avoir des droits à mon
« attachement. »

nique est plus dur et plus fort, l'esprit français
est plus vif et plus subtil. Quelques uns de ceux
à qui on refusait des passeports s'en passèrent, et,
grâce à la rapidité de leur course, parvinrent à
Léoben sans être arrêtés. Habitués depuis trois
années à lutter avec la police du juste-milieu, ils
n'étaient pas à leur apprentissage de ressources
et de ruses pour déconcerter la police allemande,
plus sévère qu'ingénieuse. C'est ainsi que deux
jeunes Français, se divisant les rôles, entraient,
par une belle soirée d'octobre, à Léoben. Un des
deux (1), en habit de voyage, était demeuré dans
la voiture, dont le postillon avait reçu l'ordre de
sonner du cor et de faire beaucoup de bruit pour
attirer l'attention, tandis que l'autre (2) se glissait
à pied dans la ville, en habit de salon. Le premier
savait qu'il allait être arrêté, mais pendant qu'il
bataillerait avec la police, le second devait parvenir jusqu'à MADAME, duchesse de Berry, et obtenir par son intervention un permis de séjour.
Les choses se passèrent exactement comme les
deux voyageurs l'avaient prévu. Celui qui était en
voiture fut arrêté, le piéton pénétra sans coup
férir dans la ville. Tandis que le premier expli
quait, aussi mal que possible, comment il avait

(1) Le comte Alfred Walsh.
(2) Le vicomte Edouard Walsh.

pu se faire qu'un postillon amenât sa voiture de
Vienne à Léoben avec un passeport de Vienne à
Munich, le second rencontrait le vicomte de Saint-
Priest ; le vicomte de Saint-Priest se hâtait d'a-
vertir MADAME, et le roi Charles X, apprenant à
table l'embarras des deux royalistes en contraven-
tion, leur faisait obtenir, avec l'amnistie du gouvernement autrichien, un permis de vingt-quatre
heures de résidence à Léoben.

C'est ainsi qu'ils purent voir le soir Madame
la duchesse de Berry, qui, entourée, quelques instants avant, de ses deux enfants, venait de retrouver
un peu de bonheur après de si cruelles épreuves. Sa
longue captivité lui avait laissé de la pâleur sur le
visage, de la tristesse au fond de l'ame ; mais elle
se ranima dans la soirée, en entendant redire l'impression qu'avait produite sur les Français son
Henri dont elle était fière, et qu'elle retrouvait si
tendre et si empressé auprès d'elle, ainsi que sa
sœur. Elle parla avec orgueil de ses enfants, avec
amour de la France, avec reconnaissance de la
Vendée, avec affection de ceux qui l'avaient servie,
avec de douloureux regrets de ceux qui étaient
morts. Les noms de Cathelineau, Bonrecueil, Trégomain, Bascher, Bonnechose, d'Hanache, de La
Roberie, vinrent se placer tristement sur ses lèvres;
puis, tout-à-coup, retirant son bras de la console

sur laquelle elle était appuyée : « J'ignore les des
« tins futurs de la France, dit-elle, mais je ne sais
« qu'une chose que je vous charge de redire à
« mes amis et à mes ennemis. Si jamais trois
« baïonnettes étrangères se croisent contre la
« France pour la partager, j'irai me mettre à
« l'encontre et leur présenterai ma poitrine. »

Ainsi parlait Marie-Caroline, et peu à peu
l'on s'était groupé autour d'elle. Les Français
présents se disaient intérieurement que ce n'était
pas une vaine parole, et qu'elle avait déjà fait ses
preuves en présence du péril ; peu d'instants auparavant, ils avaient vu d'en bas, au balcon de la
croisée, son fils et sa fille l'entourer de leur tendresse et de leurs soins, et tenant chacun une de
ses mains qu'ils baisaient, comme s'ils avaient
voulu la dédommager de ce qu'elle avait souffert,
et Marie-Caroline, touchée jusqu'au fond de l'ame
du dévouement de ses amis et des caresses de ses
enfants, disait : Il y avait longtemps que je n'avais
été aussi heureuse dans la même journée (1) !

Le lendemain de cette soirée, par une froide
et triste matinée du mois d'octobre, les deux
jeunes voyageurs qui avaient réussi à tromper la
police autrichienne, descendaient l'escalier de

(1) Voir le voyage de M. le vicomte Walsh à Prague et à
Léoben.

leur auberge pour partir. On entendait la cloche
de l'église sonner une messe ; ils rencontrèrent
sur le carré une femme qui sortait d'une des
pauvres chambres de leur misérable hôtellerie,
et qui, vêtue de deuil et enveloppée d'un schall
noir jeté à la hâte sur ses épaules, semblait s'em-
presser de se rendre à l'appel de la prière. Leurs
fronts s'inclinèrent profondément, et leurs yeux
se mouillèrent : on était au 16 octobre, et c'était
Madame la dauphine qui allait entendre une messe
des morts pour l'anniversaire de la reine.

Tel fut ce voyage de Prague dont il ne faut point
méconnaître le caractère. Malgré la chaleur de
sentiments qu'apportèrent, dans cette démarche,
ceux qui la firent, ce n'était point la reprise du
mouvement de 1832, c'en était la fin. L'action armée avait joué sa chance, et cette chance était demeurée ensevelie sous les ruines du château de la
Pénissière et avec les victimes du combat du
Chêne. C'était surtout l'imminence de la guerre
étrangère qui avait enfanté la guerre civile, parce
que les royalistes de l'action armée ne pensaient
pas que le Gouvernement fût dans les conditions
nécessaires pour résister à une invasion, et qu'ils
croyaient avoir un grand service à rendre au pays,
en arrêtant l'ennemi sur la frontière devant le drapeau blanc déployé au nom de Henri V. Les éven-

tualités de guerre, en s'éloignant, comme elles s'é-
loignaient en effet par le dénouement pacifique de
la question belge, emportèrent avec elles les éventualités de la guerre civile. L'évènement, cet arbi-
tre qui, s'il n'est pas toujours le plus juste, est toujours le plus fort, avait prononcé contre la régence
de Madame la duchesse de Berry et contre l'action
armée. On entrait dans une situation nouvelle, situation de patience et de longue attente. Les principes de force ou de faiblesse que la révolution de
1830 portait en elle, allaient se développer au milieu du bruit des faits et de la lutte enflammée
des intérêts et des passions, tandis que l'enfance
de Henri de France se développerait dans le silence et la solitude de l'exil, jusqu'à ce que
ce double développement eût atteint son dernier
terme, en mettant une révolution consolidée ou
moralement détruite par l'épreuve du temps, en
face de l'enfant du 29 septembre devenu homme.

C'était l'instinct secret de cette situation toute
d'avenir qui avait amené tant de Français à Prague
pour l'époque solennelle du 29 septembre 1833 ;
après un échec comme celui auquel avait abouti
la prise d'armes de 1832, ils ne voulaient pas qu'on
pût croire à leur découragement, à leur défail-
lance, à leur démission, et ils venaient à Prague
renouveler, avec l'exil, leur bail de dévouement

et d'affection pour les années qui allaient suivre.
Ce sentiment avait paru dans le discours adressé à
Henri de France lors de la scène de Buschtirhad; on
n'y parlait que d'avenir. C'était là le vrai sens du
voyage de Prague, comme MADEMOISELLE avait donné aux royalistes qui le firent, leur véritable devise
pour les temps où ils entraient, en leur rappelant
souvent cette légende italienne qu'elle avait adop-
tée : *Speriamo*, et que tous les pèlerins de Prague
firent graver sur un cachet comme un souvenir de
leur voyage : *Speriamo, giacchè la speranza sola
puo sostenerci in vita*. Or, qu'est-ce que l'espérance? un regard détourné du présent et dirigé vers
l'avenir.

Cela fut si bien compris en France, que, peu
de mois après, lorsque le ministère déféra au
jury la relation du voyage de Prague, comme contenant le double délit *d'attaque contre les droits
que le roi des Français tient du vœu de la nation, et
de provocation à la désobéissance aux lois*, le
jury, comprenant, sur les explications de M. de
Genoude, qui avait fait insérer cette relation dans
la *Gazette de France*, et sur la belle plaidoirie de
M. Janvier, que le voyage de Prague ne pouvait

(1) On peut lire ce remarquable procès dans les journaux judi-
ciaires du temps, 25 mars 1834, ou dans la logique de la *Gazette
de France*, page 357.

avoir pour effet des actes de renversement et de violence, renvoya les prévenus de la plainte.

« Les actes de conservation d'un principe, « avait dit M. de Genoude dans un remarqua- « ble discours, n'ont rien de contraire à l'intérêt « de la France. Ce n'est point là une agression, « mais une simple manifestation d'opinion. Il y « a plus, cette démarche avait encore un autre « motif : les actes de Rambouillet, enregistrés « aux deux Chambres, étaient regardés comme « nuls par quelques personnes, et l'on prêtait à « Charles X l'intention de revenir sur ces abdi- « cations acquises à la France. Il était important « que nul ne gardât aucun doute à cet égard ; il « n'y a plus de doute aujourd'hui. Si les roya- « listes avaient dit que Henri V pouvait former « un gouvernement, parce qu'il atteignait sa ma- « jorité de quatorze ans, qu'il pouvait défendre « de payer l'impôt et d'obéir au recrutement, « on comprendrait que leur démarche pût in- « quiéter le pouvoir; mais il n'a été dit rien de « pareil. Chez les anciens, il y avait des consuls, « c'est-à-dire des hommes prévoyants dont la vi- « gilance devait s'étendre sans cesse sur la sécu- « rité publique. Au milieu des dangers dont « nous sommes environnés, laissez des hommes « passionnés pour la France voir de loin les pé-

« rils, chercher les moyens de les conjurer, et
« préparer un asyle où nous puissions tous échap-
« per à la tempête. Si les navigateurs restés
« dans le port, se font un devoir de donner aux
« navigateurs qui vont en sortir, des renseigne-
« ments sur les tempêtes, les pirates et les écueils,
« comment trouver étrange que ceux qui ont
« médité sur les révolutions politiques de leur
« patrie, signalent aux pilotes qui conduisent
« le vaisseau de l'Etat, les périls d'une mer fertile
« en naufrages, et indiquent de loin, à ceux qui
« sont au milieu de la tempête, la terre et le port
« où l'on peut aborder ? Cet asyle, ce port, sont
« pour nous la constitution qui est l'édifice so-
« cial de la patrie, et cette constitution réside
« tout entière dans deux principes : l'hérédité de
« la couronne, et le consentement de l'impôt
« par les contribuables. »

Après que M. de Genoude eut ainsi parlé, on
entendit M. Janvier, dont les paroles doivent être
d'autant plus soigneusement notées, qu'il n'appartenait pas aux opinions légitimistes, et qu'il
devait plus tard tenir une place importante parmi
les députés qui représentent à la Chambre les opinions les plus dévouées au nouveau pouvoir. Il avait
défendu avec succès plusieurs des jeunes voyageurs
de Prague, et avait prouvé, ce sont ses propres

paroles, que « c'était une dérision que de vouloir transformer en conspiration un chevaleresque pèlerinage. » Il partit de là pour établir que « ce serait une monstrueuse et absurde contradiction qu'il fût coupable de raconter ce qu'il n'avait pas été coupable d'accomplir. » Puis, se laissant aller à un de ces mouvements d'enthousiasme et de poésie qui, devant les cours d'assises de l'Ouest, avaient plus d'une fois ému les juges assis sur leurs sièges, en faveur des accusés politiques ses clients :

« Les puissances tombées, s'écria-t-il, ont des
« prestiges pour des ames généreuses. Il leur
« est difficile surtout de ne pas s'émouvoir pour
« l'orphelin découronné en qui les infortunes de
« sa famille prennent un si touchant caractère.
« L'assassinat et l'exil, voilà les destinées dont
« elle lui offre l'exemple. Sa vie commencée sous
« les auspices de l'assassinat, est déjà dévouée
« aux horreurs de l'exil. Royal enfant, je ne suis
« point de ceux qui se sont prosternés avec ido-
« lâtrie autour de ton berceau, qui ont mendié,
« comme des faveurs, les naïfs bégaiements de
« ton enfance, qui tombaient à genoux devant la
« grâce qu'on dit dans ton sourire, et la rayon-
« nante fierté qu'on dit aussi dans ton regard ;
« j'ignore le dévouement des temps antiques, le

23

« dévouement aux personnes, et pourtant j'é-
« prouve pour toi un charme et presque un res-
« pect douloureux ; car enfin tu es le symbole
« d'un principe qui, pendant des siècles, a été
« cher à la France. C'est par lui qu'elle est de-
« venue la grande nation. Ce principe, inviolé
« depuis Hugues-Capet, s'est personnifié glorieu-
« sement dans Louis-le-Gros, Philippe-Auguste,
« dans saint Louis, Louis XII, François Ier,
« Henri IV, Louis XIV et Louis XVI. Tombé
« aujourd'hui dans un frêle enfant, il te marque.
« parmi les hommes d'une mystérieuse consécra-
« tion, qu'on peut renier du bout des lèvres,
« mais qu'on reconnaît dans son cœur. Du reste,
« pourquoi se défendre d'une impression qui
« étonne à la surface du raisonnement, mais qui
« s'explique dans ses profondeurs ? La philoso-
« phie de l'histoire, cette science nouvelle pour
« laquelle tous les esprits supérieurs sont en tra-
« vail, place au rang de ses maximes la vocation
« providentielle de certains peuples et de certains
« hommes. Une analogie nécessaire ne tendrait-
« elle pas à admettre la vocation de certaines
« familles chargées, elles aussi, de représenter
« et d'accomplir une idée dans le monde social ?
« Nul ne possède le secret de l'avenir, nul ne sait
« ce qu'il réserve au jeune exilé de Buschtirhad,

« et c'est pourquoi tous le prédisent diversement,
« suivant leurs haines ou leurs affections, leurs
« craintes ou leurs espérances. Tandis que les
« uns prédisent à l'enfant-roi la vie aventureuse de
« l'héritier des Stuarts, ou la mort mélancolique
« du fils de Napoléon, d'autres, dont la fidélité
« soutient les espérances, sont accourus vers lui
« pour solenniser l'anniversaire de sa virilité royale
« et lui ont dit : « Henri, nous te saluons notre
« roi ; nous venons de France, ne désespère pas
« d'elle, elle ne désespère pas de toi. Henri, tu
« règneras sur nous comme tes pères ont régné
« sur nos pères ; mais attends, plutôt que de rap-
« porter à ta patrie la guerre civile, ses fureurs et
« ses désastres, plutôt surtout que de revenir précé-
« dé d'un Cosaque dont l'ignoble pique brandirait
« insolemment ta couronne déshonorée !.......
« Attends, les années ne te manquent point, et
« prépare-toi à te rendre digne de ton siècle et
« de ton pays ; prépare-toi à résumer toutes les
« gloires de tes aïeux sans imiter leurs fautes,
« et tu perpétueras la monarchie en la trans-
« formant, et la révolution elle-même, dans ce
« qu'elle a de vrai, de grand, de beau, accepte-
« ra ta légitimité. »

Ainsi se prolongeait le retentissement du voyage
de Prague, et les échos de la cour d'assises ren-

voyaient à tous les points de France la voix éloquente d'un des amis les plus éclairés et les plus
honorables du nouvel ordre de choses, assignant
à ce voyage son véritable caractère, tel que, treize
ans plus tard, cette histoire a dû le lui maintenir, sans chercher à exciter les passions politiques,
mais en rappelant les émotions du passé.

FIN DU PREMIER VOLUME.

www.ingramcontent.com/pod-product-compliance
Lightning Source LLC
Chambersburg PA
CBHW050319030726
47505CB00003B/772